LA DEMOISE

Paru dans Le Livre de Poche :

ARSÈNE LUPIN, GENTLEMAN CAMBRIOLEUR.
ARSÈNE LUPIN CONTRE HERLOCK SHOLMES.
L'AIGUILLE CREUSE.
LES CONFIDENCES D'ARSÈNE LUPIN.
LE BOUCHON DE CRISTAL.
813.
LA COMTESSE DE CAGLIOSTRO.
LES HUIT COUPS DE L'HORLOGE.
LA BARRE-Y-VA.
LE TRIANGLE D'OR.
L'ÎLE AUX TRENTE CERCUEILS.
LES DENTS DU TIGRE.
LA DEMEURE MYSTÉRIEUSE.
L'ÉCLAT D'OBUS.
L'AGENCE BARNETT ET Cie.
VICTOR, DE LA BRIGADE MONDAINE.
LA FEMME AUX DEUX SOURIRES.
LA CAGLIOSTRO SE VENGE.
LES TROIS YEUX.
LE FORMIDABLE ÉVÉNEMENT.
DOROTHÉE, DANSEUSE DE CORDE.
LA VIE EXTRAVAGANTE DE BALTHAZAR.

Dans la Série Jeunesse :

ARSÈNE LUPIN, GENTLEMAN CAMBRIOLEUR.
813 — LES TROIS CRIMES D'ARSÈNE LUPIN.
813 — LA DOUBLE VIE D'ARSÈNE LUPIN.
L'AIGUILLE CREUSE.

MAURICE LEBLANC

La demoiselle aux yeux verts

LE LIVRE DE POCHE

I

... ET L'ANGLAISE AUX YEUX BLEUS

RAOUL DE LIMÉZY flânait sur les boulevards, allégrement, ainsi qu'un homme heureux qui n'a qu'à regarder pour jouir de la vie, de ses spectacles charmants, et de la gaieté légère qu'offre Paris en certains jours lumineux d'avril. De taille moyenne, il avait une silhouette à la fois mince et puissante. A l'endroit des biceps les manches de son veston se gonflaient, et le torse bombait au-dessus d'une taille qui était fine et souple. La coupe et la nuance de ses vêtements indiquaient l'homme qui attache de l'importance au choix des étoffes.

Or, comme il passait devant le Gymnase, il eut l'impression qu'un monsieur, qui marchait à côté de lui, suivait une dame, impression dont il put aussitôt contrôler l'exactitude.

Rien ne semblait à Raoul plus comique et plus amusant qu'un monsieur qui suit une dame. Il suivit donc le monsieur qui suivait la dame, et tous les trois, les uns derrière les autres, à des distances convenables, ils déambulèrent le long des boulevards tumultueux.

Il fallait toute l'expérience du baron de Limézy pour deviner que ce monsieur suivait cette dame, car ce monsieur mettait une discrétion de gentleman à ce que cette dame ne s'en doutât point. Raoul de Limézy fut aussi discret, et, se mêlant aux promeneurs, pressa le pas pour prendre une vision exacte des deux personnages.

Vu de dos, le monsieur se distinguait par une raie impeccable, qui divisait des cheveux noirs et pommadés, et par une mise, également impeccable, qui mettait en valeur de larges épaules et une haute taille. Vu de face, il exhibait une figure correcte, munie d'une barbe soignée et d'un teint frais et rose. Trente ans peut-être. De la certitude dans la marche. De l'importance dans le geste. De la vulgarité dans l'aspect. Des bagues aux doigts. Un bout d'or à la cigarette qu'il fumait.

Raoul se hâta. La dame, grande, résolue, d'allure noble, posait d'aplomb sur le trottoir des pieds d'Anglaise que rachetaient des jambes gracieuses et des chevilles délicates. Le visage était très beau, éclairé par d'admirables yeux bleus et par une masse lourde de cheveux blonds. Les passants s'arrêtaient et se retournaient. Elle semblait indifférente à cet hommage spontané de la foule.

« Fichtre, pensa Raoul, quelle aristocrate! Elle ne mérite pas le pommadé qui la suit. Que veut-il? Mari jaloux? Prétendant évincé? Ou plutôt bellâtre en quête d'aventure? Oui, ce doit être cela. Le monsieur a tout à fait la tête d'un homme à bonnes fortunes et qui se croit irrésistible. »

Elle traversa la place de l'Opéra, sans se soucier des véhicules qui l'encombraient. Un camion voulut lui barrer le passage : posément elle saisit les rênes du cheval et l'immobilisa. Furieux, le conducteur sauta de son siège et l'injuria de trop près; elle lui décocha sur le nez un petit coup de poing qui fit jaillir le sang. Un agent de police réclama des explications : elle lui tourna le dos et s'éloigna paisiblement.

Rue Auber, deux gamins se battant, elle les saisit au collet et les envoya rouler à dix pas. Puis elle leur jeta deux pièces d'or.

Boulevard Haussmann, elle entra dans une pâtisserie et Raoul vit de loin qu'elle s'asseyait devant une table. Le monsieur qui la suivait n'entrant pas, il y pénétra et prit place de façon qu'elle ne pût le remarquer.

Elle se commanda du thé et quatre toasts qu'elle dévora avec des dents qui étaient magnifiques.

Ses voisins la regardaient. Elle demeurait imperturbable et se fit apporter quatre nouveaux toasts.

Mais une autre jeune femme, attablée plus loin, attirait aussi la curiosité. Blonde comme l'Anglaise, avec des bandeaux ondulés, moins richement vêtue, mais avec un goût plus sûr de Parisienne, elle était entourée de trois enfants pauvrement habillés, à qui elle distribuait des gâteaux et des verres de grenadine. Elle les avait rencontrés à la porte et les régalait pour la joie évidente de voir leurs yeux s'allumer de plaisir et leurs joues se barbouiller de crème. Ils n'osaient parler et s'empiffraient à plein gosier. Mais, plus enfant qu'eux, elle s'amusait infiniment, et bavardait pour eux tous : « Qu'est-ce qu'on dit à la demoiselle?... Plus haut... Je n'ai pas entendu... Non, je ne suis pas une madame... On doit me dire : « Merci, mademoiselle... »

Raoul de Limézy fut aussitôt conquis par deux choses : la gaieté heureuse et naturelle de son visage et la séduction profonde de deux grands yeux verts couleur de jade, striés d'or, et dont on ne pouvait détacher son regard quand on l'y avait une fois fixé.

De tels yeux sont d'ordinaire étranges, mélancoliques, ou pensifs, et c'était peut-être l'expression habituelle de ceux-là. Mais ils offraient en cet instant le même rayonnement de vie intense que le reste de la figure, que la bouche malicieuse, que les narines frémissantes, et que les joues aux fossettes souriantes.

« Joies extrêmes ou douleurs excessives, il n'y a pas de milieu pour ces sortes de créatures », se dit Raoul qui sentit en lui le désir soudain d'influer sur ces joies ou de combattre ces douleurs.

Il se retourna vers l'Anglaise. Elle était vraiment belle, d'une beauté puissante, faite d'équilibre, de proportion et de sérénité. Mais la demoiselle aux yeux verts, comme il l'appela, le fascinait davantage. Si on admirait l'une, on souhaitait de connaître l'autre et de pénétrer dans le secret de son existence.

Il hésita pourtant, lorsqu'elle eut réglé son addition et qu'elle s'en fut avec les trois enfants. La suivrait-il? Ou resterait-il? Qui l'emporterait? Les yeux verts? Les yeux bleus?

Il se leva précipitamment, jeta de l'argent sur le comptoir et sortit. Les yeux verts l'emportaient.

Un spectacle imprévu le frappa : la demoiselle aux yeux verts causait sur le trottoir avec le bellâtre qui, une demi-heure auparavant, suivait l'Anglaise comme un amoureux timide ou jaloux. Conversation animée, fiévreuse de part et d'autre, et qui ressemblait plutôt à une discussion. Il était visible que la jeune fille cherchait à passer, et que le bellâtre l'en empêchait, et c'était si visible que Raoul fut sur le point, contre toute convenance, de s'interposer.

Il n'en eut pas le temps. Un taxi s'arrêtait devant la pâtisserie. Un monsieur en descendit qui, voyant la scène du trottoir, accourut, leva sa canne et, d'un coup de volée, fit sauter le chapeau du bellâtre pommadé.

Stupéfait, celui-ci recula, puis se précipita, sans souci des personnes qui s'attroupaient.

« Mais vous êtes fou! vous êtes fou! » proférait-il.

Le nouveau venu, qui était plus petit, plus âgé, se mit sur la défensive, et, la canne levée, cria :

« Je vous ai défendu de parler à cette jeune fille. Je suis son père, et je vous dis que vous n'êtes qu'un misérable, oui, un misérable! »

Il y avait chez l'un et chez l'autre comme un frémissement de haine. Le bellâtre, sous l'injure, se ramassa, prêt à sauter sur le nouveau venu que la jeune fille tenait par le bras et essayait d'entraîner vers le taxi. Il réussit à les séparer et à prendre la canne du monsieur lorsque, tout à coup, il se trouva face à face avec une tête qui surgissait entre son adversaire et lui — une tête inconnue, bizarre, dont l'œil droit clignotait nerveusement et dont la bouche, déformée par une grimace d'ironie, tenait une cigarette.

C'était Raoul qui se dressait ainsi et qui articula, d'une voix rauque :

« Un peu de feu, s'il vous plaît. »

Demande vraiment inopportune. Que voulait donc cet intrus? Le pommadé se regimba.

« Laissez-moi donc tranquille! Je n'ai pas de feu.

— Mais si! tout à l'heure vous fumiez » affirma l'intrus.

L'autre, hors de lui, tâcha de l'écarter. N'y parvenant point, et ne pouvant même point bouger les bras, il baissa la tête pour voir quel obstacle l'entravait. Il parut confondu. Les deux mains du monsieur lui serraient les poignets de telle manière qu'aucun mouvement n'était possible. Un étau de fer ne l'eût pas davantage paralysé. Et l'intrus ne cessait de répéter, l'accent tenace, obsédant :

« Un peu de feu, je vous en prie. Il serait vraiment malheureux de me refuser un peu de feu. »

Les gens riaient alentour. Le bellâtre, exaspéré, proféra :

« Allez-vous me ficher la paix, hein? Je vous dis que je n'en ai pas. »

Le monsieur hocha la tête d'un air mélancolique.

« Vous êtes bien impoli. Jamais on ne refuse un peu de feu à qui vous en demande aussi courtoisement. Mais puisque vous mettez tant de mauvaise grâce à me rendre service... »

Il desserra son étreinte. Le bellâtre, libéré, se hâta. Mais l'auto filait, emportant son agresseur et la demoiselle aux yeux verts et il fut aisé de voir que l'effort du pommadé serait vain.

« Me voilà bien avancé, se dit Raoul, en le regardant courir. Je fais le Don Quichotte en faveur d'une belle inconnue aux yeux verts et elle s'esquive, sans me donner son nom et son adresse. Impossible de la retrouver. Alors? »

Alors, il décida de retourner vers l'Anglaise. Elle s'éloignait justement, après avoir assisté sans doute à l'esclandre. Il la suivit.

Raoul de Limézy se trouvait à l'une de ces heures où la vie est en quelque sorte suspendue entre le passé et l'avenir. Un passé, pour lui, rempli d'événements. Un avenir qui s'annonçait pareil. Au milieu, rien. Et, dans ce cas-là, quand on a trente-quatre ans, c'est la femme qui nous semble tenir en main la clef de notre destinée. Puisque les yeux verts s'étaient évanouis, il réglerait sa marche incertaine à la clarté des yeux bleus.

Or, presque aussitôt, ayant affecté de prendre une autre route et revenant sur ses pas, il s'apercevait que le bellâtre aux cheveux pommadés s'était mis de nouveau en chasse et, repoussé d'un côté, se rejetait, comme lui, de l'autre côté. Et tous trois recommencèrent à déambuler sans que l'Anglaise pût discerner le manège de ses prétendants.

Le long des trottoirs encombrés, elle marchait en flânant, toujours attentive aux vitrines, et indifférente aux hommages recueillis. Elle gagna ainsi la place de la Madeleine, et par la rue Royale atteignit le faubourg Saint-Honoré jusqu'au grand hôtel Concordia.

Le bellâtre stationna, fit les cent pas, acheta un paquet de cigarettes, puis pénétra dans l'hôtel où Raoul le vit qui s'entretenait avec le concierge. Trois minutes plus tard, il repartait et Raoul se disposait également à questionner le concierge sur la jeune Anglaise aux yeux bleus, lorsque celle-ci franchit le vestibule et monta dans une auto où l'on avait apporté une petite valise. Elle s'en allait donc en voyage?

« Chauffeur, vous suivrez cette auto », dit Raoul, qui héla un taxi.

L'Anglaise fit des courses, et, à huit heures, descendait devant la gare de Paris-Lyon, et s'installait au buffet où elle commanda son repas.

Raoul s'assit à l'écart.

Le dîner fini, elle fuma deux cigarettes, puis, vers neuf heures trente, retrouva devant les grilles un employé de la Compagnie Cook qui lui donna son billet et son bulletin de bagages. Après quoi, elle gagna le rapide de 9 h. 46.

« Cinquante francs, offrit Raoul à l'employé, si vous me dites le nom de cette dame.

— Lady Bakefield.

— Où va-t-elle?

— A Monte-Carlo, monsieur. Elle est dans la voiture numéro cinq. »

Raoul réfléchit, puis se décida. Les yeux bleus valaient

le déplacement. Et puis c'est en suivant les yeux bleus qu'il avait connu les yeux verts, et l'on pouvait peut-être, par l'Anglaise, retrouver le bellâtre, et par le bellâtre arriver aux yeux verts.

Il retourna prendre un billet pour Monte-Carlo et se précipita sur le quai.

Il avisa l'Anglaise au haut des marches d'une voiture, se glissa parmi des groupes, et la revit, à travers les fenêtres, debout, et défaisant son manteau.

Il y avait très peu de monde. C'était quelques années avant la guerre, à la fin d'avril, et ce rapide, assez incommode, sans wagons-lits ni restaurant, n'emportait vers le Midi que d'assez rares voyageurs de première classe. Raoul ne compta que deux hommes, qui occupaient le compartiment situé tout à l'avant de cette même voiture numéro cinq.

Il se promena sur le quai, assez loin de la voiture, loua deux oreillers, se munit à la bibliothèque roulante de journaux et de brochures, et, au coup de sifflet, d'un bond, escalada les marches et entra dans le troisième compartiment, comme quelqu'un qui arrive à la dernière minute.

L'Anglaise était seule, près de la fenêtre. Il s'installa sur la banquette opposée, mais près du couloir. Elle leva les yeux, observa cet intrus qui n'offrait même point la garantie d'une valise ou d'un paquet, et sans paraître s'émouvoir, se remit à manger d'énormes chocolats dont elle avait, sur ses genoux, une boîte grande ouverte.

Un contrôleur passa et poinçonna les billets. Le train se hâtait vers la banlieue. Les clartés de Paris s'espaçaient. Raoul parcourut distraitement les journaux et, n'y prenant aucun intérêt, les rejeta.

« Pas d'événements, se dit-il. Aucun crime sensationnel. Combien cette jeune personne est plus captivante! »

Le fait de se trouver seul, dans une petite pièce close,

avec une inconnue, surtout jolie, de passer la nuit ensemble et de dormir presque côte à côte, lui avait toujours paru une anomalie mondaine dont il se divertissait fort. Aussi était-il bien déterminé à ne pas perdre son temps en lectures, méditations ou coups d'œil furtifs.

Il se rapprocha d'une place. L'Anglaise dut évidemment deviner que son compagnon de voyage se disposait à lui adresser la parole, et elle ne s'en émut pas plus qu'elle ne s'y prêta. Il fallait donc que Raoul fît, à lui seul, tout l'effort d'entrer en relations. Cela ne le gênait pas. D'un ton infiniment respectueux, il articula :

« Quelle que soit l'incorrection de ma démarche, je vous demanderai la permission de vous avertir d'une chose qui peut avoir pour vous de l'importance. Puis-je me permettre quelques mots? »

Elle choisit un chocolat, et, sans tourner la tête, répondit, d'un petit ton bref :

« S'il ne s'agit que de quelques mots, monsieur, oui.

— Voici, madame...

Elle rectifia...

« Mademoiselle...

— Voici, mademoiselle. Je sais, par hasard, que vous avez été suivie toute la journée, d'une manière équivoque, par un monsieur, qui se cache de vous, et... »

Elle interrompit Raoul :

« Votre démarche est, en effet, d'une incorrection qui m'étonne de la part d'un Français. Vous n'avez pas mission de surveiller les gens qui me suivent.

— C'est que celui-ci m'a paru suspect...

— Celui-ci, que je connais, et qui s'est fait présenter à moi l'année dernière, M. Marescal, a tout au moins la délicatesse de me suivre de loin et de ne pas envahir mon compartiment. »

Raoul, piqué au vif, s'inclina :

« Bravo, mademoiselle, le coup est direct. Je n'ai plus qu'à me taire.

— Vous n'avez plus qu'à vous taire, en effet, jusqu'à la prochaine station, où je vous conseille de descendre.

— Mille regrets. Mes affaires m'appellent à Monte-Carlo.

— Elles vous y appellent depuis que vous savez que j'y vais.

— Non, mademoiselle, dit Raoul nettement... mais depuis que je vous ai aperçue, tantôt, dans une pâtisserie, boulevard Haussmann. »

La riposte fut rapide.

« Inexact, monsieur, dit l'Anglaise. Votre admiration pour une jeune personne aux magnifiques yeux verts vous eût certainement entraîné dans son sillage, si vous aviez pu la rejoindre après le scandale qui s'est produit. Ne le pouvant pas, vous vous êtes lancé sur mes traces, d'abord jusqu'à l'hôtel Concordia, comme l'individu dont vous me dénoncez le manège, puis jusqu'au buffet de la gare.

Raoul s'amusait franchement.

« Je suis flatté qu'aucun de mes faits et gestes ne vous ait échappé, mademoiselle.

— Rien ne m'échappe, monsieur.

— Je m'en rends compte. Pour un peu, vous me diriez mon nom.

— Raoul de Limézy, explorateur, retour du Thibet et de l'Asie centrale. »

Raoul ne dissimula pas son étonnement.

« De plus en plus flatté. Vous demanderai-je par suite de quelle enquête?

— Aucune enquête. Mais quand une dame voit un monsieur se précipiter dans son compartiment à la dernière minute, et sans bagages, elle se doit à elle-même d'observer. Or, vous avez coupé deux ou trois pages de votre brochure avec une de vos cartes de visite. J'ai lu cette carte, et je me suis rappelé une interview récente où Raoul de Limézy racontait sa dernière expédition. C'est simple.

— Très simple. Mais il faut avoir de rudes yeux.

— Les miens sont excellents.

— Pourtant vous n'avez pas quitté du regard votre boîte de bonbons. Vous en êtes au dix-huitième chocolat.

— Je n'ai pas besoin de regarder pour voir, ni de réfléchir pour deviner.

— Pour deviner quoi, en l'occurrence?

— Pour deviner que votre nom véritable n'est pas Raoul de Limézy.

— Pas possible!...

— Sans quoi, monsieur, les initiales qui sont au fond de votre chapeau ne seraient pas un H. et un V... à moins que vous ne portiez le chapeau d'un ami. »

Raoul commençait à s'impatienter. Il n'aimait pas que, dans un duel qu'il soutenait, l'adversaire eût constamment l'avantage.

« Et que signifient cet H. et ce V., selon vous? »

Elle croqua son dix-neuvième chocolat et du même ton négligent :

« Ce sont là, monsieur, des initiales dont l'accouplement est assez rare. Quand je les rencontre par hasard, mon esprit fait toujours un rapprochement involontaire entre elles et les initiales de deux noms que j'ai remarqués une fois.

— Puis-je vous demander lesquels?

— Cela ne vous apprendrait rien. C'est un nom inconnu pour vous.

— Mais encore?...

— Horace Velmont.

— Et qui est cet Horace Velmont?

— Horace Velmont est un des nombreux pseudonymes sous lesquels se cache...

— Sous lesquels se cache?...

— Arsène Lupin. »

Raoul éclata de rire.

« Je serais donc Arsène Lupin? »

Elle protesta :

« Quelle idée! Je vous raconte seulement le souvenir que les initiales de votre chapeau évoquent en moi tout à fait stupidement. Et je me dis, tout aussi stupidement, que votre joli nom de Raoul de Limézy ressemble beaucoup à un certain nom de Raoul d'Andrésy qu'Arsène Lupin a porté également.

— Excellentes réponses, mademoiselle! Mais, si j'avais l'honneur d'être Arsène Lupin, croyez-moi, je ne jouerais pas le rôle un peu niais que je tiens en face de vous. Avec quelle maîtrise vous vous moquez de l'innocent Limézy! »

Elle lui tendit sa boîte.

« Un chocolat, monsieur, pour compenser votre défaite, et laissez-moi dormir.

— Mais, implora-t-il, notre conversation n'en restera pas là?

— Non, dit-elle. Si l'innocent Limézy ne m'intéresse pas, par contre les gens qui portent un autre nom que le leur m'intriguent toujours. Quelles sont leurs raisons? Pourquoi se déguisent-ils? Curiosité un peu perverse...

— Curiosité que peut se permettre une Bakefield », dit-il assez lourdement.

Et il ajouta :

« Comme vous le voyez, mademoiselle, moi aussi je connais votre nom.

— Et l'employé de Cook aussi, dit-elle en riant.

— Allons, fit Raoul, je suis battu. Je prendrai ma revanche à la première occasion.

— L'occasion se présente surtout quand on ne la cherche pas », conclut l'Anglaise.

Pour la première fois, elle lui donna franchement et en plein le beau regard de ses yeux bleus. Il frissonna.

« Aussi belle que mystérieuse, murmura-t-il.

— Pas le moins du monde mystérieuse, dit-elle. Je m'appelle Constance Bakefield. Je rejoins à Monte-Carlo mon père, Lord Bakefield, qui m'attend pour jouer au golf avec lui. En dehors du golf, dont je suis passionnée comme de tous les exercices, j'écris dans les journaux pour gagner ma vie et garder mon indépendance. Mon métier de « reporteresse » me permet ainsi d'avoir des renseignements de première main sur tous les personnages célèbres, hommes d'Etat, généraux, chefs et chevaliers d'industries, grands artistes et illustres cambrioleurs. Je vous salue, monsieur. »

Déjà elle refermait sur son visage les deux extrémités d'un châle, enfouissait sa tête blonde dans le creux d'un oreiller, jetait une couverture sur ses épaules et allongeait les jambes sur la banquette.

Raoul, qui avait tressailli sous la pointe de ce mot de cambrioleur, jeta quelques phrases qui ne portèrent point : il se heurtait à une porte close. Le mieux était de se taire et d'attendre sa revanche.

Il demeura donc silencieux dans son coin, déconcerté par l'aventure, mais au fond ravi et plein d'espoir. La délicieuse créature, originale et captivante, énigmatique et si franche! Et quelle acuité dans l'observation! Comme elle avait vu clair en lui! Comme elle avait relevé les petites imprudences que le mépris du danger lui laissait parfois commettre! Ainsi, ces deux initiales...

Il saisit son chapeau et en arracha la coiffe de soie qu'il alla jeter par une fenêtre du couloir. Puis il revint prendre place au milieu du compartiment, se cala aussi entre ses deux oreillers, et rêvassa nonchalamment.

La vie lui semblait charmante. Il était jeune. Des billets de banque, facilement gagnés, garnissaient son portefeuille. Vingt projets d'exécution certaine et de rapport fructueux fermentaient en son ingénieux cerveau. Et, le lendemain matin, il aurait en face de lui le spectacle passionnant et troublant d'une jolie femme qui s'éveille.

Il y pensait avec complaisance. Dans son demi-sommeil il voyait les beaux yeux couleur de ciel. Chose bizarre, ils se teintaient peu à peu de nuances imprévues, et devenaient verts, couleur des flots. Il ne savait plus trop si c'étaient ceux de l'Anglaise ou de la Parisienne qui le regardaient dans ce demi-jour indistinct. La jeune fille de Paris lui souriait gentiment. A la fin c'était bien elle qui dormait en face de lui. Et un sourire aux lèvres, la conscience tranquille, il s'endormit également.

Les songes d'un homme dont la conscience est tranquille et qui entretient avec son estomac des relations cordiales ont toujours un agrément que n'atténuent même pas les cahots du chemin de fer. Raoul flottait béatement dans des pays vagues où s'allumaient des yeux bleus et des yeux verts, et le voyage était si agréable qu'il n'avait pas pris la précaution de placer en dehors de lui, et pour ainsi dire en faction, comme il le faisait toujours, une petite partie de son esprit.

Ce fut un tort. En chemin de fer, on doit toujours se méfier, principalement lorsqu'il y a peu de monde.

Il n'entendit donc point s'ouvrir la porte de la passerelle à soufflet qui servait de communication avec la voiture précédente (voiture numéro quatre) ni s'approcher à pas de loup trois personnages masqués et vêtus de longues blouses grises, qui firent halte devant son compartiment.

Autre tort : il n'avait pas voilé l'ampoule lumineuse. S'il l'eût voilée à l'aide d'un rideau, les individus eussent été contraints d'allumer pour accomplir leurs funestes desseins, et Raoul se fût réveillé en sursaut.

De sorte que, en fin de compte, il n'entendit ni ne vit rien. Un des hommes, revolver au poing, demeura, comme une sentinelle, dans le couloir. Les deux autres, en quelques signes, se partagèrent la besogne, et tirèrent de leurs poches des casse-tête. L'un frapperait le premier voyageur, l'autre celui qui dormait sous une couverture.

L'ordre d'attaque se donna à voix basse, mais, si bas que ce fût, Raoul en perçut le murmure, se réveilla, et, instantanément raidit ses jambes et ses bras. Parade inutile. Le casse-tête s'abattait sur son front et l'assommait. Tout au plus put-il sentir qu'on le saisissait à la gorge, et put-il apercevoir qu'une ombre passait devant lui et se ruait sur Miss Bakefield.

Dès lors, ce fut la nuit, les ténèbres épaisses, où, perdant pied comme un homme qui se noie, il n'eut plus que ces impressions incohérentes et pénibles qui remontent plus tard à la surface de la conscience, et avec lesquelles la réalité se reconstitue dans son ensemble. On le ligota, on le bâillonna énergiquement, et on lui enveloppa la tête d'une étoffe rugueuse. Ses billets de banque furent enlevés.

« Bonne affaire, souffla une voix. Mais tout ça, c'est des « hors-d'œuvre ». As-tu ficelé l'autre?

— Le coup de matraque a dû l'étourdir. »

Il faut croire que le coup n'avait pas étourdi « l'autre » suffisamment, et que le fait d'être ficelée ne lui convenait pas, car il y eut des jurons, un bruit de bousculade, une bataille acharnée qui remuait toute la banquette... et puis des cris... des cris de femme...

« Crénom, en voilà une garce! reprit sourdement une des voix. Elle griffe... elle mord... Mais, dis donc, tu la reconnais, toi?

— Dame! c'est plutôt à toi de le dire.

— Que je la fasse taire d'abord! »

Il employa de tels moyens qu'elle se tut, en effet, peu à peu. Les cris s'atténuèrent, devinrent des hoquets, des plaintes. Elle luttait cependant, et cela se passait tout contre Limézy, qui sentait, comme dans un cauchemar, tous les efforts de l'attaque et de la résistance.

Et subitement cela prit fin. Une troisième voix, qui venait du couloir, celle de l'homme en faction évidemment, ordonna, sur un ton étouffé :

« Halte!... mais lâchez-la donc! Vous ne l'avez toujours pas tuée, hein?

— Ma foi, j'ai bien peur... En tout cas on pourrait la fouiller.

— Halte! et silence, nom de D... »

Les deux agresseurs sortirent. On se querella et on discuta dans le couloir, et Raoul, qui commençait à se ranimer et à bouger, surprit ces mots : « Oui... plus loin... le compartiment du bout... Et, vivement!... le contrôleur pourrait venir... »

Un des trois bandits se pencha sur lui :

« Toi, si tu remues, tu es mort. Tiens-toi tranquille. »

Le trio s'éloigna vers l'extrémité opposée, où Raoul avait remarqué la présence de deux voyageurs. Déjà il essayait de desserrer ses liens, et, par des mouvements de mâchoire, de déplacer son bâillon.

Près de lui, l'Anglaise gémissait, de plus en plus faiblement, ce qui le désolait. De toutes ses forces, il cherchait à se libérer, avec la crainte qu'il ne fût trop tard pour sauver la malheureuse. Mais ses liens étaient solides et durement noués.

Cependant, l'étoffe qui l'aveuglait, mal attachée, tomba soudain. Il aperçut la jeune fille à genoux, les coudes sur la banquette, et le regardant avec des yeux qui n'y voyaient pas.

Au loin, des détonations claquèrent. Les trois bandits masqués et les deux voyageurs devaient se battre dans le compartiment du bout. Presque aussitôt, un des bandits passa au galop, une petite valise à la main et les gestes désordonnés.

Depuis une ou deux minutes, le train avait ralenti. Il était probable que des travaux de réparation effectués sur la voie retardaient sa marche, et de là provenait le moment choisi pour l'agression.

Raoul était désespéré. Tout en se raidissant contre ses cordes impitoyables, il réussit à dire à la jeune fille, malgré son bâillon :

« Tenez bon, je vous en prie... Je vais vous soigner... Mais qu'y a-t-il? Qu'éprouvez-vous? »

Les bandits avaient dû serrer outre mesure la gorge de la jeune fille, et lui briser le cou, car sa face, tachetée de plaques noires et convulsée, présentait tous les symptômes de l'asphyxie. Raoul eut la notion immédiate qu'elle était près de mourir. Elle haletait et tremblait des pieds à la tête.

Son buste se ploya vers le jeune homme. Il perçut le souffle rauque de sa respiration, et, parmi des râles d'épuisement, quelques mots qu'elle bégayait en anglais :

« Monsieur... monsieur... écoutez-moi... je suis perdue.

— Mais non, dit-il, bouleversé. Essayez de vous relever... d'atteindre la sonnette d'alarme. »

Elle n'avait pas de force. Et aucune chance ne restait pour que Raoul parvînt à se dégager, malgré l'énergie surhumaine de ses efforts. Habitué comme il l'était à faire triompher sa volonté, il souffrait horriblement d'être ainsi le spectateur impuissant de cette mort affreuse. Les événements échappaient à sa domination et tourbillonnaient autour de lui dans un vertige de tempête.

Un deuxième individu masqué repassa, chargé d'un sac de voyage, et tenant un revolver. Il en venait un troisième par-derrière. Là-bas, sans doute, les deux voyageurs avaient succombé et, comme on avançait de plus en plus lentement, au milieu des travaux, les meurtriers allaient s'enfuir tranquillement.

Or, à la grande surprise de Limézy, il s'arrêtèrent net, en face même du compartiment, comme si un obstacle redoutable se dressait tout à coup devant eux. Raoul supposa que quelqu'un surgissait à l'entrée de la passerelle à soufflet... peut-être le contrôleur, au cours d'une ronde.

Tout de suite, en effet, il y eut des éclats de voix, puis, brusquement, la lutte. Le premier des individus ne put même pas se servir de son arme, qui lui échappa des mains. Un employé, vêtu d'un uniforme, l'avait assailli, et ils roulèrent tous les deux sur le tapis, tandis que le complice, un petit qui semblait tout mince dans sa blouse grise tachée de sang, et dont la tête se dissimulait sous une casquette trop large, à laquelle était attaché un masque de lustrine noire, essayait de dégager son camarade.

« Hardi, le contrôleur! cria Raoul exaspéré... voilà du secours! »

Mais le contrôleur faiblissait, une de ses mains immobilisée par le plus petit des complices. L'autre homme reprit le dessus et martela la figure de l'employé d'une grêle de coups de poing.

Alors le plus petit se releva, et, comme il se relevait, son masque fut accroché et tomba, entraînant la casquette trop large. D'un geste vif, il se recouvrit de l'un et de l'autre. Mais Raoul avait eu le temps d'apercevoir les cheveux blonds et l'adorable visage, effaré et livide, de l'inconnue aux yeux verts, rencontrée, l'après-midi, dans la pâtisserie du boulevard Haussmann.

La tragédie prenait fin. Les deux complices se sauvèrent. Raoul, frappé de stupeur, assista sans un mot au long et pénible manège du contrôleur qui réussit à monter sur la banquette et à tirer le signal d'alarme.

L'Anglaise agonisait. Dans un dernier soupir, elle balbutia encore des mots incohérents :

« Pour l'amour de Dieu... écoutez-moi... il faut prendre... il faut prendre...

— Quoi? je vous promets...

— Pour l'amour de Dieu... prenez ma sacoche... enlevez les papiers... Que mon père ne sache rien... »

Elle renversa la tête et mourut... Le train stoppa.

II

INVESTIGATIONS

LA mort de Miss Bakefield, l'attaque sauvage des trois personnages masqués, l'assassinat probable des deux voyageurs, la perte de ses billets de banque, tout cela ne pesa guère dans l'esprit de Raoul auprès de l'inconcevable vision qui l'avait heurté en dernier lieu. La demoiselle aux yeux verts! La plus gracieuse et la plus séduisante femme qu'il eût jamais rencontrée surgissant de l'ombre criminelle! La plus rayonnante image apparaissant sous ce masque ignoble du voleur et de l'assassin! La demoiselle aux yeux de jade, vers qui son instinct d'homme l'avait jeté dès la première minute, et qu'il retrouvait en blouse tachée de sang, avec une face éperdue, en compagnie de deux effroyables meurtriers, et, comme eux, pillant, tuant, semant la mort et l'épouvante!

Bien que sa vie de grand aventurier, mêlé à tant d'horreurs et d'ignominies, l'eût endurci aux pires spectacles, Raoul (continuons de l'appeler ainsi puisque c'est sous ce nom qu'Arsène Lupin joua son rôle dans le drame), Raoul de Limézy demeurait confondu devant une réalité qu'il lui était impossible de concevoir et, en quelque sorte, d'étreindre. Les faits dépassaient son imagination.

Dehors, c'était le tumulte. D'une gare toute proche, la gare de Beaucourt, des employés accouraient, ainsi qu'un groupe d'ouvriers occupés aux réparations de la voie. Il y avait des clameurs. On cherchait d'où venait l'appel.

Le contrôleur trancha les liens de Raoul, tout en écoutant ses explications, puis il ouvrit une fenêtre du couloir et fit signe aux employés.

« Par ici! Par ici! »

Se retournant vers Raoul, il lui dit :

« Elle est morte, n'est-ce pas, cette jeune femme?

— Oui... étranglée. Et ce n'est pas tout... deux voyageurs à l'autre extrémité. »

Ils allèrent vivement au bout du couloir.

Dans le dernier compartiment, deux cadavres. Aucune trace de désordre. Sur les filets, rien. Pas de valise. Pas de colis.

A ce moment les employés de la gare essayaient d'ouvrir la portière qui desservait la voiture de ce côté. Elle était bloquée, ce qui fit comprendre à Raoul les raisons pour lesquelles les trois bandits avaient dû reprendre le même chemin du couloir et s'enfuir par la première porte.

Celle-ci, en effet, fut trouvée ouverte. Des gens montèrent. D'autres sortaient de la passerelle à soufflet, et déjà l'on envahissait les deux compartiments, lorsqu'une voix forte proféra d'un ton impérieux :

« Que l'on ne touche à rien!... Non, monsieur, laissez ce revolver où il est. C'est une pièce à conviction extrêmement importante. Et puis il est préférable que tout le monde s'en aille. La voiture va être détachée, et le train repart aussitôt. N'est-ce pas, monsieur le chef de gare? »

Dans les minutes de désarroi, il suffit que quelqu'un parle net, et sache ce qu'il veut, pour que toutes les volontés éparses se plient à cette énergie qui semble celle d'un chef. Or, celui-là s'exprimait puissamment, en homme accoutumé à ce qu'on lui obéisse. Raoul le regarda et fut stupéfait de reconnaître l'individu qui avait suivi Miss Bakefield et abordé la demoiselle aux yeux verts, l'individu auquel il avait demandé du feu, bref, le bellâtre pommadé, celui que l'Anglaise appelait M. Marescal. Debout à l'entrée du compartiment où gisait la jeune fille, il barrait la route aux intrus et les refoulait vers les portes ouvertes.

« Monsieur le chef de gare, reprit-il, vous avez l'obligeance, n'est-ce pas, de surveiller la manœuvre? Emmenez avec vous tous vos employés. Il faudrait aussi téléphoner à la gendarmerie la plus proche, demander un médecin, et prévenir le Parquet de Romillaud. Nous sommes en face d'un crime.

— De trois assassinats, rectifia le contrôleur. Deux hommes masqués se sont enfuis, deux hommes qui m'ont assailli.

— Je sais, dit Marescal. Les ouvriers de la voie ont aperçu des ombres et sont à leur poursuite. Au haut du talus, il y a un petit bois et la battue s'organise tout autour et le long de la route nationale. S'il y a capture, nous le saurons ici. »

Il articulait les mots durement, avec des gestes secs et une allure autoritaire.

Raoul s'étonnait de plus en plus et, du coup, reprenait tout son sang-froid. Que faisait là le pommadé? et qu'est-ce qui lui donnait cet aplomb incroyable? N'arrive-t-il pas souvent que l'aplomb de ces personnages provienne justement de ce qu'ils ont quelque chose à cacher, derrière leur façade brillante?

Et comment oublier que Marescal avait suivi Miss Bakefield durant tout l'après-midi, qu'il la guettait avant l'heure du départ, et qu'il se trouvait là, sans doute, dans la voiture numéro quatre, à l'instant même où se machinait le crime? D'une voiture à l'autre, la passerelle..., la passerelle par où les trois bandits masqués avaient surgi, et par où l'un des trois, le premier, avait pu retourner... Celui-là, n'était-ce pas le personnage qui maintenant « crânait » et commandait?

La voiture s'était vidée. Il ne restait plus que le contrôleur. Raoul essaya de rejoindre sa place. Il en fut empêché.

« Comment, monsieur! dit-il, certain que Marescal ne le reconnaissait pas. Comment! mais j'étais ici, et je prétends y revenir.

— Non, monsieur, riposta Marescal, tout endroit où un crime a été commis appartient à la justice, et nul n'y peut pénétrer sans une autorisation. »

Le contrôleur s'interposa.

« Ce voyageur fut l'une des victimes de l'attaque. Ils l'ont ligoté et dépouillé.

— Je regrette, dit Marescal. Mais les ordres sont formels.

— Quels ordres? fit Raoul irrité.

— Les miens. »

Raoul se croisa les bras.

« Mais enfin, monsieur, de quel droit parlez-vous? Vous êtes là qui nous faites la loi avec une insolence que les autres personnes peuvent accepter, mais que je ne suis pas d'humeur à subir, moi. »

Le bellâtre tendit sa carte de visite, en scandant d'une voix pompeuse :

« Rodolphe Marescal, commissaire au service des recherches internationales, attaché au ministère de l'Intérieur. »

Devant de pareils titres, avait-il l'air de dire, on n'a qu'à s'incliner. Et il ajouta :

« Si j'ai pris la direction des événements, c'est d'accord avec le chef de gare, et parce que ma compétence spéciale m'y autorisait. »

Raoul, quelque peu interloqué, se contint. Le nom de Marescal, auquel il n'avait pas fait attention, éveillait subitement dans sa mémoire le souvenir confus de certaines affaires où il lui semblait que le commissaire avait montré du mérite et une clairvoyance remarquable. En tout cas, il eût été absurde de lui tenir tête.

« C'est ma faute, pensa-t-il. Au lieu d'agir du côté de l'Anglaise et de remplir son dernier vœu, j'ai perdu mon temps à faire de l'émotion avec la fille masquée. Mais tout de même, je te repincerai au détour, le pommadé, et je saurai comment il se peut que tu sois dans ce train, à point nommé, pour t'occuper d'une affaire où les deux héroïnes sont justement les jolies femmes de tantôt. En attendant, filons doux. »

Et, d'un ton de déférence, comme s'il était fort sensible au prestige des hautes fonctions :

« Excusez-moi, monsieur. Si peu Parisien que je sois, puisque j'habite le plus souvent hors de France, votre notoriété est venue jusqu'à moi, et je me rappelle, entre autres, une histoire de boucles d'oreilles... »

Marescal se rengorgea.

« Oui, les boucles d'oreilles de la princesse Laurentini, dit-il Ce ne fut pas mal en effet. Mais nous tâcherons de réussir encore mieux aujourd'hui, et j'avoue qu'avant l'arrivée de la gendarmerie, et surtout du juge d'instruction, j'aimerais bien pousser l'enquête à un point où...

— A un point, approuva Raoul, où ces messieurs n'auraient plus qu'à conclure. Vous avez tout à fait raison, et je ne continuerai mon voyage que demain, si ma présence peut vous être utile.

— Extrêmement utile, et je vous en remercie. »

Le contrôleur, lui, dut repartir, après avoir dit ce qu'il savait. Cependant, la voiture était rangée sur une voie de garage et le train s'éloigna.

Marescal commença ses investigations, puis avec l'intention évidente d'éloigner Raoul, il le pria d'aller jusqu'à la station et de chercher des draps pour recouvrir les cadavres.

Raoul, empressé, descendit, longea la voiture, et se hissa au niveau de la troisième fenêtre du couloir.

« C'est bien ce que je pensais, se dit-il, le pommadé voulait être seul. Quelque petite machination préliminaire. »

Marescal en effet avait un peu soulevé le corps de la jeune Anglaise et entrouvert son manteau de voyage. Autour de sa taille, il y avait une petite sacoche de cuir rouge. Il dégrafa la courroie, prit la sacoche, et l'ouvrit. Elle contenait des papiers, qu'il se mit à lire aussitôt.

Raoul, qui ne le voyait que de dos et ne pouvait ainsi juger, d'après son expression, ce qu'il pensait de sa lecture, partit en grommelant :

« T'auras beau te presser, camarade, je te rattraperai toujours avant le but. Ces papiers m'ont été légués et nul autre que moi n'a droit sur eux. »

Il accomplit la mission dont il était chargé et, lorsqu'il revint avec la femme et la mère du chef de gare, qui se proposaient pour la veillée funèbre, il apprit de Marescal qu'on avait cerné dans le bois deux hommes qui se cachaient au milieu des fourrés.

« Pas d'autre indication? demanda Raoul.

— Rien, déclara Marescal, soi-disant un des hommes boitait et l'on a recueilli derrière lui un talon coincé entre deux racines. Mais c'est un talon de soulier de femme.

— Donc, aucun rapport.

— Aucun. »

On étendit l'Anglaise. Raoul regarda une dernière fois sa jolie et malheureuse compagne de voyage, et il murmura en lui-même :

« Je vous vengerai, Miss Bakefield. Si je n'ai pas su veiller sur vous et vous sauver, je vous jure que vos assassins seront punis. »

Il pensait à la demoiselle aux yeux verts et il répéta, à l'encontre de la mystérieuse créature, ce même serment de haine et de vengeance. Puis, baissant les paupières de la jeune fille, il ramena le drap sur son pâle visage.

« Elle était vraiment belle, dit-il. Vous ne savez pas son nom?

— Comment le saurais-je? déclara Marescal, qui se déroba.

— Mais voici une sacoche...

— Elle ne doit être ouverte qu'en présence du Parquet », dit Marescal qui la mit en bandoulière sur son épaule et qui ajouta :

« Il est surprenant que les bandits ne l'aient pas dérobée.

— Elle doit contenir des papiers...

— Nous attendrons le Parquet, répéta le commissaire. Mais il semble, en tout cas, que les bandits qui vous ont dévalisé, vous, ne lui aient rien dérobé à elle... ni ce bracelet-montre, ni cette broche, ni ce collier... »

Raoul conta ce qui s'était passé, et il le fit d'abord avec précision, tellement il souhaitait collaborer à la découverte de la vérité. Mais, peu à peu, des raisons obscures le poussant à dénaturer certains faits, il ne parla point du troisième complice et ne donna des deux autres qu'un signalement approximatif, sans révéler la présence d'une femme parmi eux.

Marescal écouta et posa quelques questions, puis laissant une des gardes, emmena l'autre dans le compartiment où gisaient les deux hommes.

Ils se ressemblaient tous deux, l'un beaucoup plus jeune, mais tous deux offrant les mêmes traits vulgaires, les mêmes sourcils épais, et les mêmes vêtements gris, de mauvaise coupe. Le plus jeune avait reçu une balle en plein front, l'autre dans le cou.

Marescal, qui affectait la plus grande réserve, les examina longuement, sans même les déranger de leur position, fouilla leurs poches, et les recouvrit du même drap.

« Monsieur le commissaire, dit Raoul, à qui la vanité et les prétentions de Marescal n'avaient pas échappé, j'ai l'impression que vous avez déjà fait du chemin sur la voie de la vérité. On sent en vous un maître. Vous est-il possible en quelques mots?...

— Pourquoi pas? dit Marescal, qui entraîna Raoul dans un autre compartiment. La gendarmerie ne va pas tarder, et le médecin non plus. Afin de bien marquer la position que je prends, et de m'en assurer le bénéfice, je ne suis pas fâché d'exposer au préalable le résultat de mes premières investigations. »

« Vas-y, pommadé, se dit Raoul. Tu ne peux pas choisir un meilleur confident que moi. »

Il parut confus d'une telle aubaine. Quel honneur et quelle joie! Le commissaire le pria de s'asseoir et commença :

« Monsieur, sans me laisser influencer par certaines contradictions ni me perdre dans les détails, je tiens à mettre en évidence deux faits primordiaux, d'une importance considérable, à mon humble avis. Tout d'abord, ceci. La jeune Anglaise, comme vous la désignez, a été victime d'une méprise. Oui, monsieur, d'une méprise. Ne vous récriez pas. J'ai mes preuves. A l'heure fixée par le ralentissement prévu du train, les bandits qui se trouvaient dans la voiture suivante (je me rappelle les avoir entraperçus de loin et je les croyais même au nombre de trois) vous attaquent, vous dépouillent, attaquent votre voisine, cherchent à la ficeler... et puis brusquement, lâchent tout et s'en vont plus loin, jusqu'au compartiment du bout.

« Pourquoi cette volte-face?... Pourquoi? Parce qu'ils se sont trompés, parce que la jeune femme était dissimulée sous une couverture, parce qu'ils croient se ruer contre deux hommes et qu'ils aperçoivent une femme. D'où leur effarement. « Crénom, en voilà une « garce! » et d'où leur éloignement précipité. Ils explorent le couloir et découvrent les deux hommes qu'ils recherchaient... les deux qui sont là. Or, ces deux-là se défendent. Ils les tuent à coups de revolver et les dépouillent au point de ne rien leur laisser. Valises, paquets, tout est parti, jusqu'aux casquettes... Premier point nettement établi, n'est-ce pas? »

Raoul était surpris, non pas de l'hypothèse, car lui-même l'avait admise dès le début, mais que Marescal eût pu l'apercevoir avec cette acuité et cette logique.

« Second point... » reprit le policier, que l'admiration de son interlocuteur exaltait.

Il tendit à Raoul une petite boîte d'argent finement ciselée.

« J'ai ramassé cela derrière la banquette.

— Une tabatière?

— Oui, une tabatière ancienne... mais servant d'étui à cigarettes. Sept cigarettes, tout juste, que voici... tabac blond, pour femme.

— Ou pour homme, dit Raoul, en souriant..., car enfin il n'y avait là que des hommes.

— Pour femme, j'insiste...

— Impossible!

— Sentez la boîte. »

Il la mit sous le nez de Raoul. Celui-ci, après avoir reniflé, acquiesça :

« En effet, en effet... un parfum de femme qui met son étui à cigarettes dans son sac, avec le mouchoir, la poudre de riz et le vaporisateur de poche. L'odeur est caractéristique.

— Alors?

— Alors je ne comprends plus. Deux hommes ici que nous retrouvons morts... et deux hommes qui ont attaqué et se sont enfuis après avoir tué.

— Pourquoi pas un homme et une femme?

— Hein! Une femme... Un de ces bandits serait une femme?

— Et cette boîte à cigarettes?

— Preuve insuffisante.

— J'en ai une autre.

— Laquelle?

— Le talon... ce talon de soulier, que l'on a ramassé dans les bois, entre deux racines. Croyez-vous qu'il en faut davantage pour établir une conviction solide relativement au second point que j'énonce ainsi : deux agresseurs, dont un homme et une femme. »

La clairvoyance de Marescal agaçait Raoul. Il se garda de le montrer et fit, entre ses dents, comme si l'exclamation lui échappait :

« Vous êtes rudement fort! »

Et il ajouta :

« C'est tout? Pas d'autres découvertes?

— Hé! dit l'autre en riant, laissez-moi souffler!

— Vous avez donc l'intention de travailler toute la nuit?

— Tout au moins jusqu'à ce qu'on m'ait amené les deux fugitifs, ce qui ne saurait tarder, si l'on se conforme à mes instructions. »

Raoul avait suivi la dissertation de Marescal de l'air bonasse d'un monsieur qui, lui, n'est pas rudement fort, et qui s'en remet aux autres du soin de débrouiller une affaire à laquelle il ne saisit pas grand-chose. Il hocha la tête, et prononça, en bâillant :

« Amusez-vous, monsieur le commissaire. Pour moi, je vous avouerai que toutes ces émotions m'ont diablement démoli et qu'une heure ou deux de repos...

— Prenez-les, approuva Marescal. N'importe quel compartiment vous servira de couchette... Tenez, celui-ci... Je veillerai à ce que personne ne vous dérange... et quand j'aurai fini, je viendrai m'y reposer à mon tour. »

Raoul s'enferma, tira les rideaux et voila le globe lumineux. A ce moment, il n'avait pas une idée nette de ce qu'il voulait faire. Les événements, très compliqués, ne prêtaient pas encore une solution réfléchie, et il se contenterait d'épier les intentions de Marescal et de résoudre l'énigme de sa conduite.

« Toi, mon pommadé, se disait-il, je te tiens. Tu es comme le corbeau de la fable : avec des louanges on te fait ouvrir le bec. Du mérite, certes, du coup d'œil. Mais trop bavard. Quant à mettre en cage l'inconnue et son complice, ça m'étonnerait beaucoup. C'est là une entreprise dont il faudra que je m'acquitte personnellement. »

Or, il advint que, dans la direction de la gare, un bruit de voix s'éleva, qui prit assez vite des proportions de tumulte. Raoul écouta. Marescal s'était penché et criait, par une fenêtre du couloir, à des gens qui approchaient :

« Qu'y a-t-il? Ah! parfait, les gendarmes... Je ne me trompe pas, n'est-ce pas? »

On lui répondit :

« Le chef de gare m'envoie vers vous, monsieur le commissaire.

— C'est vous, brigadier? Il y a eu des arrestations?

— Une seule, monsieur le commissaire. Un de ceux que l'on poursuivait est tombé de fatigue sur la grand-route, tandis que nous arrivions à un kilomètre d'ici. L'autre a pu s'échapper.

— Et le médecin?

— Il faisait atteler, à notre passage. Mais il avait une visite en chemin. Il sera là d'ici quarante minutes.

— C'est le plus petit des deux que vous avez arrêté, brigadier?

— Un petit tout pâle... avec une casquette trop grande... et qui pleure... et qui fait des promesses : « Je « parlerai, mais à M. le juge seulement... Où est-il, « M. le juge? »

— Vous l'avez laissé à la station, ce petit-là?

— Sous bonne garde.

— J'y vais.

— Si ça ne vous contrarie pas, monsieur le commissaire, je voudrais d'abord voir comment ça s'est passé dans le train. »

Le brigadier monta avec un gendarme... Marescal le reçut en haut des marches, et tout de suite le conduisit devant le cadavre de la jeune Anglaise.

« Tout va bien, se dit Raoul, qui n'avait pas perdu un mot du dialogue. Si le pommadé commence ses explications, il y en a pour un bout de temps. »

Cette fois, il voyait clair dans le désordre de son esprit, et discernait les intentions vraiment inattendues qui surgissaient brusquement en lui, à son insu pour ainsi dire, et sans qu'il pût comprendre le motif secret de sa conduite.

Il baissa la grande glace et se pencha sur la double ligne des rails. Personne. Aucune lumière.

Il sauta.

III

LE BAISER DANS L'OMBRE

La gare de Beaucourt est située en pleine campagne, loin de toute habitation. Une route perpendiculaire au chemin de fer la relie au village de Beaucourt, puis à Romillaud où se trouve la gendarmerie, puis à Auxerre d'où l'on attendait les magistrats. Elle est coupée à angle droit par la route nationale, laquelle longe la ligne à une distance de cinq cents mètres.

On avait réuni sur le quai toutes les lumières disponibles, lampes, bougies, lanternes, fanaux, ce qui obligea Raoul à n'avancer qu'avec des précautions infinies. Le chef de gare, un employé et un ouvrier conversaient avec le gendarme de faction dont la haute taille se dressait devant la porte ouverte à deux battants d'une pièce encombrée de colis, qui était réservée au service des messageries.

Dans la demi-obscurité de cette pièce s'étageaient des piles de paniers et de caissettes, et s'éparpillaient des colis de toute espèce. En approchant, Raoul crut voir, assise sur un amas d'objet, une silhouette courbée qui ne bougeait pas.

« C'est elle tout probablement, se dit-il, c'est la demoiselle aux yeux verts. Un tour de clef dans le fond, et la prison est toute faite, puisque les geôliers se tiennent à la seule issue possible. »

La situation lui parut favorable, mais à condition qu'il ne se heurtât pas à des obstacles susceptibles de le gêner, Marescal et le brigadier pouvant survenir plus tôt qu'il ne le supposait. Il fit donc un détour en courant et aboutit à la façade postérieure de la gare sans avoir rencontré âme qui vive. Il était plus de minuit. Aucun train ne s'arrêtait plus et, sauf le petit groupe qui bavardait sur le quai, il n'y avait personne.

Il entra dans la salle d'enregistrement. Une porte à gauche, un vestibule avec un escalier, et, à droite de ce vestibule, une autre porte. D'après la disposition des lieux ce devait être là.

Pour un homme comme Raoul, une serrure ne constitue pas un obstacle valable. Il avait toujours sur lui quatre ou cinq menus instruments avec lesquels il se chargeait d'ouvrir les portes les plus récalcitrantes. A la première tentative, celle-ci obéit. Ayant entrebâillé légèrement, il vit qu'aucun rayon lumineux ne la frappait. Il poussa donc, tout en se baissant, et entra. Les gens du dehors n'avaient pu ni le voir ni l'entendre, et pas davantage la captive dont les sanglots sourds rythmaient le silence de la pièce.

L'ouvrier racontait la poursuite à travers les bois. C'est lui qui, dans un taillis, sous le jet d'un fanal, avait levé « le gibier ». L'autre malandrin, comme il disait, était mince et de haute taille et détalait comme un lièvre. Mais il devait revenir sur ses pas et entraîner le petit. D'ailleurs, il faisait si noir que la chasse n'était pas commode.

« Tout de suite le gosse qu'est là, conta l'ouvrier, s'est mis à geindre. Il a une drôle de voix de fille, avec des larmes : « Où est le juge?... je lui dirai tout... « Qu'on me mène devant le juge! »

L'auditoire ricanait. Raoul en profita pour glisser la tête entre deux piles de caisses à claire-voie. Il se trouvait ainsi derrière l'amoncellement de colis postaux où la captive était prostrée. Cette fois, elle avait dû percevoir quelque bruit, car les sanglots cessèrent.

Il chuchota :

« N'ayez pas peur. »

Comme elle se taisait, il reprit :

« N'ayez pas peur... je suis un ami.

— Guillaume? » demanda-t-elle, très bas.

Raoul comprit qu'il s'agissait de l'autre fugitif et répondit :

« Non, c'est quelqu'un qui vous sauvera des gendarmes. »

Elle ne souffla pas mot. Elle devait redouter une embûche. Mais il insista :

« Vous êtes entre les mains de la justice. Si vous ne me suivez pas, c'est la prison, la cour d'assises...

— Non, fit-elle, M. le juge me laissera libre.

— Il ne vous laissera pas libre. Deux hommes sont morts... Votre blouse est couverte de sang... Venez... Une seconde d'hésitation peut vous perdre... Venez... »

Après un silence, elle murmura :

« J'ai les mains attachées. »

Toujours accroupi, il coupa les liens avec son couteau et demanda :

« Est-ce qu'ils peuvent vous voir actuellement?

— Le gendarme seulement, quand il se retourne, et mal, car je suis dans l'ombre... Pour les autres, ils sont trop à gauche...

— Tout va bien... Ah! un instant. Ecoutez... »

Sur le quai des pas approchaient, et il reconnut la voix de Marescal. Alors il commanda :

« Pas un geste... Les voilà qui arrivent, plus tôt que je ne croyais... Entendez-vous?...

— Oh! j'ai peur, bégaya la jeune fille... Il me semble que cette voix... Mon Dieu, serait-ce possible!

— Oui, dit-il, c'est la voix de Marescal, votre ennemi... Mais il ne faut pas avoir peur... Tantôt, rappelez-vous, sur le boulevard, quelqu'un s'est interposé entre vous et lui. C'était moi. Je vous supplie de ne pas avoir peur.

— Mais il va venir...

— Ce n'est pas sûr...

— Mais s'il vient?...

— Faites semblant de dormir, d'être évanouie... Enfermez votre tête entre vos bras croisés... Et ne bougez pas...

— S'il essaie de me voir? S'il me reconnaît?

— Ne lui répondez pas... Quoi qu'il advienne, pas un seul mot... Marescal n'agira pas tout de suite... il réfléchira... Et alors... »

Raoul n'était pas tranquille. Il supposait bien que Marescal devait être anxieux de savoir s'il ne se trompait pas et si le bandit était réellement une femme. Il allait donc procéder à un interrogatoire immédiat, et, en tout cas, jugeant la précaution insuffisante, inspecter lui-même la prison.

De fait, le commissaire s'écria aussitôt, d'un ton joyeux :

« Eh bien, monsieur le chef de gare, voilà du nouveau! un prisonnier chez vous! Et un prisonnier de marque! La gare de Beaucourt va devenir célèbre... Brigadier, l'endroit me paraît fort bien choisi, et je suis persuadé qu'on ne pouvait pas faire mieux. Par excès de prudence, je vais m'assurer... »

Ainsi, du premier coup, il marchait droit au but, comme Raoul l'avait prévu. L'effroyable partie allait se jouer entre cet homme et la jeune fille. Quelques gestes, quelques paroles, et la demoiselle aux yeux verts serait irrémédiablement perdue.

Raoul fut prêt de battre en retraite. Mais c'était renoncer à tout espoir et jeter à ses trousses toute une horde d'adversaires qui ne lui permettraient plus de recommencer l'entreprise. Il s'en remit donc au hasard.

Marescal pénétra dans la pièce, tout en continuant de parler aux gens du dehors, et de façon à leur cacher la forme immobile qu'il voulait être seul à contempler. Raoul demeurait à l'écart, suffisamment protégé par les caisses pour que Marescal ne le vît pas encore.

Le commissaire s'arrêta et dit tout haut :

« On semble dormir... Eh! camarade, il n'y aurait pas moyen de faire un bout de causette? »

Il tira de sa poche une lampe électrique dont il pressa le bouton et dirigea le faisceau lumineux. Ne voyant qu'une casquette et deux bras serrés, il écarta les bras et souleva la casquette.

« Ça y est, dit-il tout bas... Une femme... Une femme blonde!... Allons, la petite, montrez-moi votre jolie frimousse. »

Il saisit la tête de force et la tourna. Ce qu'il vit était tellement extraordinaire qu'il n'accepta pas l'invraisemblable vérité.

« Non, non, murmura-t-il, ce n'est pas admissible. »

Il observa la porte d'entrée, ne voulant pas qu'aucun des autres le rejoignît. Puis, fiévreusement il arracha la casquette. Le visage apparut, éclairé en plein, sans réserve.

« Elle! Elle! murmura-t-il. Mais je suis fou... Voyons, ce n'est pas croyable... Elle, ici! Elle, une meurtrière! Elle!... Elle! »

Il se pencha davantage. La captive ne bronchait pas. Sa pâle figure n'avait pas un tressaillement, et Marescal lui jetait, d'une voix haletante :

« C'est vous! Par quel prodige? Ainsi, vous avez tué... et les gendarmes vous ont ramassée! Et vous êtes là, vous! Est-ce possible! »

On eût dit vraiment qu'elle dormait. Marescal se tut. Est-ce qu'elle dormait en réalité? Il lui dit :

« C'est cela, ne remuez pas... Je vais éloigner les autres et revenir... Dans une heure, je serai là... et on parlera... Ah! il va falloir filer doux, ma petite. »

Que voulait-il dire? Allait-il lui proposer quelque abominable marché? Au fond (Raoul le devina), il ne devait pas avoir de dessein bien fixe. L'événement le prenait au dépourvu et il se demandait quel bénéfice il en pourrait tirer.

Il remit la casquette sur la tête blonde et refoula toutes les boucles, puis, entrouvrant la blouse, fouilla les poches du veston. Il n'y trouva rien. Alors il se redressa et son émoi était si grand qu'il ne pensa plus à l'inspection de la pièce et de la porte.

« Drôle de gosse, dit-il en revenant vers le groupe. Ça n'a sûrement pas vingt ans... Un galopin que son complice aura dévoyé... »

Il continua de parler, mais d'une manière distraite, où l'on sentait le désarroi de sa pensée et le besoin de réfléchir.

« Je crois, dit-il, que ma petite enquête préliminaire ne manquera pas d'intéresser ces messieurs du Parquet. En les attendant, je monterai la garde ici avec vous, brigadier... Ou même seul... car je n'ai besoin de personne, si vous voulez un peu de repos... »

Raoul se hâta. Il saisit parmi les colis trois sacs ficelés dont la toile semblait à peu près de la même nuance que la blouse sous laquelle la captive cachait son déguisement de jeune garçon. Il éleva l'un de ces sacs et murmura :

« Rapprochez vos jambes de mon côté... afin que je puisse passer ça par-devant, à leur place. Mais en bougeant à peine, n'est-ce pas?... Ensuite vous reculerez votre buste vers moi... et puis votre tête. »

Il prit la main, qui était glacée, et il répéta les instructions, car la jeune fille demeurait inerte.

« Je vous en conjure, obéissez. Marescal est capable de tout... Vous l'avez humilié... Il se vengera d'une façon ou d'une autre, puisqu'il dispose de vous... Rapprochez vos jambes de mon côté... »

Elle agit par petits gestes pour ainsi dire immobiles, qui la déplaçaient insensiblement, et qu'elle mit au moins trois ou quatre minutes à exécuter. Quand la manœuvre fut finie, il y avait devant elle, et un peu plus haut qu'elle, une forme grise recroquevillée, ayant les mêmes contours, et qui donnait suffisamment l'illusion de sa présence pour que le gendarme et Marescal, en jetant un coup d'œil, pussent la croire toujours là.

« Allons-y, dit-il... Profitez d'un instant où ils sont tournés et où l'on parle un peu fort, et laissez-vous glisser... »

Il la reçut dans ses bras, la maintenant courbée, et la tira par l'entrebâillement. Dans le vestibule elle put se relever. Il referma la serrure et ils traversèrent la salle des bagages. Mais, à peine sur le terre-plein qui précédait la gare, elle eut une défaillance et tomba presque à genoux.

« Jamais je ne pourrai... gémissait-elle. Jamais... »

Sans le moindre effort il la chargea sur son épaule et se mit à courir vers des masses d'arbres qui marquaient la route de Romillaud et d'Auxerre. Il éprouvait une satisfaction profonde à l'idée qu'il tenait sa proie, que la meurtrière de Miss Bakefield ne pouvait plus lui échapper, et que son action se substituait à celle de la société. Que ferait-il? Peu importait. A ce moment il était convaincu — ou du moins il se le disait — qu'un grand besoin de justice le guidait et que le châtiment prendrait la forme que lui dicteraient les circonstances.

Deux cents pas plus loin il s'arrêta, non qu'il fût essoufflé, mais il écoutait et il interrogeait le grand silence, qu'agitaient à peine des froissements de feuilles et le passage furtif des petites bêtes nocturnes.

« Qu'y a-t-il? demanda la jeune fille avec angoisse.

— Rien... Rien d'inquiétant... Au contraire... Le trot d'un cheval... très loin... C'est ce que je voulais... et je suis bien content... c'est le salut pour vous... »

Il la descendit de son épaule et l'allongea sur ses deux bras comme une enfant. Il fit ainsi, à vive allure, trois ou quatre cents mètres, ce qui les mena au carrefour de la route nationale dont la blancheur apparaissait sous la frondaison noire des arbres. L'herbe était si humide qu'il lui dit, en s'asseyant au revers du talus :

« Restez étendue sur mes genoux, et comprenez-moi bien. Cette voiture qu'on entend, c'est celle du médecin que l'on a fait venir. Je me débarrasserai du bonhomme, en l'attachant bien gentiment à un arbre. Nous monterons dans la voiture et nous voyagerons toute la nuit jusqu'à une station quelconque d'une autre ligne. »

Elle ne répondit pas. Il douta qu'elle entendît. Sa main était devenue brûlante. Elle balbutia dans une sorte de délire :

« Je n'ai pas tué... je n'ai pas tué...

— Taisez-vous, dit Raoul avec brusquerie. Nous parlerons plus tard. »

Ils se turent l'un et l'autre. L'immense paix de la campagne endormie étendait autour d'eux des espaces de silence et de sécurité. Seul le trot du cheval s'élevait de temps à autre dans les ténèbres. On vit deux ou trois fois, à une distance incertaine, les lanternes de la voiture qui luisaient comme des yeux écarquillés. Aucune clameur, aucune menace du côté de la gare.

Raoul songeait à l'étrange situation, et, au-delà de l'énigmatique meurtrière dont le cœur battait si fortement qu'il en sentait le rythme éperdu, il évoquait la Parisienne, entrevue huit à neuf heures plus tôt, heureuse et sans souci apparent. Les deux images, si différentes l'une de l'autre pourtant, se confondaient en lui. Le souvenir de la vision resplendissante atténuait sa haine contre celle qui avait tué l'Anglaise. Mais avait-il de la haine? Il s'accrochait à ce mot et pensait durement :

« Je la hais... Quoi qu'elle en dise, elle a tué... L'Anglaise est morte par sa faute et par celle de ses complices... Je la hais... Miss Bakefield sera vengée. »

Cependant il ne disait rien de tout cela et, au contraire, il se rendait compte que de douces paroles sortaient de sa bouche.

« Le malheur s'abat sur les êtres quand ils n'y songent pas, n'est-ce pas? On est heureux... on vit... et puis le crime passe... Mais tout s'arrange... Vous vous confierez à moi... et les choses s'aplaniront... »

Il avait l'impression qu'un grand calme la pénétrait peu à peu. Elle n'était plus prise de ces mouvements fiévreux qui la secouaient des pieds à la tête. Le mal s'apaisait, les cauchemars, les angoisses, les épouvantes, tout le monde hideux de la nuit et de la mort.

Raoul goûtait violemment la manifestation de son influence et de son pouvoir, en quelque sorte magnétiques, sur certains êtres que les circonstances avaient désorbités, et auxquels il rendait l'équilibre et faisait oublier un instant l'affreuse réalité.

Lui aussi, d'ailleurs, il se détournait du drame. L'Anglaise morte s'évanouissait dans sa mémoire, et ce n'était pas la femme en blouse tachée de sang qu'il tenait contre lui, mais la femme de Paris élégante et radieuse. Il avait beau se dire : « Je la punirai. Elle souffrira », comment n'eût-il pas senti la fraîche haleine qui s'exhalait des lèvres proches?

Les yeux des lanternes s'agrandissaient. Le médecin arriverait dans huit ou dix minutes.

« Et alors, se dit Raoul, il faudra que je me sépare d'elle et que j'agisse... et ce sera fini... Je ne pourrai plus retrouver entre elle et moi un instant comme celui-ci... un instant qui aura cette intimité... »

Il se penchait davantage. Il devinait qu'elle gardait les paupières closes et qu'elle s'abandonnait à sa protection. Tout était bien ainsi, devait-elle penser. Le danger s'éloignait.

Brusquement il s'inclina et lui baisa les lèvres.

Elle essaya faiblement de se débattre, soupira et ne dit rien. Il eut l'impression qu'elle acceptait la caresse, et que, malgré le recul de sa tête, elle cédait à la douceur de ce baiser. Cela dura quelques secondes. Puis un sursaut de révolte la secoua. Elle raidit les bras et se dégagea, avec une énergie soudaine, tout en gémissant :

« Ah! c'est abominable! Ah! quelle honte! Laissez-moi! Laissez-moi!... Ce que vous faites est misérable. »

Il essaya de ricaner et, furieux contre elle, il aurait voulu l'injurier. Mais il ne trouvait pas de mots, et, tandis qu'elle le repoussait et s'enfuyait dans la nuit, il répétait à voix basse :

« Qu'est-ce que cela signifie! En voilà de la pudeur!

Et après? Quoi! on croirait que j'ai commis un sacrilège... »

Il se remit sur pied, escalada le talus et la chercha. Où? Des taillis épais protégeaient sa fuite. Il n'y avait aucun espoir de la rattraper.

Il pestait, jurait, ne trouvait plus en lui, maintenant, que de la haine et la rancune d'un homme bafoué, et il ruminait en lui-même l'affreux dessein de retourner à la gare et de donner l'alerte, lorsqu'il entendit des cris à quelque distance. Cela provenait de la route, et d'un endroit de cette route que dissimulait probablement une côte, et où il supposait que devait être la voiture. Il y courut. Il vit, en effet, les deux lanternes, mais elles lui semblèrent virer sur place et changer de direction. La voiture s'éloignait, et ce n'était plus au trot paisible d'un cheval, mais au galop d'une bête que surexcitaient des coups de fouet. Deux minutes plus tard, Raoul, dirigé par les cris, devinait dans l'obscurité la silhouette d'un homme qui gesticulait au milieu de fourrés et de ronces.

« Vous êtes bien le médecin de Romillaud? dit-il. On m'envoyait de la gare à votre rencontre... Vous avez été attaqué, sans doute?

— Oui!... un passant qui me demandait son chemin. J'ai arrêté et il m'a pris à la gorge, attaché, et jeté parmi les ronces.

— Et il a fui avec votre voiture?

— Oui.

— Seul?

— Non, avec quelqu'un qui l'a rejoint... C'est là-dessus que j'ai crié.

— Un homme? Une femme?

— Je n'ai pas vu. Ils se sont à peine parlé et tout bas. Aussitôt après leur départ, j'ai appelé. »

Raoul réussit à l'attirer et lui dit :

« Il ne vous avait donc pas bâillonné?

— Oui, mais mal.

— A l'aide de quoi?

— De mon foulard.

— Il y a une façon de bâillonner, et peu de gens la connaissent », dit Raoul qui saisit le foulard, renversa le docteur et se mit en devoir de lui montrer comment on opère.

La leçon fut suivie d'une autre opération, celle d'un ligotage savant exécuté avec la couverture du cheval et le licol que Guillaume avait utilisés (car on ne pouvait douter que l'agresseur ne fût Guillaume et que la jeune fille ne l'eût rejoint).

« Je ne vous fais pas de mal, n'est-ce pas, docteur? J'en serais désolé. Et puis vous n'avez pas à craindre les épines et les orties, ajouta Raoul en conduisant son prisonnier. Tenez, voici un emplacement où vous ne passerez pas une trop mauvaise nuit. La mousse a dû être brûlée par le soleil, car elle est sèche... Non, pas de remerciements, docteur. Croyez bien que si j'avais pu me dispenser... »

L'intention de Limézy à ce moment était de prendre le pas gymnastique et d'atteindre, coûte que coûte, les deux fugitifs. Il enrageait d'avoir été ainsi roulé. Fallait-il être stupide! Comment! il la tenait dans ses griffes, et au lieu de la serrer à la gorge il s'amusait à l'embrasser! Est-ce qu'on garde des idées nettes dans de telles conditions?

Mais, cette nuit-là, les intentions de Limézy aboutissaient toujours à des actes contraires. Dès qu'il eut quitté le docteur, et, bien qu'il ne démordît pas de son projet, il s'en revint vers la station avec un nouveau plan, qui consistait à enfourcher le cheval d'un gen-

darme et à déterminer ainsi le succès de l'entreprise.
Il avait observé que les trois chevaux de la maréchaussée se trouvaient sous un hangar devant lequel veillait un homme d'équipe. Il y parvint. L'homme d'équipe dormait à la lueur d'un falot. Raoul tira son couteau pour couper l'une des attaches, mais, au lieu de cela, il se mit à couper, doucement, avec toutes les précautions imaginables, les sangles desserrées des trois chevaux, et les courroies des brides.

Ainsi la poursuite de la demoiselle aux yeux verts, quand on s'apercevrait de sa disparition, devenait impossible.

« Je ne sais pas trop ce que je fais, se dit Raoul en regagnant son compartiment. J'ai cette gredine en horreur. Rien ne me serait plus agréable que de la livrer à la justice et de tenir mon serment de vengeance. Or, tous mes efforts ne tendent qu'à la sauver. Pourquoi? »

La réponse à cette question, il la connaissait bien. S'il s'était intéressé à la jeune fille parce qu'elle avait des yeux couleur de jade, comment ne l'eût-il pas protégée maintenant qu'il l'avait sentie si près de lui, toute défaillante et ses lèvres sur les siennes? Est-ce qu'on livre une femme dont on a baisé la bouche? Meurtrière, soit. Mais elle avait frémi sous la caresse et il comprenait que rien au monde ne pourrait faire désormais qu'il ne la défendît pas envers et contre tous. Pour lui l'ardent baiser de cette nuit dominait tout le drame et toutes les résolutions auxquelles son instinct, plutôt que sa raison, lui ordonnait de se rallier.

C'est pourquoi il devait reprendre contact avec Marescal afin de connaître le résultat de ses recherches, et le revoir également à propos de la jeune Anglaise et de cette sacoche que Constance Bakefield lui avait recommandée.

Deux heures plus tard, Marescal se laissait tomber, harassé de fatigue, en face de la banquette où, dans le wagon détaché, Raoul attendait paisiblement. Réveillé en sursaut, celui-ci fit la lumière, et, voyant le visage décomposé du commissaire, sa raie bouleversée, et sa moustache tombante, s'écria :

« Qu'y a-t-il donc, monsieur le commissaire? Vous êtes méconnaissable! »

Marescal balbutia :

« Vous ne savez donc pas? Vous n'avez pas entendu?

— Rien du tout. Je n'ai rien entendu depuis que vous avez refermé cette porte sur moi.

— Evadé!

— Qui?

— L'assassin!

— On l'avait donc pris?

— Oui.

— Lequel des deux?

— La femme.

— C'était donc bien une femme?

— Oui.

— Et on n'a pas su la garder?

— Si. Seulement...

— Seulement, quoi?

— C'était un paquet de linge. »

En renonçant à poursuivre les fugitifs, Raoul avait certainement obéi, entre autres motifs, à un besoin immédiat de revanche. Bafoué, il voulait bafouer à son tour, et se moquer d'un autre comme on s'était moqué de lui. Marescal était là, victime désignée, Marescal auquel il espérait bien d'ailleurs arracher d'autres confidences, et dont l'effondrement lui procura aussitôt une émotion délicate.

« C'est une catastrophe, dit-il.

— Une catastrophe, affirma le commissaire.

— Et vous n'avez aucune donnée?

— Pas la moindre.

— Aucune trace nouvelle du complice?

— Quel complice?

— Celui qui a combiné l'évasion.

— Mais il n'y est pour rien! Nous connaissons les empreintes de ses chaussures, relevées un peu partout, dans les bois principalement. Or, au sortir de la gare, dans une flaque de boue, côte à côte avec la marque du soulier sans talon, on a recueilli des empreintes toutes différentes... un pied plus petit... des semelles plus pointues. »

Raoul ramena le plus possible sous la banquette ses bottines boueuses et questionna, très intéressé :

« Alors il y aurait quelqu'un... en dehors?

— Indubitablement. Et, selon moi, ce quelqu'un aura fui avec la meurtrière en utilisant la voiture du médecin.

— Du médecin?

— Sans quoi on l'aurait vu, lui, ce médecin? Et, si on ne l'a pas vu, c'est qu'il aura été jeté à bas de sa voiture et enfoui dans quelque trou.

— Une voiture, ça se rattrape.

— Comment?

— Les chevaux des gendarmes...

— J'ai couru vers le hangar où on les avait abrités et j'ai sauté sur l'un d'eux. Mais la selle a tourné aussitôt, et j'ai roulé par terre.

— Que dites-vous là!

— L'homme qui surveillait les chevaux s'était assoupi,

et pendant ce temps on avait enlevé les brides et les sangles des selles. Dans ces conditions, impossible de se mettre en chasse.

Raoul ne put s'empêcher de rire.

— Fichtre! voilà un adversaire digne de vous.

— Un maître, monsieur. J'ai eu l'occasion de suivre en détail une affaire où Arsène Lupin était en lutte contre Ganimard. Le coup de cette nuit a été monté avec la même maîtrise. »

Raoul fut impitoyable.

« C'est une vraie catastrophe. Car, enfin, vous comptiez beaucoup sur cette arrestation pour votre avenir?....

— Beaucoup, dit Marescal, que sa défaite disposait de plus en plus aux confidences. J'ai des ennemis puissants au ministère, et la capture, pour ainsi dire instantanée, de cette femme m'aurait servi au plus haut point. Pensez donc!... Le retentissement de l'affaire!... Le scandale de cette criminelle, déguisée, jeune, jolie!... Du jour au lendemain, j'étais en pleine lumière. Et puis...

— Et puis? »

Marescal eut une légère hésitation. Mais il est des heures où nulle raison ne vous interdirait de parler et de montrer le fond même de votre âme, au risque d'en avoir le regret. Il se découvrit donc.

« Et puis, cela doublait, triplait l'importance de la victoire que je remportais sur un terrain opposé!...

— Une seconde victoire? dit Raoul avec admiration.

— Oui, et définitive, celle-là.

— Définitive?

— Certes, personne ne peut plus me l'arracher, puisqu'il s'agit d'une morte.

— De la jeune Anglaise, peut-être?

— De la jeune Anglaise. »

Sans se départir de son air un peu niais, et comme

s'il cédait surtout au désir d'admirer les prouesses de son compagnon, Raoul demanda :

— Vous pouvez m'expliquer?...

— Pourquoi pas? Vous serez renseigné deux heures avant les magistrats, voilà tout. »

Ivre de fatigue, le cerveau confus, Marescal eut l'imprudence, contrairement à ses habitudes, de bavarder comme un novice. Se penchant vers Raoul, il lui dit :

« Savez-vous qui était cette Anglaise?

— Vous la connaissiez donc, monsieur le commissaire?

— Si je la connaissais! Nous étions bons amis, même. Depuis six mois, je vivais dans son ombre, je la guettais, je cherchais contre elle des preuves que je ne pouvais réunir!...

— Contre elle?

— Eh! parbleu, contre elle! contre Lady Bakefield, d'un côté fille de Lord Bakefield, pair d'Angleterre et multimillionnaire, mais, de l'autre, voleuse internationale, rat d'hôtel et chef de bande, tout cela pour son plaisir, par dilettantisme. Et, elle aussi, la mâtine, m'avait démasqué, et, quand je lui parlais, je la sentais narquoise et sûre d'elle-même. Voleuse, oui, et j'en avais prévenu mes chefs.

« Mais comment la prendre? Or, depuis hier, je la tenais. J'étais averti par quelqu'un de son hôtel, à notre service, que Miss Bakefield avait reçu de Nice, hier, le plan d'une villa à cambrioler, la villa B... comme on la désignait au cours d'une missive annexe, qu'elle avait rangé ces papiers dans une petite sacoche de cuir, avec une liasse de documents assez louches, et qu'elle filait pour le Midi. D'où mon départ. « Là-bas, pensais-je, ou bien je la prends en flagrant délit, ou bien je mets la main sur ses papiers. » Je n'eus même pas besoin d'attendre si longtemps. Les bandits me l'ont livrée. »

— Et la sacoche?

— Elle la portait sous son vêtement, attachée par une courroie. Et la voici maintenant, dit Marescal, en frappant son paletot à hauteur de la taille. J'ai eu juste le temps d'y jeter un coup d'œil, qui m'a permis d'entrevoir des pièces irrécusables, comme le plan de la villa B..., où, de son écriture, elle a ajouté au crayon bleu cette date : 28 avril. Le 28 avril c'est après-demain mercredi. »

Raoul n'était pas sans éprouver quelque déception. Sa jolie compagne d'un soir, une voleuse! Et sa déception était d'autant plus grande qu'il ne pouvait protester contre cette accusation que justifiaient de si nombreux détails et qui expliquait par exemple la clairvoyance de l'Anglaise à son égard. Associée à une bande de voleurs internationaux, elle possédait sur les uns et sur les autres des indications qui lui avaient permis d'entrevoir, derrière Raoul de Limézy, la silhouette d'Arsène Lupin.

Et ne devait-on pas croire que, à l'instant de sa mort, les paroles qu'elle s'efforçait vainement d'émettre étaient des paroles d'aveu et des supplications de coupable qui s'adressaient justement à Lupin : « Défendez ma mémoire... Que mon père ne sache rien!... Que mes papiers soient détruits!... »

« Alors, monsieur le commissaire, c'est le déshonneur pour la noble famille des Bakefield?

— Que voulez-vous!... » fit Marescal.

Raoul reprit :

« Cette idée ne vous est pas pénible? Et, de même, cette idée de livrer à la justice une jeune femme comme celle qui vient de nous échapper? Car elle est toute jeune, n'est-ce pas?

— Toute jeune et très jolie.

— Et malgré cela?

— Monsieur. malgré cela et malgré toutes les considérations possibles, rien ne m'empêchera jamais de faire mon devoir. »

Il prononça ces mots comme un homme qui recherche évidemment la récompense de son mérite, mais dont la conscience professionnelle domine toutes les pensées.

« Bien dit, monsieur le commissaire », approuva Raoul, tout en estimant que Marescal semblait confondre son devoir avec beaucoup d'autres choses où il entrait surtout de la rancune et de l'ambition.

Marescal consulta sa montre, puis, voyant qu'il avait tout loisir pour se reposer avant la venue du Parquet, il se renversa à demi, et griffonna quelques notes sur un petit calepin, qui ne tarda pas du reste à tomber sur ses genoux. M. le commissaire cédait au sommeil.

En face de lui, Raoul le contempla durant plusieurs minutes. Depuis leur rencontre dans le train, sa mémoire lui présentait peu à peu des souvenirs plus précis sur Marescal. Il évoquait une figure de policier assez intrigant, ou plutôt d'amateur riche, qui faisait de la police par goût et par plaisir, mais aussi pour servir ses intérêts et ses passions. Un homme à bonnes fortunes, cela, Raoul s'en souvenait bien, un coureur de femmes, pas toujours scrupuleux, et que les femmes aidaient, à l'occasion, dans sa carrière un peu trop rapide. Ne disait-on pas qu'il avait ses entrées au domicile même de son ministre et que l'épouse de celui-ci n'était pas étrangère à certaines faveurs imméritées?...

Raoul prit le calepin et inscrivit, tout en surveillant le policier :

« Observations relatives à Rodolphe Marescal.

« Agent remarquable. De l'initiative et de la lucidité. Mais trop bavard. Se confie au premier venu, sans lui demander son nom, ni vérifier l'état de ses bottines, ni même le regarder et prendre bonne note de sa physionomie.

« Assez mal élevé. S'il rencontre, au sortir d'une pâtisserie du boulevard Haussmann, une jeune fille qu'il connaît, l'accoste et lui parle malgré elle. S'il la retrouve quelques heures plus tard, déguisée, pleine de sang, et gardée par des gendarmes, ne s'assure pas si la serrure est en bon état et si le quidam qu'il a laissé dans un compartiment n'est pas accroupi derrière les colis postaux.

« Ne doit donc pas s'étonner si le quidam, profitant de fautes si grossières, décide de conserver un précieux anonymat, de récuser son rôle de témoin et de vil dénonciateur, de prendre en main cette étrange affaire et de défendre énergiquement, à l'aide des documents de la sacoche, la mémoire de la pauvre Constance et l'honneur des Bakefield, et de consacrer toute son énergie à châtier l'inconnue aux yeux verts, sans qu'il soit permis à personne de toucher à un seul de ses cheveux blonds ou de lui demander compte du sang qui souille ses adorables mains. »

Comme signature, Raoul, évoquant sa rencontre avec Marescal devant la pâtisserie, dessina une tête d'homme avec des lunettes et une cigarette aux lèvres et inscrivit : « T'as du feu, Rodolphe? »

Le commissaire ronflait. Raoul lui remit son calepin sur les genoux, puis tira de sa poche un petit flacon qu'il déboucha et fit respirer à Marescal. Une violente odeur de chloroforme se dégagea. La tête de Marescal s'inclina davantage.

Alors, tout doucement, Raoul ouvrit le pardessus, dégrafa les courroies de la sacoche, et les passa autour de sa propre taille, sous son veston.

Justement un train passait, à toute petite allure, un train de marchandises. Il baissa la glace, sauta, sans être vu, d'un marchepied sur l'autre, et s'installa confortablement sous la bâche d'un wagon chargé de pommes.

« Une voleuse qui est morte, se disait-il, et une meurtrière dont j'ai horreur, telles sont les recommandables personnes auxquelles j'accorde ma protection. Pourquoi, diable, me suis-je lancé dans cette aventure? »

IV

ON CAMBRIOLE LA VILLA B...

« S'IL est un principe auquel je reste fidèle, me dit Arsène Lupin, lorsque, beaucoup d'années après, il me conta l'histoire de la demoiselle aux yeux verts, c'est de ne jamais tenter la solution d'un problème avant que l'heure ne soit venue. Pour s'attaquer à certaines énigmes, il faut attendre que le hasard, ou que votre habileté, vous apporte un nombre suffisant de faits réels. Il faut n'avancer, sur la route de la vérité, que prudemment, pas à pas, en accord avec le progrès des événements. »

Raisonnement d'autant plus juste dans une affaire où il n'y avait que contradictions, absurdités, actes isolés qu'aucun lien ne semblait unir les uns aux autres. Aucune unité. Nulle pensée directrice. Chacun marchait pour son propre compte. Jamais Raoul n'avait senti à un pareil point combien on doit se méfier de toute précipitation dans ces sortes d'aventures. Déductions, intuitions, analyse, examen, autant de pièges où il faut se garder de tomber.

Il resta donc toute la journée sous la bâche de son wagon, tandis que le train de marchandises filait vers le sud, parmi les campagnes ensoleillées. Il rêvassait béatement, croquant des pommes pour apaiser sa faim, et, sans perdre son temps à bâtir de fragiles hypothèses sur la jolie demoiselle, sur ses crimes et sur son âme ténébreuse, savourait les souvenirs de la bouche la plus tendre et la plus exquise que sa bouche eût baisée. Voilà l'unique fait dont il voulait tenir compte. Venger l'Anglaise, punir la coupable, rattraper le troisième complice, rentrer en possession des billets volés, évidemment, ç'eût été intéressant. Mais retrouver des yeux verts et des lèvres qui s'abandonnent, quelle volupté!

L'exploration de la sacoche ne lui apprit pas grand-chose. Listes de complices, correspondance avec des affiliés de tous pays... Hélas! Miss Bakefield était bien une voleuse, comme le montraient toutes ces preuves que les plus adroits ont l'imprudence de ne pas détruire. A côté de cela des lettres de Lord Bakefield où se révélaient toute la tendresse et l'honnêteté du père. Mais rien qui indiquât le rôle joué par elle dans l'affaire, ni le rapport existant entre l'aventure de la jeune Anglaise et le crime des trois bandits, c'est-à-dire, somme toute. entre Miss Bakefield et la meurtrière.

Un seul document, celui auquel Marescal avait fait allusion, et qui était une lettre adressée à l'Anglaise relativement au cambriolage de la villa B...

« Vous trouverez la villa B... sur la droite de la route de Nice à Cimiez, au-delà des Arènes romaines. C'est une construction massive, dans un grand jardin bordé de murs.

« Le quatrième mercredi de chaque mois, le vieux comte de B... s'installe au fond de sa calèche et descend à Nice avec son domestique, ses deux bonnes, et des paniers à provisions. Donc, maison vide de trois heures à cinq heures.

« Faire le tour des murs du jardin, jusqu'à la partie qui surplombe la vallée du Paillon. Petite porte de bois vermoulue, dont je vous expédie la clef par ce même courrier.

« Il y a certitude que le comte de B... qui ne s'accordait pas avec sa femme, n'a pas retrouvé le paquet de titres qu'elle a caché. Mais une lettre écrite par la défunte à une amie fait allusion à une caisse de violon brisé qui se trouve dans une espèce de belvédère, où l'on entasse les objets hors d'usage. Pourquoi cette allusion que rien ne justifie? L'amie est morte le jour même où elle recevait la lettre, laquelle fut égarée et m'est tombée entre les mains deux ans plus tard.

« Ci-inclus le plan du jardin et celui de la maison. Au haut de l'escalier se dresse le belvédère, presque en ruine. L'expédition nécessite deux personnes, dont l'une fera le guet, car il faut se méfier d'une voisine qui est blanchisseuse, et qui vient souvent par une autre entrée du jardin fermée d'une grille dont elle a la clef.

« Fixez la date (en marge une note au crayon bleu précisait : 28 avril) et prévenez-moi, afin qu'on se rencontre dans le même hôtel.

« Signé : G.

« *Post-scriptum.* — Mes renseignements au sujet de la grande énigme dont je vous ai parlé sont toujours assez vagues. S'agit-il d'un trésor considérable, d'un secret scientifique? Je ne sais rien encore. Le voyage sera donc décisif. Combien votre intervention sera utile alors!... »

Jusqu'à nouvel ordre, Raoul négligea ce post-scriptum assez bizarre. C'était là, selon une expression qu'il affectionnait, un de ces maquis où l'on ne peut pénétrer qu'à force de suppositions et d'interprétations dangereuses. Tandis que le cambriolage de la villa B!...

Ce cambriolage prenait peu à peu pour lui un intérêt particulier. Il y songea beaucoup. Hors-d'œuvre certes. Mais il y a des hors-d'œuvre qui valent un mets substantiel. Et puisque Raoul roulait vers le Midi, c'eût été manquer à tout que de négliger une si belle occasion.

En gare de Marseille, la nuit suivante, Raoul dégringola de son wagon de marchandises et prit place dans un express d'où il descendit à Nice, le matin du mercredi 28 avril, après avoir allégé un brave bourgeois de quelques billets de banque qui lui permirent d'acheter une valise, des vêtements, du linge et de choisir le Majestic-Palace, au bas de Cimiez.

Il y déjeuna, tout en lisant dans les journaux du pays des récits plus ou moins fantaisistes sur l'affaire du rapide. A deux heures de l'après-midi il sortait, si transformé de mise et de figure, qu'il aurait été presque impossible à Marescal de le reconnaître. Mais comment Marescal eût-il soupçonné que son mystificateur aurait l'audace de se substituer à Miss Bakefield dans le cambriolage annoncé d'une villa?

« Quand un fruit est mûr, se disait Raoul, on le cueille. Or, celui-là me semble tout à fait à point, et je serais vraiment trop bête de le laisser pourrir. Cette pauvre Miss Bakefield ne me le pardonnerait pas. »

La villa Faradoni est au bord de la route et commande un vaste terrain montueux et planté d'oliviers. Des chemins rocailleux et presque toujours déserts suivent à l'extérieur les trois autres côtés de l'enceinte. Raoul en fit l'inspection, nota une petite porte de bois vermoulue, plus loin une grille de fer, aperçut, dans un champ voisin, une maisonnette qui devait être celle de la blanchisseuse, et revint aux environs de la grande route, à l'instant où une calèche surannée s'éloignait vers Nice. Le comte Faradoni et son personnel allaient aux provisions. Il était trois heures.

« Maison vide, pensa Raoul. Il n'est guère probable que le correspondant de Miss Bakefield, qui ne peut ignorer à l'heure actuelle l'assassinat de sa complice, veuille tenter l'aventure. Donc à nous le violon brisé! »

Il retourna vers la petite porte vermoulue, à un endroit où il avait remarqué que le mur offrait des aspérités qui en facilitaient l'escalade. De fait il le franchit aisément et se dirigea vers la maison par des sentiers à peine entretenus. Toutes les portes-fenêtres du rez-de-chaussée étaient ouvertes. Celle du vestibule le conduisit à l'escalier en haut duquel se trouvait le belvédère. Mais il n'avait pas posé le pied sur la première marche qu'un timbre électrique retentit.

« Fichtre, se dit-il, la maison est-elle truquée? Est-ce que le comte se méfie? »

Le timbre qui retentissait dans le vestibule, ininterrompu et horripilant, s'arrêta net lorsque Raoul eut bougé. Désireux de se rendre compte, il examina l'appareil de sonnerie qui était fixé près du plafond, suivit le fil qui descendait le long de la moulure, et constata qu'il arrivait du dehors. Donc le déclenchement ne s'était pas produit par sa faute, mais par suite d'une intervention extérieure.

Il sortit. Le fil courait en l'air, assez haut, suspendu de branche en branche, et selon la direction qu'il avait, lui, prise en venant. Sa conviction fut aussitôt faite.

« Quand on ouvre la petite porte vermoulue, le timbre est mis en action. Par conséquent, quelqu'un a voulu entrer, puis y a renoncé en percevant le bruit lointain de la sonnerie. »

Raoul obliqua un peu sur la gauche, et gagna le faîte d'un monticule, hérissé de feuillage, d'où l'on découvrait la maison, tout le champ d'oliviers, et certaines parties du mur, comme les environs de la porte de bois.

Il attendit. Une seconde tentative eut lieu, mais d'une façon qu'il n'avait pas prévue. Un homme franchit le mur, ainsi qu'il l'avait fait lui-même, et, au même endroit, en chevaucha le sommet, décrocha l'extrémité du fil, et se laissa tomber.

La porte fut, en effet, poussée du dehors, la sonnerie ne retentit pas, et une autre personne entra, une femme.

Le hasard joue, dans la vie des grands aventuriers, et surtout au début de leurs entreprises, un rôle de véritable collaborateur. Mais si extraordinaire que ce fût, était-ce vraiment par hasard que la demoiselle aux yeux verts se trouvait là, et qu'elle s'y trouvait en compagnie d'un homme qui ne pouvait être que le sieur Guillaume? La rapidité de leur fuite et de leur voyage, leur intrusion soudaine dans ce jardin, à cette date du 28 avril et à cette heure de l'après-midi, tout cela ne montrait-il pas qu'eux aussi connaissaient l'affaire et qu'ils allaient directement au but avec la même certitude que lui? Et, même, n'était-il pas permis de voir là ce que Raoul cherchait, une relation certaine entre les entreprises de l'Anglaise, victime, et de la Française, meurtrière? Munis de leurs billets, leurs bagages enregistrés à Paris, les complices avaient tout naturellement continué leur expédition.

Ils s'en venaient, tous deux, le long des oliviers. L'homme assez maigre, entièrement rasé, l'air d'un acteur peu sympathique, tenait un plan à la main, et marchait, l'allure soucieuse et l'œil aux aguets.

La jeune femme... Vraiment, bien qu'il ne doutât point de son identité, Raoul la reconnaissait malaisément. Combien elle était changée, cette jolie figure heureuse et souriante qu'il avait tant admirée quelques jours auparavant dans la pâtisserie du boulevard Haussmann! Ce n'était pas non plus l'image tragique aperçue dans le couloir du rapide, mais un pauvre visage contracté, douloureux, craintif, qui faisait peine à voir. Elle portait une robe toute simple, grise, sans ornements, et une capeline de paille qui cachait ses cheveux blonds. Or, comme ils contournaient le monticule d'où il les guettait, accroupi parmi les feuillages, Raoul eut la vision brusque, instantanée, comme celle d'un éclair, d'une tête qui surgissait au-dessus du mur, et toujours au même emplacement, tête d'homme, sans chapeau... chevelure noire en broussaille... physionomie vulgaire... Cela ne dura pas une seconde.

Etait-ce un troisième complice posté dans la ruelle?

Le couple s'arrêta plus loin que le monticule, à l'embranchement où se réunissaient le chemin de la porte et le chemin de la grille. Guillaume s'éloigna en courant vers la maison. Il laissait la jeune femme seule.

Raoul, qui se trouvait à une distance de cinquante pas tout au plus, la regardait avidement, et pensait qu'un autre regard, celui de l'homme caché, devait la contempler aussi par les fentes de la porte vermoulue. Que faire? La prévenir? L'entraîner, comme à Beaucourt et la soustraire à des périls qu'il ne connaissait pas?

La curiosité fut plus forte que tout. Il voulait savoir. Au milieu de cet imbroglio où les initiatives contraires s'enchevêtraient, où les attaques se croisaient, sans qu'il fût possible de voir clair, il espérait qu'un fil conducteur se dégagerait, lui permettant, à un moment donné, de choisir une route plutôt qu'une autre, et de ne plus agir au hasard d'un élan de pitié ou d'un désir de vengeance.

Cependant, elle demeurait appuyée contre un arbre

et jouait distraitement avec le sifflet dont elle devait user en cas d'alerte. La jeunesse de son visage, un visage d'enfant presque, bien qu'elle n'eût pas moins de vingt ans, surprit Raoul. Les cheveux, sous la capeline un peu soulevée, étincelaient comme des boucles de métal, et lui faisaient une auréole de gaieté.

Du temps s'écoula. Tout à coup, Raoul entendit la grille de fer qui grinçait, et il vit, de l'autre côté de son monticule, une femme du peuple, qui venait en chantonnant et se dirigeait vers la maison, un panier de linge au bras. La demoiselle aux yeux verts avait entendu, elle aussi. Elle chancela, glissa contre l'arbre, jusque sur le sol, et la blanchisseuse continua son chemin sans avoir aperçu cette silhouette, effondrée derrière le massif d'arbustes qui marquait l'embranchement.

Des instants redoutables s'écoulèrent. Que ferait Guillaume dérangé, en plein vol, et face à face avec cette intruse? Mais il advint ce fait inattendu que la blanchisseuse pénétra dans la maison par une porte de service, et que, au moment même où elle disparaissait, Guillaume revenait de son expédition, chargé d'un paquet qu'un journal enveloppait et qui avait bien la forme d'une caisse de violon. La rencontre n'eut donc pas lieu.

Cela, l'inconnue tapie dans sa cachette ne le vit pas tout de suite, et, durant l'approche sourde de son complice, qui marchait furtivement sur l'herbe, elle garda le visage épouvanté de Beaucourt, après l'assassinat de Miss Bakefield et des deux hommes. Raoul la détestait.

Il y eut une explication brève qui révéla à Guillaume le danger couru. A son tour, il vacilla, et lorsqu'ils longèrent le monticule, ils titubaient tous deux, livides et terrifiés.

« Oui, oui, pensa Raoul, plein de mépris, si c'est Marescal, ou ses acolytes, qui sont à l'affût derrière le mur, tant mieux! Qu'on les cueille tous deux! Qu'on les fiche en prison! »

Il était dit que, ce jour-là, les circonstances déjoueraient toutes les prévisions de Raoul, et qu'il serait contraint d'agir presque malgré lui, et, en tout cas, sans avoir réfléchi. A vingt pas de la porte, c'est-à-dire à vingt pas de l'embuscade supposée, l'homme, dont Raoul avait aperçu la tête au sommet du mur, bondit des broussailles qui surplombaient le sentier, d'un coup de poing en pleine mâchoire mit Guillaume hors de combat, s'empara de la jeune fille qu'il jeta sous son bras comme un paquet, ramassa la caisse à violon, et prit sa course à travers le champ d'oliviers, et dans le sens opposé à la maison.

Tout de suite, Raoul s'était élancé. L'homme, à la fois léger et de forte carrure, se sauvait très vite et sans regarder en arrière, comme quelqu'un qui ne doute pas que nul ne pourra l'empêcher d'atteindre son but.

Il franchit ainsi une cour plantée de citronniers qui s'élevait légèrement jusqu'à un promontoire où le mur, haut d'un mètre tout au plus, devait former remblai sur le dehors.

Là, il déposa la jeune fille qu'il fit ensuite glisser à l'extérieur en la tenant par les poignets. Puis il descendit, après avoir jeté le violon.

« A merveille, se dit Raoul. Il aura dissimulé une automobile dans un chemin écarté qui borde le jardin à cet endroit. Ayant ensuite épié puis, un peu plus tard, capturé la demoiselle, il revient à son point d'arrivée et la laisse tomber, inerte et sans résistance, sur le siège de la voiture. »

En approchant, Raoul constata qu'il ne se trompait pas. Une vaste auto découverte stationnait.

Le départ fut immédiat. Deux tours de manivelle... l'homme grimpa aux côtés de sa proie et démarra vivement.

Le sol était cahoteux, hérissé de pierres. Le moteur peinait et haletait. Raoul sauta, rejoignit aisément la voiture, enjamba la capote, et se coucha devant les places du fond, à l'abri d'un manteau qui pendait du siège. L'agresseur, ne s'étant pas retourné une seule fois dans le tumulte de cette mise en marche difficile, n'avait rien entendu.

On gagna le chemin extérieur aux murs, puis la grande route. Avant de virer, l'homme posa sur le cou de la jeune fille une main noueuse et puissante, et grogna :

« Si tu bronches, tu es perdue. Je te serre le gosier comme à l'autre... tu sais ce que ça veut dire...? »

Et il ajouta en ricanant :

« D'ailleurs, pas plus que moi, tu n'as envie de crier au secours, hein, petite? »

Des paysans, des promeneurs, suivaient la route. L'auto s'éloigna de Nice pour filer vers les montagnes. La victime ne broncha pas.

Comment Raoul n'eût-il pas tiré des faits ou des mots prononcés la signification logique qu'ils comportaient? Au milieu de cet enchevêtrement de péripéties, dont aucune n'avait paru jusqu'ici se relier aux précédentes, il accepta brusquement l'idée que l'homme était le troisième bandit du train, celui qui avait serré la gorge de « l'autre », c'est-à-dire de Miss Bakefield.

« C'est cela, pensa-t-il. Pas la peine de s'embarrasser de méditations et de déductions logiques. C'est cela. Et voici une preuve de plus qu'il y a un rapport entre l'affaire Bakefield et l'affaire des trois bandits. Certes Marescal a raison de prétendre que l'Anglaise a été tuée par erreur, mais, tout de même, tous ces gens-là roulaient vers Nice, avec le même objectif, le cambriolage de la villa B. Ce cambriolage, c'est Guillaume qui l'a combiné. Guillaume, l'auteur évident de la lettre signée G., Guillaume qui, lui, fait partie des deux bandes, et qui poursuivait à la fois le cambriolage avec l'Anglaise, et la solution de la grande énigme dont il parle dans son post-scriptum. N'est-ce pas clair? Par la suite, l'Anglaise étant morte, Guillaume veut exécuter le coup qu'il a combiné. Il emmène son amie aux yeux verts puisqu'il faut être deux. Et le coup réussissait, si le troisième bandit, qui surveille ses complices, ne reprenait le butin, et ne profitait de l'occasion pour enlever les « yeux verts ». Dans quel but? Y a-t-il rivalité d'amour entre les deux hommes? Pour le moment n'en demandons pas davantage. »

Quelques kilomètres plus loin, l'auto tourna sur la droite, redescendit par des lacets brutalement dessinés, puis se dirigea vers la route de Levens, d'où l'on pouvait gagner soit les gorges du Var, soit la région des hautes montagnes. Et alors?

« Oui, alors, se dit-il, que ferai-je si l'expédition aboutit à quelque repaire de bandits? Dois-je attendre d'être seul en face d'une demi-douzaine de forcenés auxquels il me faudra disputer les « yeux verts »?

Une tentative soudaine de la jeune fille le détermina. Dans un accès de désespoir, elle essaya de fuir, au risque de se tuer. L'homme la retint de sa main implacable.

« Pas de bêtises! Si tu dois mourir, ce sera par moi, et à l'heure fixée. T'as pas oublié ce que je t'ai dit dans le rapide, avant que Guillaume et toi zigouillent les deux frères. Aussi, je te conseille... »

Il n'acheva pas. Se retournant vers la jeune fille, entre deux virages, il aperçut une tête et un buste qui le séparaient d'elle, une tête grimaçante et un buste encombrant qui le poussait dans son coin. Et une voix ricana :

« Comment vas-tu, vieux camarade? »

L'homme fut ahuri. Une embardée faillit les jeter tous trois dans un ravin. Il bredouilla :

« Cristi de cristi! Qu'est-ce que c'est que ce coco-là? D'où sort-il?

— Comment! dit Raoul, tu ne me remets pas? Puisque tu parles du rapide, tu dois te souvenir, voyons? le type que tu as cogné dès le début? le pauvre bougre auquel tu as barbotté vingt-trois billets? Mademoiselle me reconnaît bien, elle? N'est-ce pas? mademoiselle, vous reconnaissez le monsieur qui vous a emportée dans ses bras, cette nuit-là, et que vous avez quitté pas très gentiment? »

La jeune fille se tut, courbée au-dessous de sa capeline. L'homme continuait de balbutier :

« Qu'est-ce que c'est que c't'oiseau-là? D'où sort-il?

— De la villa Faradoni, où j'avais l'œil sur toi. Et maintenant faut s'arrêter pour que mademoiselle descende. »

L'individu ne répondit pas. Il força l'allure.

« Tu fais le méchant? T'as tort, camarade. Tu as dû voir dans les journaux que je te ménageais. Pas soufflé mot de toi, et, par suite, c'est moi qu'on accuse d'être le chef de la bande! moi, voyageur inoffensif qui ne pense qu'à sauver tout le monde. Allons, camarade, un coup de frein et ralentis... »

La route serpentait dans un défilé, accrochée aux parois d'une falaise et bordée d'un parapet qui suivait les replis d'un torrent. Très étroite, elle était encore dédoublée par une ligne de tramway. Raoul jugea la situation favorable. A demi dressé, il épiait les horizons restreints qui s'offraient à chaque virage.

Subitement il se releva, obliqua, ouvrit les deux bras, les passa à droite et à gauche de l'ennemi, s'abattit réellement sur lui, et, par-dessus ses épaules, saisit le volant à pleines mains.

L'homme, déconcerté, faiblit, tout en baragouinant :

« Cristi! mais il est fou! Ah! tonnerre, il va nous ficher dans le ravin!... Lâche-moi donc, abruti! »

Il essayait de se dégager, mais les deux bras l'étreignaient comme un étau, et Raoul lui dit en riant :

« Faut choisir, mon cher monsieur. Le ravin, ou l'écrasement par le tramway. Tenez, le voilà, le tram, qui glisse à ta rencontre. Faut stopper, vieux camarade. Sans quoi... »

De fait, la lourde machine surgit à cinquante mètres. Au train dont on roulait, l'arrêt devait être immédiat. L'homme le comprit et freina, tandis que Raoul, cramponné à la direction, immobilisait l'auto sur les lignes mêmes des deux rails. Nez à nez, pourrait-on dire. les deux véhicules s'arrêtèrent.

L'homme ne dérageait pas.

« Cristi de cristi! Qu'est-ce que c'est que ce coco-là? Ah! tu me le paieras!

— Fais ton compte. As-tu un stylo? Non? Alors, si tu n'as pas l'intention de coucher en face du tram, débarrassons la voie. »

Il tendit la main à la jeune fille qui la refusa pour descendre, et qui attendit sur la route.

Cependant les voyageurs s'impatientaient. Le conducteur criait. Dès que la voie fut libre, le tramway s'ébranla.

Raoul, qui aidait l'homme à pousser l'auto, lui disait impérieusement :

« Tu as vu comment j'opérais, hein, mon vieux? Eh bien, si tu te permets encore d'embêter la demoiselle, je te livre à la justice. C'est toi qui as combiné le coup du rapide et qui as étranglé l'Anglaise. »

L'homme se retourna, blême. Dans sa face velue, à la peau déjà crevassée de rides, les lèvres tremblaient :

Il bégaya :

« Mensonge... j'y ai pas touché...

— C'est toi, j'ai toutes les preuves... Si tu es pincé, c'est l'échafaud... Donc, décampe. Laisse-moi ta bagnole. Je la ramène à Nice avec la jeune fille. Allons, ouste! »

Il le bouscula d'un coup d'épaule irrésistible, sauta dans la voiture et ramassa le violon enveloppé. Mais un juron lui échappa :

« Bon sang! elle a filé. »

La demoiselle aux yeux verts n'était plus sur la route en effet. Au loin le tramway disparaissait. Profitant de ce que les deux adversaires disputaient, elle avait dû s'y réfugier.

La colère de Raoul retomba sur l'homme.

« Qui es-tu? Hein! tu la connais, cette femme? Quel est son nom? Et ton nom à toi? Et comment se fait-il?... »

L'homme furieux également, voulait arracher le violon à Raoul et la lutte commençait, lorsqu'un second tramway passa. Raoul s'y jeta, tandis que le bandit essayait vainement de démarrer.

Il rentra furieux à l'hôtel. Heureusement, il tenait, compensation agréable, les titres de la comtesse Faradoni.

Il défit le journal. Quoique privé de son manche et de tous ses accessoires, le violon était beaucoup plus lourd qu'il n'aurait dû l'être.

A l'examen, Raoul constata qu'une des éclisses avait été sciée habilement, tout autour, puis replacée et collée.

Il la décolla.

Le violon ne contenait qu'un paquet de vieux journaux, ce qui laissait croire, ou bien que la comtesse avait dissimulé sa fortune autre part, ou bien que le comte, ayant découvert la cachette, jouissait paisible ment des revenus dont la comtesse avait voulu le frustrer.

« Bredouille sur toute la ligne, grommela Raoul. Ah! mais, elle commence à m'agacer, la donzelle aux yeux verts! Et ne voilà-t-il pas qu'elle me refuse la main! Quoi? M'en veut-elle de lui avoir cambriolé la bouche? Mijaurée, va! »

V

LE TERRE-NEUVE

DURANT toute une semaine, ne sachant où porter la bataille, Raoul lut attentivement les reportages des journaux qui relataient le triple assassinat du rapide. Il est inutile de parler à fond d'événements trop connus du public, ni des suppositions que l'on fit, ni des erreurs commises, ni des pistes suivies. Cette affaire, restée si profondément mystérieuse, et qui passionna le monde entier, n'a d'intérêt aujourd'hui qu'en raison du rôle qu'Arsène Lupin y joua, et que dans la mesure où il influa sur la découverte d'une vérité que nous pouvons enfin établir d'une façon certaine. Dès lors, pourquoi s'embarrasser de détails fastidieux et jeter la lumière sur des faits qui sont passés au second plan?

Lupin, ou plutôt Raoul de Limézy, vit d'ailleurs aussitôt à quoi se restreignaient pour lui les résultats de l'enquête, et il les nota ainsi :

1° Le troisième complice, c'est-à-dire la brute à qui je viens d'arracher la demoiselle aux yeux verts, demeurant dans l'ombre, et personne même ne supposant son existence, il advient que, aux yeux de la police, c'est le voyageur inconnu, c'est-à-dire moi, qui suis l'instigateur de l'affaire. Sous l'inspiration évidente de Marescal, que mes détestables manœuvres à son égard ont dû fortement impressionner, je me transforme en un personnage diabolique et omnipotent, qui organisa le complot et domina tout le drame. Victime apparente de mes camarades, ligoté et bâillonné, je les dirige, veille à leur salut, et m'évanouis dans l'ombre, sans laisser d'autres traces que celles de mes bottines;

2° Pour les autres complices, il est admis, d'après le récit du docteur, qu'ils ont pris la fuite dans la voiture même du docteur. Mais jusqu'où? Au petit matin, le cheval ramenait la voiture à travers champs. En tout cas, Marescal, lui, n'hésite point : il arrache le masque du plus jeune bandit et dénonce sans pitié une jeune et jolie femme, dont il ne donne pas toutefois le signalement, se réservant ainsi le mérite d'une arrestation sensationnelle et prochaine;

3° Les deux hommes assassinés sont identifiés. C'étaient deux frères, Arthur et Gaston Loubeaux, associés pour le placement d'une marque de champagne, et domiciliés à Neuilly sur les bords de la Seine;

4° Un point important : le revolver avec lequel ces deux frères ont été tués, et qui fut trouvé dans le couloir, fournit une indication formelle. Il avait été acheté quinze jours auparavant par un jeune homme mince et grand, que sa compagne, une jeune femme voilée, appelait Guillaume;

5° Enfin, Miss Bakefield. Contre elle aucune accusation. Marescal, démuni de preuves, n'ose pas se risquer et garde un silence prudent. Simple voyageuse, mondaine très répandue à Londres et sur la Riviera, elle rejoint son père à Monte-Carlo. Voilà tout. L'a-t-on assassinée par erreur? Possible. Mais pourquoi les deux Loubeaux furent-ils tués? Là-dessus et sur tout le reste, ténèbres et contradictions.

« Et comme je ne suis pas d'humeur, conclut Raoul, à me creuser la tête, n'y pensons plus, laissons la police patauger à son aise, et agissons. »

Si Raoul parlait ainsi, c'est qu'il savait enfin dans quel sens agir. Les journaux de la région publiaient cette note :

« Notre hôte distingué, Lord Bakefield, après avoir assisté aux obsèques de sa malheureuse fille, est revenu parmi nous et passera cette fin de saison, selon son habitude, au Bellevue de Monte-Carlo. »

Ce soir-là, Raoul de Limézy prenait, au Bellevue, une chambre contiguë aux trois pièces occupées par l'Anglais. Toutes ces pièces, ainsi que les autres chambres du rez-de-chaussée, dominaient un grand jardin, sur lequel chacune avait son perron et sa sortie, et qui s'étendait devant la façade opposée à l'entrée de l'hôtel.

Le lendemain, il aperçut l'Anglais, au moment où celui-ci descendait de sa chambre. C'était un homme encore jeune, lourd d'aspect, et dont la tristesse et l'accablement s'exprimaient par des mouvements nerveux où il y avait de l'angoisse et du désespoir.

Deux jours après, comme Raoul se proposait de lui transmettre sa carte, avec une demande d'entretien confidentiel, il avisa dans le couloir quelqu'un qui venait frapper à la porte voisine : Marescal.

Le fait ne l'étonna point outre mesure. Puisque lui-même venait aux renseignements de ce côté, il était fort naturel que Marescal cherchât à savoir ce qu'on pouvait apprendre du père de Constance.

Il ouvrit donc l'un des battants matelassés de la double porte qui le séparait de la chambre contiguë. Mais il n'entendit rien de la conversation.

Il y en eut une autre le lendemain. Raoul avait pu auparavant pénétrer chez l'Anglais et tirer le verrou. De sa chambre il entrebâilla le second battant que dissimulait une tenture. Nouvel échec. Les deux interlocuteurs parlaient si bas qu'il ne surprit pas le moindre mot.

Il perdit ainsi trois jours que l'Anglais et le policier employèrent à des conciliabules qui l'intriguaient vivement. Quel but poursuivait Marescal? Révéler à Lord Bakefield que sa fille était une voleuse, cela, certainement, Marescal n'y pensait même point. Mais alors devait-on supposer qu'il attendait de ces entretiens autre chose que des indications?

Enfin, un matin, Raoul, qui jusqu'ici n'avait pu entendre plusieurs coups de téléphone reçus par Lord Bakefield dans une pièce plus lointaine de son appartement, réussit à saisir la fin d'une communication : « C'est convenu, monsieur. Rendez-vous dans le jardin de l'hôtel aujourd'hui à trois heures. L'argent sera prêt et mon secrétaire vous le remettra en échange des quatre lettres dont vous parlez... »

« Quatre lettres... de l'argent... se dit Raoul. Cela m'a tout l'air d'une tentative de chantage... Et, dans ce cas, le maître chanteur ne serait-il pas le sieur Guillaume, lequel doit évidemment rôder aux environs, et qui, complice de Miss Bakefield, essaie aujourd'hui de monnayer sa correspondance avec elle? »

Les réflexions de Raoul l'affermirent dans cette explication qui jetait pleine lumière sur les actes de Marescal. Appelé sans doute par Lord Bakefield, que Guillaume avait menacé, le commissaire tendait une embuscade où le jeune malfaiteur devait fatalement tomber. Soit. De cela Raoul ne pouvait que se réjouir. Mais la demoiselle aux yeux verts était-elle dans la combinaison?

Ce jour-là, Lord Bakefield retint le commissaire à déjeuner. Le repas fini, ils gagnèrent le jardin et en firent plusieurs fois le tour en causant avec animation. A deux heures trois quarts, le policier rentra dans l'appartement. Lord Bakefield se posta sur un banc, bien en vue, et non loin d'une grille ouverte par où le jardin communiquait avec le dehors.

De sa fenêtre, Raoul veillait.

« Si elle vient, tant pis pour elle! murmura-t-il. Tant pis! Je ne lèverai pas le petit doigt pour la secourir. »

Il se sentit soulagé quand il vit apparaître Guillaume seul, qui avançait avec précaution vers la grille.

La rencontre eut lieu entre les deux hommes. Elle fut brève, les conditions du marché ayant été fixées au préalable. Ils se dirigèrent aussitôt du côté de l'appartement, l'un et l'autre silencieux. Guillaume mal assuré et inquiet, Lord Bakefield secoué de mouvements nerveux.

Au haut du perron, l'Anglais prononça :

« Entrez, monsieur. Je ne veux pas être mêlé à toutes ces saletés. Mon secrétaire est au courant et vous paiera les lettres si leur contenu est tel que vous l'affirmez. »

Il s'en alla.

Raoul s'était mis à l'affût derrière le battant matelassé. Il attendait le coup de théâtre, mais il comprit aussitôt que Guillaume ne connaissait pas Marescal, et que celui-ci devait passer à ses yeux pour le secrétaire de Lord Bakefield. Le policier, en effet, que Raoul entrevoyait dans une glace, articula nettement :

« Voici les cinquante billets de mille francs, et un chèque de même importance valable sur Londres. Vous avez les lettres?

— Non, dit Guillaume.

— Comment non? En ce cas il n'y a rien de fait. Mes instructions sont formelles. Donnant, donnant.

— Je les enverrai par la poste.

— Vous êtes fou, monsieur, ou plutôt vous essayez de nous rouler. »

Guillaume se décida.

« J'ai bien les lettres, mais je veux dire qu'elles ne sont pas sur moi.

— Alors?

— Alors c'est un de mes amis qui les garde.

— Où est-il?

— Dans l'hôtel. Je vais le chercher.

— Inutile », fit Marescal, qui, devinant la situation, brusqua les choses.

Il sonna. La femme de chambre vint, et il lui dit :

« Amenez donc une jeune fille qui doit attendre dans le couloir. Vous lui direz que c'est de la part de M. Guillaume. »

Guillaume sursauta. On savait donc son nom?

« Qu'est-ce que ça signifie? C'est contraire à mes conventions avec Lord Bakefield. La personne qui attend n'a rien à faire ici... »

Il voulut sortir. Mais Marescal s'interposa vivement et ouvrit la porte, livrant passage à la demoiselle aux yeux verts qui entra d'un pas hésitant, et qui poussa un cri de frayeur lorsque le battant fut refermé derrière elle avec violence et la clef tournée brutalement dans la serrure.

En même temps, une main l'empoignait à l'épaule. Elle gémit :

« Marescal! »

Avant même qu'elle eût prononcé ce nom redoutable, Guillaume, profitant du désarroi, s'enfuyait par le jardin sans que Marescal s'occupât de lui. Le commissaire ne pensait qu'à la jeune fille, qui, chancelante, éperdue, trébucha jusqu'au milieu de la pièce, tandis qu'il lui arrachait son sac à main en disant :

« Ah! coquine, rien ne peut plus vous sauver cette fois! En pleine souricière, hein? »

Il fouillait le sac et grognait :

« Où sont-elles, vos lettres? Du chantage maintenant? Voilà où vous en êtes descendue, vous! Quelle honte! »

La jeune fille tomba sur un siège. Ne trouvant rien, il la brutalisa.

« Les lettres! les lettres, tout de suite! Où sont-elles? Dans votre corsage? »

D'une main, il saisit l'étoffe qu'il déchira, avec un emportement rageur et des mots d'insulte jetés à la captive, et il avançait l'autre main pour chercher, quand il s'arrêta, stupéfait, les yeux écarquillés, en face d'une tête d'homme, d'un œil clignotant, d'une cigarette braquée au coin d'une bouche sarcastique.

« T'as du feu, Rodolphe? »

« T'as du feu, Rodolphe? » La phrase ahurissante, déjà entendue à Paris, déjà lue sur son calepin secret!... Qu'est-ce que ça voulait dire? et ce tutoiement insolite? et cet œil clignotant?...

« Qui êtes-vous?... Qui êtes-vous?... L'homme du rapide? Le troisième complice?... Est-ce possible? »

Marescal n'était pas un poltron. En mainte occurrence, il avait fait preuve d'une audace peu commune et n'avait pas craint de s'attaquer à deux ou trois adversaires.

Mais celui-là était un adversaire comme il n'en avait jamais rencontré, qui agissait avec des moyens spéciaux et avec lequel il se sentait dans un état permanent d'infériorité. Il resta donc sur la défensive, tandis que Raoul, très calme, disait à la jeune fille, d'un ton sec :

« Posez vos quatre lettres sur le coin de la cheminée... Il y en a bien quatre dans cette enveloppe? Une... deux... trois... quatre... Bien. Maintenant filez vite par le couloir, et adieu. Je ne pense pas que les circonstances nous remettent jamais l'un en face de l'autre. Adieu. Bonne chance. »

La jeune fille ne dit pas un mot et s'en alla.

Raoul reprit :

« Comme tu le vois, Rodolphe, je connais peu cette personne aux yeux verts. Je ne suis ni son complice, ni l'assassin qui t'inspire une frousse salutaire. Non. Simplement un brave voyageur à qui ta binette de pommadé a déplu dès la première minute et qui a trouvé rigolo de t'arracher ta victime. Pour moi, elle ne m'intéresse plus, et je suis décidé à ne plus m'occuper d'elle. Mais je ne veux pas que tu t'en occupes. Chacun sa route. La tienne à droite, la sienne à gauche, la mienne au milieu. Saisis-tu ma pensée, Rodolphe? »

Rodolphe esquissa un geste vers sa poche à revolver, mais ne l'acheva pas. Raoul avait tiré le sien et le regardait avec une telle expression d'énergie implacable qu'il se tint tranquille.

« Passons dans la chambre voisine, veux-tu, Rodolphe? On s'expliquera mieux. »

Le revolver au poing, il fit passer le commissaire chez lui et referma la porte. Mais à peine dans sa chambre, subitement, il enleva le tapis d'une table et le jeta sur la tête de Marescal comme un capuchon. L'autre ne résista pas. Cet homme fantastique le paralysait. Appeler au secours, sonner, se débattre, il n'y songeait pas, certain d'avance que la riposte serait foudroyante. Il se laissa donc entortiller dans un jeu de couvertures et de draps qui l'étouffaient à moitié et lui interdisaient toute espèce de mouvement.

« Voilà, dit Raoul, quand il eut fini. Nous sommes bien d'accord. Voilà. J'estime que tu seras délivré demain matin, vers neuf heures, ce qui nous donne le temps, à toi de réfléchir, à la demoiselle, à Guillaume et à moi de nous mettre à l'abri, chacun de notre côté. »

Il fit sa valise sans se presser, et la boucla. Puis il alluma une allumette et brûla les quatre lettres de l'Anglaise.

« Un mot encore, Rodolphe. N'embête pas Lord Bakefield. Au contraire, puisque tu n'as pas de preuves contre sa fille, *et que tu n'en auras jamais,* joue au monsieur providentiel, et, donne-lui le journal intime de Miss Bakefield, que j'ai recueilli dans la sacoche de cuir jaune et que je te laisse. Le père aura ainsi la conviction que sa fille était la plus honnête et la plus noble des femmes. Et tu auras fait du bien. C'est quelque chose. Quant à Guillaume et à sa complice, dis à l'Anglais que tu t'es trompé, qu'il s'agit d'un vulgaire chantage qui n'a rien à voir avec le crime du rapide, et que tu les a relâchés. D'ailleurs, en principe, laisse cette affaire qui est beaucoup trop compliquée pour toi, et où tu ne trouveras que plaies et bosses. Adieu, Rodolphe. »

Raoul emporta la clef et se rendit au bureau de l'hôtel, où il demanda sa note en disant :

« Gardez-moi ma chambre jusqu'à demain. Je paie d'avance, au cas où je ne pourrais pas revenir. »

Dehors il se félicita de la manière dont tournaient les événements. Son rôle à lui était terminé. Que la jeune fille se débrouillât comme elle l'entendait : cela ne le regardait plus.

Sa résolution était si nette que, l'ayant aperçue dans le rapide de Paris où il monta à 3 h. 50, il ne chercha pas à la rejoindre et se dissimula.

A Marseille, elle changea de direction, et s'en alla dans le train de Toulouse, en compagnie de gens avec qui elle avait fait connaissance et qui ressemblaient à des acteurs. Guillaume, surgissant, se mêla à leur groupe.

« Bon voyage! dit Raoul en lui-même. Enchanté de n'avoir plus de rapports avec ce joli couple. Qu'ils aillent se faire pendre ailleurs! »

Cependant, à la dernière minute, il sauta de son compartiment, et prit le même train que la jeune fille.

Et, comme elle, il descendit le lendemain matin à Toulouse.

Succédant aux crimes du rapide, le cambriolage de la villa Faradoni et la tentative de chantage du Bellevue-Palace forment deux épisodes brusques, violents, forcenés, imprévus comme les tableaux d'une pièce mal faite qui ne laisse pas au spectateur le loisir de comprendre et de relier les faits les uns aux autres. Un troisième tableau devait achever ce que Lupin appela par la suite son triptyque de sauveteur, un troisième qui, comme les autres, présente le même caractère âpre et brutal. Cette fois encore l'épisode atteignit son paroxysme en quelques heures, et ne peut s'exprimer qu'à la manière d'un scénario dénué de toute psychologie et, en apparence, de toute logique.

A Toulouse, Raoul s'enquit auprès des gens de l'hôtel où la jeune fille suivit ses compagnons, et il apprit que ces voyageurs faisaient partie de la troupe en tournée de Léonide Balli, chanteuse d'opérette, qui, le soir même, jouait *Véronique* au théâtre municipal.

Il se mit en faction. A trois heures, la jeune fille sortit, l'air très agité, tout en regardant derrière elle, comme si elle eût craint que quelqu'un ne sortît également et ne l'espionnât. Etait-ce de son complice Guillaume qu'elle se défiait? Elle courut ainsi jusqu'au bureau de poste, où elle griffonna d'une main fébrile un télégramme trois fois recommencé.

Après son départ, Raoul put se procurer une des feuilles chiffonnées, et il lut :

Hôtel Miramare, Luz (Hautes-Pyrénées). — Arriverai demain matin premier train. Prévenez maison.

« Que diable va-t-elle faire en pleine montagne à cette

époque? murmura-t-il. *Prévenez maison*... Est-ce que sa famille habite Luz? »

Il reprit sa poursuite avec précaution et la vit entrer au théâtre municipal, sans doute pour assister à la répétition de la troupe.

Le reste de la journée, il surveilla les abords du théâtre. Mais elle n'en bougea point. Quant au complice Guillaume, il demeurait invisible.

Le soir, Raoul se glissa au fond d'une loge et, dès l'abord, il eut une exclamation de stupeur : l'actrice qui chantait Véronique n'était autre que la demoiselle aux yeux verts.

« Léonide Balli... se dit-il... Ce serait donc là son nom? Et elle serait chanteuse d'opérette en province? »

Raoul n'en revenait pas. Cela dépassait tout ce qu'il avait pu imaginer à propos de la demoiselle aux yeux de jade.

Provinciale ou Parisienne, elle se montra la plus adroite des comédiennes et la plus adorable chanteuse, simple, discrète, émouvante, pleine de tendresse et de gaieté, de séduction et de pudeur. Elle avait tous les dons et toutes les grâces, beaucoup d'habileté et une inexpérience de la scène qui était un charme de plus. Il se rappelait sa première impression du boulevard Haussmann, et son idée des deux destins que vivait la jeune fille dont le masque était à la fois si tragique et si enfantin.

Raoul passa trois heures dans le ravissement. Il ne se lassait pas d'admirer l'étrange créature qu'il n'avait aperçue, depuis la jolie vision initiale, que par éclairs et en des crises d'horreur et d'effroi. C'était une autre femme, chez qui tout prenait caractère d'allégresse et d'harmonie. Et c'était pourtant bien celle qui avait tué et participé aux crimes et aux infamies. C'était bien la complice de Guillaume.

De ces deux images, si différentes, laquelle devait-on considérer comme la véritable? Raoul observait en vain, car une troisième femme se superposait aux autres et les unissait dans une même vie intense et attendrissante qui était celle de Véronique. Tout au plus quelques gestes un peu trop nerveux, quelques expressions mal venues, montraient à des yeux avertis la femme sous l'héroïne, et révélaient un état d'âme spécial qui déformait imperceptiblement le rôle.

« Il doit y avoir du nouveau, songeait Raoul. Entre midi et trois heures, tantôt, il s'est produit un événement grave, qui l'a poussée soudain vers la poste, et dont les conséquences déforment parfois son jeu d'artiste. Elle y pense, elle s'inquiète. Et comment ne pas supposer que cet événement se rattache à Guillaume, à ce Guillaume qui a disparu tout à coup? »

Des ovations accueillirent la jeune fille lorsqu'elle salua le public, après le baisser du rideau, et une foule de curieux se massèrent aux abords de la sortie réservée aux artistes.

Devant la porte même, un landau fermé, à deux chevaux, stationnait. Le seul train qui permît d'arriver le matin à Pierrefitte-Nestalas, station la plus proche de Luz, partant à minuit cinquante, nul doute que la jeune fille n'allât directement à la gare après y avoir envoyé ses bagages. Lui-même, Raoul avait fait porter sa valise.

A minuit quinze, elle montait dans la voiture, qui s'ébranlait lentement. Guillaume n'avait point paru, et les choses s'arrangeaient comme si le départ avait lieu en dehors de lui.

Or, trente secondes ne s'étaient pas écoulées que Raoul qui s'acheminait aussi vers la gare, frappé d'une idée subite, se mit à courir, rattrapa le landau sur les anciens boulevards, et s'y agrippa comme il put.

Aussitôt, ce qu'il avait prévu se produisit. Au moment de prendre la rue de la Gare, le cocher tourna subitement vers la droite, cingla ses chevaux d'un vigoureux coup de fouet, et mena sa voiture par les allées désertes et sombres qui aboutissent au Grand-Rond et au Jardin des Plantes. A cette allure, la jeune fille ne pouvait descendre.

La galopade ne fut pas longue. On atteignit le Grand-Rond. Là, brusque arrêt. Le cocher sauta de son siège, ouvrit la portière, et entra dans le landau.

Raoul entendit un cri de femme et ne se pressa point. Persuadé que l'agresseur n'était autre que Guillaume, il voulait écouter d'abord et surprendre le sens même de la querelle. Mais, tout de suite, l'agression lui sembla prendre une tournure si dangereuse qu'il résolut d'intervenir.

« Parle donc! criait le complice. Alors tu supposes que tu vas décamper et me laisser en plan?... Eh bien, oui, j'ai voulu te rouler, mais c'est justement parce que tu le sais maintenant que je ne te lâcherai pas... Allons, parle... Raconte... Sinon... »

Raoul eut peur. Il se souvenait des gémissements de Miss Bakefield. Un coup de pouce trop violent, et la victime meurt. Il ouvrit, saisit le complice par une jambe, le jeta sur le sol et le traîna vivement à l'écart.

L'autre essaya de lutter. D'un geste sec, Raoul lui cassa le bras.

« Six semaines de repos, dit-il, et si tu recommences à embêter la demoiselle, c'est la vertébrale que je te casse. A bon entendeur... »

Il revint jusqu'à la voiture. Déjà la jeune fille s'éloignait dans l'ombre.

« Cours, ma petite, fit-il. Je sais où tu vas, et tu ne m'échapperas pas. J'en ai assez de jouer les terre-neuve sans même recevoir un morceau de sucre en récompense. Quand Lupin s'engage sur une route, il va jusqu'au bout, et ne manque jamais d'atteindre son but. Son but c'est toi, ce sont tes yeux verts, et ce sont tes lèvres tièdes. »

Il laissa Guillaume avec son landau et se hâta vers la gare. Le train arrivait. Il monta de manière à n'être pas vu de la jeune fille. Deux compartiments, remplis de monde, les séparaient.

Ils quittèrent la grande ligne à Lourdes. Une heure après, Pierrefitte-Nestalas, station terminus.

A peine était-elle descendue qu'un groupe de jeunes filles, toutes habillées pareillement de robes marron avec une pèlerine bordée d'un large ruban bleu en pointe, se précipitèrent sur elle, suivies d'une religieuse que coiffait une immense cornette blanche.

« Aurélie! Aurélie! la voilà! » criaient-elles toutes ensemble.

La demoiselle aux yeux verts passa de bras en bras, jusqu'à la religieuse qui la serra contre elle affectueusement, et qui dit avec joie :

« Ma petite Aurélie, quel plaisir de vous voir! Alors, vous voilà pour un bon mois avec nous, n'est-ce pas? »

Un break, qui faisait le service des voyageurs entre Pierrefitte et Luz, attendait devant la station. La demoiselle aux yeux verts s'y installa avec ses compagnes. Le break partit.

Raoul, qui s'était tenu à l'écart, loua une victoria pour Luz.

VI

ENTRE LES FEUILLAGES

« AH! demoiselle aux yeux verts, se dit Raoul, pendant que les trois mules du break, dont il entendait tinter les grelots, commençaient l'escalade des premières pentes, jolie demoiselle, vous êtes ma captive désormais. Complice d'assassin, d'escroc et de maître chanteur, meurtrière vous-même, jeune fille du monde, artiste d'opérette, pensionnaire de couvent... qui que vous soyez, vous ne me glisserez plus entre les doigts. La confiance est une prison d'où l'on ne peut s'évader, et, si fort que vous m'en vouliez d'avoir pris vos lèvres, vous avez confiance au fond du cœur en celui qui ne se lasse pas de vous sauver, et qui se trouve toujours là quand vous êtes au bord de l'abîme. On s'attache à son terre-neuve, même s'il vous a mordu une fois.

« Demoiselle aux yeux verts, qui vous réfugiez dans un couvent pour échapper à tous ceux qui vous persécutent, jusqu'à nouvel ordre vous ne serez pas pour moi une criminelle ou une redoutable aventurière, ni même une actrice d'opérette, et je ne vous appellerai pas Léonide Balli. Je vous appellerai Aurélie. C'est un nom que j'aime, parce qu'il est suranné, honnête, et petite sœur des pauvres.

« Demoiselle aux yeux verts, je sais maintenant que vous possédez, en dehors de vos anciens complices, un secret qu'ils veulent vous arracher, et que vous gardez farouchement. Ce secret m'appartiendra un jour ou l'autre, parce que les secrets c'est mon rayon, et je découvrirai celui-là, de même que je dissiperai les ténèbres où vous vous cachez, mystérieuse et passionnante Aurélie. »

Cette petite apostrophe satisfit Raoul, qui s'endormit pour ne pas penser davantage à l'énigme troublante que lui offrait la demoiselle aux yeux verts.

La petite ville de Luz et sa voisine, Saint-Sauveur, forment une agglomération thermale où les baigneurs sont rares, en cette saison. Raoul choisit un hôtel à peu près vide où il se présenta comme un amateur de botanique et de minéralogie, et, dès cette fin d'après-midi, étudia la contrée.

Un chemin étroit, fort incommode, conduit en vingt minutes de montée à la maison des sœurs Sainte-Marie, vieux couvent aménagé en pensionnat. Au milieu d'une région âpre et tourmentée, les bâtiments et les jardins s'étendent à la pointe d'un promontoire, sur des terrasses en étage que soutiennent de puissantes murailles le long desquelles bouillonnait jadis le gave de Sainte-Marie, devenu souterrain dans cette partie de son cours. Une forêt de pins recouvre l'autre versant. Deux chemins en croix la traversent à l'usage des bûcherons. Il y a des grottes et des rochers, à silhouettes bizarres, où l'on vient en excursion le dimanche.

C'est de ce côté que Raoul se mit à l'affût. La région est déserte. La cognée des bûcherons résonnait au loin. De son poste il dominait les pelouses régulières du jardin et des lignes de tilleuls soigneusement taillés qui servent de promenades aux pensionnaires. En quelques jours, il connut les heures de récréation et les habitudes du couvent. Après le repas de midi, l'allée qui surplombe le ravin était réservée aux « grandes ».

Le quatrième jour seulement, la demoiselle aux yeux verts, que la fatigue sans doute avait retenue à l'intérieur du couvent, apparut dans cette allée. Chacune des grandes désormais sembla n'avoir d'autre but que de l'accaparer avec une jalousie manifeste qui les faisait se disputer entre elles.

Tout de suite Raoul vit qu'elle était transformée ainsi qu'un enfant qui sort de maladie et s'épanouit au soleil et à l'air plus vif de la montagne. Elle évoluait parmi les jeunes filles, vêtue comme elles, vive, allègre, aimable avec toutes, les entraînant peu à peu à jouer et à courir, et s'amusant si fort que ses éclats de rire retentissaient en échos jusqu'à la limite de l'horizon.

« Elle rit! se disait Raoul, émerveillé, et non pas de son rire factice et presque douloureux de théâtre, mais d'un rire d'insouciance et d'oubli par où s'exprime sa vraie nature. Elle rit... Quel prodige! »

Puis les autres rentraient pour les classes, et Aurélie demeurait seule. Elle n'en paraissait pas plus mélancolique. Sa gaieté ne tombait point. Elle s'occupait de petites choses, comme de ramasser des pommes de pin qu'elle jetait dans une corbeille d'osier, ou de cueillir des fleurs qu'elle déposait sur les marches d'une chapelle voisine.

Ses gestes étaient gracieux. Elle s'entretenait souvent à demi-voix avec un petit chien qui l'accompagnait ou avec un chat qui se caressait contre ses chevilles. Une fois elle tressa une guirlande de roses et se contempla en riant dans un miroir de poche. Furtivement elle mit un peu de rouge à ses joues et de la poudre de riz, qu'elle essuya aussitôt avec énergie. Ce devait être défendu.

Le huitième jour, elle franchit un parapet et atteignit la dernière et la plus élevée des terrasses que dissimulait, à son extrémité, une haie d'arbustes.

Le neuvième, elle y retourna, un livre à la main. Alors le dixième, avant l'heure de la récréation, Raoul se décida.

Il lui fallut d'abord se glisser parmi les taillis épais qui bordent la forêt, puis traverser une large pièce d'eau. Le gave de Sainte-Marie s'y jette, comme dans un immense réservoir, après quoi il s'enfonce sous terre. Une barque vermoulue se trouvait accrochée à un pieu et lui permit, malgré des remous assez violents, d'atteindre une petite crique, au pied même de la haute terrasse qui se dressait comme un rempart de château fort.

Les murs en étaient faits de pierres plates, simplement posées les unes sur les autres, et entre lesquelles poussaient des plantes sauvages. Les pluies avaient tracé des rigoles de sable et pratiqué des sentes que les gamins des environs escaladaient à l'occasion. Raoul monta sans peine. La terrasse, tout en haut, formait une salle d'été, entourée d'aucubas, de treillages démolis et de bancs en pierres, et ornée, en son milieu, d'un beau vase de terre cuite.

Il entendit le bourdonnement de la récréation. Puis il y eut un silence et, au bout de quelques minutes, un bruit de pas légers s'en vint de son côté. Une voix fraîche fredonnait un air de romance. Il sentit son cœur qui se serrait. Que dirait-elle en le voyant?

Des rameaux craquèrent. Le feuillage fut écarté, comme un rideau que l'on soulève à la porte d'une pièce, Aurélie entra.

Elle s'arrêta net, au seuil de la terrasse, sa chanson interrompue et l'attitude stupéfaite. Son livre, son chapeau de paille qu'elle avait rempli de fleurs et passé à son bras, tombèrent. Elle ne bougeait plus, silhouette fine et délicate sous le simple costume de lainage marron.

Elle ne dut reconnaître Raoul qu'un peu après. Alors elle devint toute rouge et recula en chuchotant :

« Allez-vous-en... Allez-vous-en... »

Pas une seconde il n'eut l'idée de lui obéir et l'on aurait même cru qu'il n'avait pas entendu l'ordre donné. Il la contemplait avec un plaisir indicible, qu'il n'avait jamais ressenti en face d'aucune femme.

Elle répéta d'un ton plus impérieux :

« Allez-vous-en.

— Non, fit-il.

— Alors, c'est moi qui partirai.

— Si vous partez, je vous suis, affirma-t-il. Nous rentrerons ensemble au couvent. »

Elle se retourna comme si elle voulait s'enfuir. Il accourut et lui saisit le bras.

« Ne me touchez pas! fit-elle avec indignation et en se dégageant. Je vous défends d'être auprès de moi. »

Il dit, surpris par tant de véhémence :

« Pourquoi donc? »

Très bas, elle répliqua :

« J'ai horreur de vous. »

La réponse était si extraordinaire qu'il ne put s'empêcher de sourire.

« Vous me détestez à ce point?

— Oui.

— Plus que Marescal?

— Oui.

— Plus que Guillaume et que l'homme de la villa Faradoni?

— Oui, oui, oui.

— Ils vous ont fait davantage de mal cependant et sans moi qui vous ai protégée... »

Elle se tut. Elle avait ramassé son chapeau et le gardait contre le bas de sa figure, de manière qu'il ne vît pas ses lèvres. Car toute sa conduite s'expliquait ainsi. Raoul n'en doutait pas. Si elle le détestait, ce n'était pas parce qu'il avait été le témoin de tous les crimes commis et de toutes les hontes, mais parce qu'il l'avait tenue dans ses bras et baisée sur la bouche. Etrange pudeur chez une femme comme elle et qui était si sincère, qui jetait un tel jour sur l'intimité même de son âme et de ses instincts, que Raoul murmura, malgré lui :

« Je vous demande d'oublier. »

Et, reculant de quelques pas, pour bien lui montrer qu'elle était libre de partir, il reprit d'un ton de respect involontaire :

« Cette nuit-là fut une nuit d'aberration dont il ne faut pas garder le souvenir, ni vous ni moi. Oubliez la manière dont j'ai agi. Ce n'est d'ailleurs pas pour vous le rappeler que je suis venu, mais pour continuer mon œuvre envers vous. Le hasard m'a mis sur votre chemin et le hasard a voulu dès l'abord que je puisse vous être utile. Ne repoussez pas mon aide, je vous en prie. La menace du danger, loin d'être finie, s'accroît au contraire. Vos ennemis sont exaspérés. Que ferez-vous, si je ne suis pas là?

— Allez-vous-en », dit-elle avec obstination.

Elle demeurait au seuil de la terrasse comme devant une porte ouverte. Elle fuyait les yeux de Raoul et dissimulait ses lèvres. Cependant elle ne partait pas. Comme il le pensait, on est prisonnier de celui qui vous sauve inlassablement. Son regard exprimait de la crainte. Mais le souvenir du baiser reçu cédait au souvenir infiniment plus terrible des épreuves subies.

« Allez-vous-en. J'étais en paix ici. Vous avez été mêlé à toutes ces choses... à toutes ces choses de l'enfer.

— Heureusement, dit-il. Et, de même, il faut que je sois mêlé à toutes celles qui se préparent. Croyez-vous qu'ils ne vous cherchent pas, eux? Croyez-vous que Marescal renonce à vous? Il est sur vos traces actuellement. Il les retrouvera jusque dans ce couvent de Sainte-Marie. Si vous y avez vécu quelques années heureuses de votre enfance, comme je le suppose, il doit le savoir et il viendra. »

Il parlait doucement, avec une conviction qui impressionnait la jeune fille, et c'est à peine s'il l'entendit balbutier encore :

« Allez-vous-en...

— Oui, dit-il, mais je serai là demain, à la même heure, et je vous attendrai tous les jours. Nous avons à causer. Oh! de rien qui puisse vous être douloureux et vous rappeler le cauchemar de l'affreuse nuit. Là dessus le silence. Je n'ai pas besoin de savoir, et la vérité sortira peu à peu de l'ombre. Mais il est d'autres points, des questions que je vous poserai et auxquelles il faudra me répondre. Voilà ce que je voulais vous dire aujourd'hui, pas davantage. Maintenant vous pouvez partir. Vous réfléchirez, n'est-ce pas? Mais n'ayez plus d'inquiétude. Habituez-vous à cette idée que je suis toujours là et qu'il ne faut jamais désespérer parce que je serai toujours là, à l'instant du péril. »

Elle partit sans un mot, sans un signe de tête. Raoul l'observa qui descendait les terrasses et gagnait l'allée des tilleuls. Quand il ne la vit plus, il ramassa quelques-unes des fleurs qu'elle avait laissées, et, s'apercevant de son geste inconscient, il plaisanta :

« Bigre! ça devient sérieux. Est-ce que... Voyons, voyons, mon vieux Lupin, rebiffe-toi. »

Il reprit le chemin de la brèche, traversa de nouveau l'étang et se promena dans la forêt, en jetant les fleurs une à une, comme s'il n'y tenait point. Mais l'image de la demoiselle aux yeux verts ne quittait pas ses yeux.

Il remonta sur la terrasse le lendemain. Aurélie n'y vint pas, et non plus les deux jours qui suivirent. Mais le quatrième jour, elle écarta les feuillages, sans qu'il eût perçu le bruit de sa marche.

« Oh! fit-il avec émotion, c'est vous... c'est vous... »

A son attitude il comprit qu'il ne devait pas avancer ni dire la moindre parole qui pût l'effaroucher. Elle restait comme le premier jour, ainsi qu'une adversaire qui se révolte d'être dominée et qui en veut à l'ennemi du bien qu'il lui fait.

Cependant sa voix était moins dure, quand elle prononça, la tête à demi tournée :

« Je n'aurais pas dû venir. Pour les sœurs de Sainte-Marie, pour mes bienfaitrices, c'est mal. Mais j'ai pensé que je devais vous remercier... et vous aider... Et puis, ajouta-t-elle, j'ai peur... oui, j'ai peur de tout ce que vous m'avez dit. Interrogez-moi... je répondrai.

— Sur tout? demanda-t-il.

— Non, fit-elle avec angoisse... pas sur la nuit de Beaucourt... Mais sur les autres choses... En quelques mots, n'est-ce pas? Que voulez-vous savoir? »

Raoul réfléchit. Les questions étaient difficiles à poser, puisque toutes devaient servir à jeter de la lumière sur un point dont la jeune fille refusait de parler.

Il commença :

« Votre nom d'abord?

— Aurélie... Aurélie d'Asteux.

— Pourquoi ce nom de Léonide Balli? Un pseudonyme?

— Léonide Balli existe. Souffrante, elle était restée à Nice. Parmi les acteurs de sa troupe avec qui j'ai voyagé de Nice à Marseille, il y en avait un que je connaissais, ayant joué Véronique l'hiver dernier, dans une réunion d'amateurs. Alors, tous, ils m'ont suppliée de prendre pour un soir la place de Léonide Balli. Ils étaient si désolés, si embarrassés, que j'ai dû leur rendre ce service. Nous avons prévenu le directeur à Toulouse, qui, au dernier moment, a résolu de ne pas faire d'annonce et de laisser croire que j'étais Léonide Balli. »

Raoul conclut :

« Vous n'êtes pas actrice... J'aime mieux cela... J'aime mieux que vous soyez simplement la jolie pensionnaire de Sainte-Marie. »

Elle fronça les sourcils.

« Continuez. »

Il reprit aussitôt :

« Le monsieur qui a levé sa canne sur Marescal au sortir de la pâtisserie du boulevard Haussmann, c'était votre père.

— Mon beau-père.

— Son nom?

— Brégeac.

— Brégeac?

— Oui, directeur des affaires judiciaires au ministère de l'Intérieur.

— Et, par conséquent, le chef direct de Marescal?

— Oui. Il y a toujours eu antipathie de l'un à l'autre. Marescal, qui est très soutenu par le ministre, essaie de supplanter mon beau-père, et mon beau-père cherche à se débarrasser de lui.

— Et Marescal vous aime?

— Il m'a demandée en mariage. Je l'ai repoussé. Mon beau-père lui a défendu sa porte. Il nous hait et il a juré de se venger.

— Et d'un, dit Raoul. Passons à un autre. L'homme de la villa Faradoni s'appelle?...

— Jodot.

— Sa profession?

— Je l'ignore. Il venait quelquefois à la maison pour voir mon beau-père.

— Et le troisième?

— Guillaume Ancivel, que nous recevions aussi. Il s'occupe de Bourse et d'affaires.

— Plus ou moins véreuses?

— Je ne sais pas... peut-être... »

Raoul résuma :

« Voilà donc vos trois adversaires... car il n'y en a pas d'autres, n'est-ce pas?

— Si, mon beau-père.

— Comment! le mari de votre mère?

— Ma pauvre mère est morte.

— Et tous ces gens-là vous persécutent pour la même raison? Sans doute à propos de ce secret que vous possédez en dehors d'eux?

— Oui, sauf Marescal, qui, de ce côté, ignore tout et ne cherche qu'à se venger.

— Vous est-il possible de me donner quelques indications, non sur le secret lui-même, mais sur les circonstances qui l'entourent? »

Elle médita quelques instants et déclara :

« Oui, je le peux. Je peux vous dire ce que les autres connaissent et la raison de leur acharnement. »

Aurélie, qui, jusque-là, avait répondu d'une voix brève et sèche, sembla prendre intérêt à ce qu'elle disait.

« Voici, en quelques mots. Mon père, qui était le cousin de ma mère, est mort avant ma naissance, laissant quelques rentes, auxquelles vint s'ajouter une pension que nous faisait mon grand-père d'Asteux, le père de maman, un excellent homme, artiste, inventeur, toujours en quête de découvertes et de grands secrets, qui ne cessait de voyager pour les prétendues affaires miraculeuses où nous devions trouver la fortune. Je l'ai bien connu; je me vois encore sur ses genoux, et je l'entends me dire : « La petite Aurélie sera riche. C'est pour elle que je « travaille. »

« Or, j'avais tout juste six ans quand il nous pria, par lettre, maman et moi, de le rejoindre à l'insu de tout le monde. Un soir, nous avons pris le train et nous sommes restées deux jours auprès de lui. Au moment de repartir, ma mère me dit en sa présence :

« — Aurélie, ne révèle jamais à personne où tu as « été durant ces deux jours, ni ce que tu as fait, ni ce « que tu as vu. C'est un secret qui t'appartient comme « à nous désormais et qui, lorsque tu auras vingt ans, « te donnera de grandes richesses.

« — De très grandes richesses, confirma mon grand-« père d'Asteux. Aussi jure-nous de ne jamais parler de « ces choses à personne, quoi qu'il arrive.

« — A personne, rectifia ma mère, sauf à l'homme « que tu aimeras et dont tu seras sûre comme de toi-« même. »

« Je fis tous les serments qu'on exigea de moi. J'étais très impressionnée et je pleurais.

« Quelques mois plus tard, maman se remariait avec Brégeac. Mariage qui ne fut pas heureux et qui dura peu. Dans le courant de l'année suivante, ma pauvre mère mourait d'une pleurésie, après m'avoir remis furtivement un bout de papier qui contenait toutes les indications sur le pays visité et sur ce que je devais faire à vingt ans. Presque aussitôt, mon grand-père d'Asteux mourut aussi. Je restai donc seule avec mon beau-père Brégeac, lequel se débarrassa de moi en m'envoyant aussitôt dans cette maison de Sainte-Marie. J'y arrivai bien triste, bien désemparée, mais soutenue par l'importance que me donnait à moi-même la garde d'un secret. C'était un dimanche. Je cherchai un endroit isolé et je vins ici, sur cette terrasse, pour exécuter un projet que ma cervelle d'enfant avait conçu. Je savais par cœur les indications laissées par ma mère. Dès lors, à quoi bon conserver un document que tout l'univers, me semblait-il, finirait par connaître si je le conservais. Je le brûlai dans ce vase. »

Raoul hocha la tête :

« Et vous avez oublié les indications?...

— Oui, dit-elle. Au jour le jour, sans que je m'en aperçoive, parmi les affections que j'ai trouvées ici, dans le travail et dans les plaisirs, elles se sont effacées de ma mémoire. J'ai oublié le nom du pays, son emplacement, le chemin de fer qui y mène, les actes que je devais accomplir... tout.

— Absolument tout?

— Tout, sauf quelques paysages et quelques impressions qui avaient frappé plus vivement que les autres mes yeux et mes oreilles de petite fille... des images que je n'ai jamais cessé de voir depuis... des bruits, des sons de cloches que j'entends encore comme si ces cloches ne s'arrêtaient pas de sonner.

— Et ce sont ces impressions, ces images, que vos ennemis voudraient connaître, espérant, avec votre récit, parvenir à la vérité?

— Oui.

— Mais comment savaient-ils?...

— Parce que ma mère avait commis l'imprudence de ne pas détruire certaines lettres où mon grand-père d'Asteux faisait allusion au secret qui m'était confié. Brégeac, qui recueillit ces lettres plus tard, ne m'en parla jamais durant mes dix années de Sainte-Marie, dix belles années qui seront les meilleures de ma vie. Mais le jour où je retournai à Paris, il y a deux ans, il m'interrogeait. Je lui dis ce que je vous ai dit, comme j'en avais le droit, mais ne voulus révéler aucun des vagues souvenirs qui auraient pu le mettre sur la voie. Dès lors ce furent une persécution constante, des reproches, des querelles, des fureurs terribles... jusqu'au moment où je résolus de m'enfuir.

— Seule? »

Elle rougit.

« Non, fit-elle, mais pas dans les conditions que vous pourriez croire. Guillaume Ancivel me faisait la cour, avec beaucoup de discrétion, et comme quelqu'un qui veut se rendre utile et qui n'a aucun espoir d'en être récompensé. Il gagna ainsi, sinon ma sympathie, du moins ma confiance, et j'eus le grand tort de lui raconter mes projets de fuite.

— Il vous approuva sans aucun doute?

— Il m'approuva de toutes ses forces, m'aida dans mes préparatifs, et vendit quelques bijoux et des titres que je tenais de ma mère. La veille de mon départ, et comme je ne savais où me réfugier, Guillaume me dit : « J'arrive de Nice et je dois y retourner demain. Voulez-vous que je vous y conduise? « Vous ne trouverez pas de retraite plus tranquille « à cette époque que sur la Riviera. » Quels motifs aurais-je eus de refuser son offre? Je ne l'aimais certes pas, mais il paraissait sincère et très dévoué. J'acceptai.

— Quelle imprudence! fit Raoul.

— Oui, dit-elle. Et d'autant plus qu'il n'y avait pas entre nous de relations amicales qui sont l'excuse d'une pareille conduite. Mais, que voulez-vous! J'étais seule dans la vie, malheureuse et persécutée. Un appui s'offrait... pour quelques heures, me semblait-il. Nous partîmes. »

Une légère hésitation interrompit Aurélie. Puis, brusquant son récit, elle reprit :

« Le voyage fut terrible... pour les raisons que vous connaissez. Lorsque Guillaume me jeta dans la voiture qu'il avait dérobée au médecin, j'étais à bout de forces. Il m'entraîna où il voulut, vers une autre gare, et de là, comme nous avions nos billets, à Nice où je retirai mes bagages. J'avais la fièvre, le délire. J'agissais sans avoir conscience de ce que je faisais. Il en profita le lendemain pour se faire accompagner par moi dans une propriété où il devait reprendre, en l'absence des habitants, certaines valeurs qu'on lui avait volées. J'y allais, comme j'aurais été n'importe où. Je ne pensais à rien. J'obéissais passivement. C'est dans cette villa que je fus attaquée et enlevée par Jodot...

— Et sauvée, une seconde fois, par moi que vous récompensiez, une seconde fois, en fuyant aussitôt. Passons. Jodot, lui aussi, exigeait des révélations, n'est-ce pas?

— Oui.

— Ensuite?

— Ensuite, je rentrai à l'hôtel où Guillaume me supplia de le suivre à Monte-Carlo.

— Mais, à ce moment-là, vous étiez renseignée sur le personnage! objecta Raoul.

— Par quoi? On voit clair quand on regarde. Mais... depuis deux jours, je vivais dans une sorte de folie, que l'agression de Jodot avait encore exaspérée. Je suivis donc Guillaume, sans même lui demander le but de ce voyage. J'étais désemparée, honteuse de ma lâcheté, et gênée par la présence de cet homme qui me devenait de plus en plus étranger... Quel rôle ai-je joué à Monte-Carlo? Ce n'est pas très net pour moi. Guillaume m'avait confié des lettres que je devais lui remettre dans le couloir de l'hôtel, pour qu'il les remît lui-même à un monsieur. Quelles lettres? Quel monsieur? Pourquoi Marescal était-il là? Comment m'avez-vous arrachée à lui? Tout cela est bien obscur. Cependant, mon instinct s'était réveillé. Je sentais contre Guillaume une hostilité croissante. Je le détestais. Et je suis partie de Monte-Carlo résolue à rompre le pacte qui nous liait et à venir me cacher ici. Il me poursuivit jusqu'à Toulouse, et quand je lui annonçai, au début de l'après-midi, ma décision de le quitter, et qu'il fut convaincu que rien ne me ferait revenir, froidement, durement, avec une colère qui lui contractait le visage, il me répondit :

« — Soit. Séparons-nous. Au fond, cela m'est égal. « Mais j'y mets une condition.

« — Une condition?

« — Oui. Un jour, j'ai entendu votre beau-père « Brégeac parler d'un secret qui vous a été légué. « Dites-moi ce secret et vous êtes libre.

« Alors je compris tout. Toutes ses protestations, son dévouement, autant de mensonges. Son seul but, c'était d'obtenir de moi, un jour ou l'autre, soit en me gagnant par l'affection, soit en me menaçant, les confidences que j'avais refusées à mon beau-père, et que Jodot avait essayé de m'arracher. »

Elle se tut. Raoul l'observa. Elle avait dit l'entière vérité, il en eut l'impression profonde. Gravement, il prononça :

« Voulez-vous connaître exactement le personnage? »

Elle secoua la tête :

« Est-ce bien nécessaire?

— Cela vaut mieux. Ecoutez-moi. A Nice, les titres qu'il cherchait dans la villa Faradoni ne lui appartenaient pas. Il était venu simplement pour les voler. A Monte-Carlo, il exigeait cent mille francs contre la remise de lettres compromettantes. Donc, escroc et voleur, peut-être pire. Voilà l'homme. »

Aurélie ne protesta point. Elle avait dû entrevoir la réalité, et l'énoncé brutal des faits ne pouvait plus la surprendre.

« Vous m'avez sauvée de lui, je vous remercie.

— Hélas! dit-il, vous auriez dû vous confier à moi, au lieu de me fuir. Que de temps perdu! »

Elle était sur le point de partir, mais elle répliqua :

« Pourquoi me confier à vous? Qui êtes-vous? Je ne vous connais pas. Marescal, qui vous accuse, ne sait même pas votre nom. Vous me sauvez de tous les dangers... pour quelle raison? Dans quel dessein? »

Il ricana :

« Dans le dessein de vous arracher aussi votre secret... est-ce cela que vous voulez dire?

— Je ne veux rien dire, murmura-t-elle, avec accablement. Je ne sais rien. Je ne comprends rien. Depuis deux ou trois semaines, je me heurte de tous côtés à des murailles d'ombre. Ne me demandez pas plus de confiance que je n'en puis donner. Je me défie de tout et de tous. »

Il eut pitié d'elle et la laissa partir.

En s'en allant (il avait trouvé une autre issue, une poterne située au-dessous de l'avant-dernière terrasse, et qu'il avait réussi à ouvrir), il pensait :

« Elle n'a pas soufflé mot de la nuit terrible. Or, Miss Bakefield est morte. Deux hommes ont été assassinés. Et je l'ai vue, elle, travestie, masquée. »

Mais, pour lui aussi, tout était mystérieux et inexplicable. Autour de lui, comme autour d'elle, s'élevaient ces mêmes murailles d'ombre, où filtraient à peine de place en place quelques pâles lumières. Pas un instant, d'ailleurs — et il en était ainsi depuis le début de l'aventure — il ne songeait en face d'elle au serment de vengeance et de haine qu'il avait fait devant le cadavre de Miss Bakefield, ni à rien de ce qui pouvait enlaidir la gracieuse image de la demoiselle aux yeux verts.

Durant deux jours, il ne la revit pas. Puis, trois jours de suite, elle vint, sans expliquer son retour, mais comme si elle eût cherché une protection dont elle ne pouvait pas se passer.

Elle resta dix minutes d'abord, puis quinze, puis trente. Ils parlaient peu. Qu'elle le voulût ou non, l'œuvre de confiance se poursuivait en elle. Plus douce, moins lointaine, elle avançait jusqu'à la brèche et regardait l'eau frémissante de l'étang. A plusieurs reprises, il essaya de lui poser des questions. Elle se dérobait aussitôt, tremblante, épouvantée par tout ce qui pouvait être allusion aux heures affreuses de Beaucourt. Elle causait pourtant davantage, mais des choses de son passé lointain, de la vie qu'elle menait jadis à Sainte-Marie, et de la paix qu'elle retrouvait encore dans cette atmosphère affectueuse et sereine.

Une fois, sa main étant posée à l'envers sur le socle du vase, il se pencha, et, sans y toucher, en examina les lignes.

« C'est bien ce que j'ai deviné dès le premier jour... Une double destinée, l'une sombre et tragique, l'autre heureuse et toute simple. Elles se croisent, s'enchevêtrent, se confondent, et il n'est pas possible encore de dire qui l'emportera. Quelle est la vraie, quelle est celle qui correspond à votre véritable nature?

— La destinée heureuse, dit-elle. Il y a en moi quelque chose qui remonte vite à la surface, et qui me donne, comme ici, la gaieté et l'oubli quels que soient les périls. »

Il continua son examen.

« Méfiez-vous de l'eau, dit-il en riant. L'eau peut vous être funeste. Naufrages, inondations... Que de périls! Mais ils s'éloignent... Oui, tout s'arrange dans votre vie. Déjà la bonne fée l'emporte sur la mauvaise. »

Il mentait pour la tranquilliser et avec le désir constant que, sur sa jolie bouche, qu'il osait à peine regarder, se dessinât parfois un sourire. Lui-même, du reste, il voulait oublier et se leurrer.

Il vécut ainsi deux semaines d'une allégresse profonde qu'il s'efforçait de dissimuler. Il subissait le vertige de ces heures où l'amour vous jette dans l'ivresse et vous rend insensible à tout ce qui n'est pas la joie de contempler et d'entendre. Il refusait d'évoquer les images menaçantes de Marescal, de Guillaume ou de Jodot. Si aucun des trois ennemis n'apparaissait, c'est qu'ils avaient perdu, certainement, les traces de leur victime. Pourquoi, dès lors, ne pas s'abandonner à la torpeur délicieuse qu'il éprouvait auprès de la jeune fille?

Le réveil fut brutal. Un après-midi, penchés entre les feuillages qui dominaient le ravin, ils entrevoyaient au-dessous d'eux le miroir de l'étang, presque immobile au milieu, soulevé sur les bords par de petites vagues hâtives qui glissaient vers l'issue étroite où s'engouffrait le gave, lorsqu'une voix lointaine cria dans le jardin :

« Aurélie!... Aurélie!... Où est-elle, Aurélie?

— Mon Dieu! dit la jeune fille tout inquiète, pourquoi m'appelle-t-on? »

Elle courut au sommet des terrasses et aperçut une des religieuses dans l'allée des tilleuls.

« Me voilà!... Me voilà! Qu'y a-t-il donc, ma sœur?

— Un télégramme, Aurélie.

— Un télégramme! Ne vous donnez pas la peine, ma sœur. Je vous rejoins. »

Un instant plus tard, quand elle regagna la salle d'été, une dépêche à la main, elle était bouleversée.

« C'est mon beau-père, dit-elle.

— Brégeac?

— Oui.

— Il vous rappelle?

— Il sera là d'un moment à l'autre!

— Pourquoi?

— Il m'emmène.

— Impossible!

— Tenez... »

Il lut deux lignes, datées de Bordeaux :

« *Arriverai quatre heures. Repartirons aussitôt. Brégeac.* »

Raoul réfléchit et demanda :

« Vous lui aviez donc écrit que vous étiez ici?

— Non, mais il y venait jadis au moment des vacances.

— Et votre intention?

— Que puis-je faire?

— Refusez de le suivre.

— La supérieure ne consentirait pas à me garder.

— Alors, insinua Raoul, partez d'ici dès maintenant.

— Comment? »

Il montra le coin de la terrasse, la forêt...

Elle protesta :

« Partir! m'évader de ce couvent comme une coupable? Non, non, ce serait trop de chagrin pour toutes ces pauvres femmes, qui m'aiment comme une fille, comme la meilleure de leurs filles! Non, cela, jamais! »

Elle était très lasse. Elle s'assit sur un banc de pierre, à l'opposé du parapet. Raoul s'approcha d'elle et, gravement :

« Je ne vous dirai aucun des sentiments que j'ai pour vous, et des raisons qui me font agir. Mais, tout de même, il faut que vous sentiez bien que je vous suis dévoué comme un homme est dévoué à une femme... qui est tout pour lui... Et il faut que ce dévouement vous donne une confiance absolue en moi, et que vous soyez prête à m'obéir aveuglément. C'est la condition de votre salut. Le comprenez-vous?

— Oui, dit-elle, entièrement dominée.

— Alors, voici mes instructions... mes ordres... oui, mes ordres. Accueillez votre beau-père sans révolte. Pas de querelle. Pas même de conversation. Pas un seul mot. C'est le meilleur moyen de ne pas commettre d'erreur. Suivez-le. Retournez à Paris. Le soir même de votre arrivée, sortez sous un prétexte quelconque. Une dame âgée, à cheveux blancs, vous attendra en automobile vingt pas plus loin que la porte. Je vous conduirai toutes deux en province, dans un asile où nul ne vous retrouvera. Et je m'en irai aussitôt, je vous le jure sur l'honneur, pour ne revenir auprès de vous que quand vous m'y autoriserez. Sommes-nous d'accord?

— Oui, fit-elle, d'un signe de tête.

— En ce cas, à demain soir. Et souvenez-vous de mes paroles. Quoi qu'il arrive, vous entendez, quoi qu'il arrive, rien ne prévaudra contre ma volonté de protection et contre la réussite de mon entreprise. Si tout semble se tourner contre vous, ne vous découragez pas. Ne vous inquiétez même pas. Dites-vous avec foi, avec acharnement, qu'au plus fort du danger, aucun danger ne vous menace. A la seconde même où ce sera nécessaire, je serai là. Je serai toujours là. Je vous salue, mademoiselle. »

Il s'inclina et baisa légèrement le ruban de sa pèlerine. Puis écartant un panneau de vieux treillage, il sauta dans les fourrés et prit une sente à peine tracée qui conduisait à l'ancienne poterne.

Aurélie n'avait pas bougé de la place qu'elle occupait sur le banc de pierre.

Une demi-minute s'écoula.

A ce moment, ayant perçu un froissement de feuilles du côté de la brèche, elle releva la tête. Les arbustes remuaient. Il y avait quelqu'un. Oui, à n'en pas douter, quelqu'un était caché là.

Elle voulut appeler, crier au secours. Elle ne le put pas. Sa voix s'étranglait.

Les feuilles se balançaient davantage. Qui allait apparaître? De toutes ses forces, elle souhaita que ce fût Guillaume ou Jodot. Elle les redoutait moins que Marescal, les deux bandits.

Une tête émergea. Marescal sortit de sa cachette.

D'en bas, vers la droite, monta le bruit de la poterne massive que l'on refermait.

VII

UNE DES BOUCHES DE L'ENFER

Si la situation de la terrasse, tout en haut d'un grand jardin, dans une partie où personne ne se promenait, et sous l'abri d'épaisses frondaisons, avait offert quelques semaines d'absolue sécurité à Aurélie et à Raoul, n'était-il pas à penser que Marescal allait trouver là les quelques minutes qui lui étaient nécessaires, et qu'Aurélie ne pouvait espérer aucune assistance? Fatalement, la scène se poursuivrait jusqu'au terme voulu par l'adversaire, et le dénouement serait conforme à sa volonté implacable.

Il le sentait si bien qu'il ne se pressa pas. Il avança lentement et s'arrêta. La certitude de la victoire troublait l'harmonie de son visage régulier, et déformait ses traits d'habitude immobiles. Un rictus remontait le coin gauche de sa bouche, entraînant ainsi la moitié de sa barbe carrée. Les dents luisaient. Les yeux étaient cruels et durs.

Il ricana :

« Eh bien, mademoiselle, je crois que les événements ne me sont pas trop défavorables! Pas moyen de m'échapper comme dans la gare de Beaucourt! Pas moyen de me chasser comme à Paris! Hein, il va falloir subir la loi du plus fort! »

Le buste droit, les bras raidis, ses poings crispés sur le banc de pierre, Aurélie le contemplait avec une expression d'angoisse folle. Pas un gémissement. Elle attendait.

« Comme c'est bon de vous voir ainsi, jolie demoiselle! Quand on aime de la façon un peu excessive dont je vous aime, ce n'est pas désagréable de trouver en face de soi de la peur et de la révolte. On est d'autant plus ardent à conquérir sa proie... sa proie magnifique, ajouta-t-il tout bas... car, en vérité, vous êtes rudement belle! »

Apercevant le télégramme déplié, il se moqua :

« Cet excellent Brégeac, n'est-ce pas? qui vous annonce son arrivée imminente et votre départ?... Je sais, je sais. Depuis quinze jours, je le surveille, mon cher directeur, et je me tiens au courant de ses projets les plus secrets. J'ai des hommes dévoués près de lui. Et c'est ainsi que j'ai découvert votre retraite, et que j'ai pu le devancer de quelques heures, lui. Le temps d'explorer les lieux, la forêt, le vallon, de vous épier de loin, et de vous voir trotter en hâte vers cette terrasse, et j'ai pu grimper ici et surprendre une silhouette qui s'éloignait. Un amoureux, n'est-ce pas? »

Il fit quelques pas en avant. Elle eut un haut-le-corps, et son buste toucha le treillage qui entourait le banc.

Il s'irrita :

« Eh! la belle, j'imagine qu'on ne reculait pas ainsi tout à l'heure, quand l'amoureux s'occupait à vous caresser. Hein, quel est cet heureux personnage? Un fiancé? un amant plutôt. Allons, je vois que j'arrive tout juste pour défendre mon bien et empêcher la candide pensionnaire de Sainte-Marie de faire des bêtises! Ah! si jamais j'aurais supposé cela!... »

Il contint sa colère, et, penché sur elle :

« Après tout, tant mieux! Les choses se trouvent simplifiées. La partie que je jouais était déjà admirable, puisque j'ai tous les atouts en main. Mais quel surcroît de chance! Aurélie n'est pas une vertu farouche! On peut voler et tuer tout en se dérobant devant le fossé. Et puis voilà qu'Aurélie est toute prête à sauter l'obstacle. Alors, pourquoi pas en ma compagnie? Hein, Aurélie, autant moi que cet autre? S'il a ses avantages, j'ai des raisons en ma faveur qui ne sont pas à dédaigner. Qu'en dites-vous, Aurélie? »

Elle se taisait obstinément. Le courroux de l'ennemi s'exaspérait de ce silence terrifié, et il reprit, en scandant chaque parole :

« Nous n'avons pas le loisir de marivauder, n'est-ce pas, Aurélie, ni d'effleurer les sujets les uns après les autres? Il faut parler net, sans avoir peur des mots, et pour qu'il n'y ait pas de malentendu. Donc droit au but. Silence sur le passé, et sur les humiliations que j'ai subies. Cela ne compte plus. Ce qui compte, c'est le présent. Un point, c'est tout. Or, le présent, c'est l'assassinat du rapide, c'est la fuite dans les bois, c'est la capture par les gendarmes, c'est vingt preuves dont chacune est mortelle pour vous. Et le présent, c'est aujourd'hui où je vous tiens sous ma griffe, et où je n'ai qu'à vouloir pour vous empoigner, pour vous conduire jusqu'à votre beau-père, et pour lui crier en pleine face, devant témoins : « La femme qui a « tué, celle qu'on recherche partout, la voici... et le « mandat d'arrêt, je l'ai dans ma poche. Qu'on aver- « tisse les gendarmes! »

Il leva le bras, prêt, comme il disait, à empoigner la criminelle.

Et, plus sourdement encore, la menace suspendue, il acheva :

« Donc, d'une part, cela, c'est-à-dire la dénonciation publique, les assises et le châtiment redoutable... Et, d'autre part, ceci, qui est le second terme de ce que je vous donne à choisir : l'accord, l'accord immédiat, aux conditions que vous devinez. C'est plus qu'une promesse que j'exige, c'est un serment, fait à genoux, le serment qu'une fois de retour à Paris, vous viendrez me voir, seule, chez moi. Et c'est plus encore, c'est tout de suite la preuve que l'accord est loyal, signé par votre bouche sur la mienne... et non pas un baiser de haine et de dégoût, mais un baiser volontaire, comme d'aussi belles et de plus difficiles que vous m'en ont donné, Aurélie... un baiser d'amoureuse... Mais, réponds donc, sacrebleu! s'écria-t-il, dans une explosion de rage. Réponds-moi que tu acceptes. J'en ai assez de tes airs de damnée! Réponds, ou bien je t'empoigne, et ce sera le baiser quand même, et quand même la prison! »

Cette fois, la main s'abattit sur l'épaule avec une violence irrésistible, tandis que l'autre main, saisissant Aurélie à la gorge, lui fixa la tête contre le treillage, et que les lèvres descendirent... Mais le geste ne fut pas achevé. Marescal sentit que la jeune fille s'affaissait sur elle-même. Elle s'évanouit.

L'incident troubla profondément Marescal. Il était venu sans plan précis, en tout cas sans autre plan que celui de parler, et en une heure, avant l'arrivée de Brégeac, d'obtenir des promesses solennelles et la reconnaissance de son pouvoir. Or, voilà que le hasard lui offrait une victime inerte et impuissante.

Il demeura quelques secondes courbé sur elle, la regardant de ses yeux avides, et regardant autour de

lui cette salle de feuillage, close et discrète. Nul témoin. Aucune intervention possible.

Mais une autre pensée le conduisit jusqu'au parapet, et, par la brèche pratiquée au milieu des arbustes, il contempla le vallon désert, la forêt aux arbres noirs, toute ténébreuse et mystérieuse, où il avait remarqué, en passant, l'orifice des grottes. Aurélie jetée là, emprisonnée et maintenue sous la menace épouvantable des gendarmes. Aurélie captive, deux jours, trois jours, huit jours s'il le fallait, n'était-ce pas le dénouement inespéré, triomphal, le commencement et la fin de l'aventure?

Il donna un léger coup de sifflet. En face de lui, sur l'autre rive de l'étang, deux bras s'agitèrent au-dessus de deux buissons situés à la lisière de la forêt. Signaux convenus : deux hommes étaient là, postés par lui pour servir à ses machinations. De ce côté de l'étang, la barque se balançait.

Marescal n'hésita plus, il savait que l'occasion est fugitive et que, s'il ne la saisit pas au passage elle se dissipe comme une ombre. Il traversa de nouveau la terrasse et constata que la jeune fille semblait prête à s'éveiller.

« Agissons, dit-il. Sinon... »

Il lui jeta sur la tête un foulard, dont deux des extrémités furent nouées sur la bouche et à la manière d'un bâillon. Puis il la prit dans ses bras et l'emporta.

Elle était mince et ne pesait guère. Lui, était solide. Le fardeau lui parut léger. Néanmoins, quand il parvint à la brèche et qu'il observa la pente presque verticale du ravin creusé par les orages au milieu du soubassement, il réfléchit et jugea nécessaire de prendre des précautions. Il déposa donc Aurélie au bord de la brèche.

Attendait-elle la faute commise? Fût-ce de sa part une inspiration subite? En tout cas, l'imprudence de Marescal fut aussitôt punie. D'un mouvement imprévu, avec une rapidité et une décision qui le déconcertèrent, elle arracha le foulard, et, sans souci de ce qui pouvait advenir, se laissa glisser de haut en bas, comme une pierre détachée qui roule dans un éboulement de cailloux et de sable d'où monte un nuage de poussière.

Remis de sa surprise, il s'élança au risque de tomber et l'aperçut qui courait à l'aventure, en zigzag, de la falaise à la berge, comme une bête traquée qui ne sait pas où s'enfuir.

« Tu es perdue, ma pauvre petite, proféra-t-il. Rien à faire qu'à plier les genoux. »

Il la rejoignait déjà, et Aurélie vacillait de peur et trébuchait, quand il eut l'impression que quelque chose tombait du haut de la terrasse et s'abattait près de lui, ainsi que l'eût fait une branche d'arbre cassée. Il se tourna, vit un homme dont le bas du visage était masqué d'un mouchoir et qui devait être celui qu'il appelait l'amoureux d'Aurélie, eut le temps de saisir son revolver, mais n'eut pas le temps de s'en servir. Un coup de pied de l'agresseur, lancé en pleine poitrine ainsi qu'un coup de savate vigoureusement appliqué, le précipita jusqu'à mi-jambe dans un amalgame de vase liquide que formait l'étang à cette place. Furieux, pataugeant, il braqua son revolver sur cet adversaire au moment où celui-ci, vingt-cinq pas plus loin, étendait la jeune fille dans la barque.

« Halte! ou je tire », cria-t-il.

Raoul ne répondit pas. Il dressa et appuya sur un banc comme un bouclier qui les protégeait, Aurélie et lui, une planche à moitié pourrie. Puis il poussa au large la barque qui se mit à danser sur les vagues.

Marescal tira. Il tira cinq fois. Il tira désespérément et rageusement. Mais aucune des cinq balles, mouillées sans doute, ne consentit à partir. Alors, il siffla, comme auparavant, mais d'une manière plus stridente. Là-bas les deux hommes surgirent de leurs fourrés comme des diables hors de leurs boîtes.

Raoul se trouvait au milieu de l'étang, c'est-à-dire à trente mètres peut-être de la rive opposée.

« Ne tirez pas! » hurla Marescal.

A quoi bon, en effet. Le fugitif ne pouvait avoir d'autre but, pour ne pas être entraîné par le courant vers le gouffre où disparaissait le gave, que de filer en ligne droite et d'accoster précisément à l'endroit où l'attendaient les deux acolytes, revolver au poing.

Il dut même s'en rendre compte, le fugitif, car subitement il fit volte-face, et revint vers la rive où il n'aurait à combattre qu'un adversaire seul et désarmé.

« Tirez! tirez! vociféra Marescal qui devina le manège. Il faut tirer maintenant, puisqu'il revient! Mais tirez donc, sacrebleu! »

Un des hommes fit feu.

Dans la barque il y eut un cri. Raoul lâcha ses avirons et se renversa, tandis que la jeune fille se jetait sur lui avec des gestes de désespoir. Les avirons s'en allaient à vau-l'eau. La barque demeura un instant immobile, indécise, puis elle vira un peu, la proue pointant vers le courant, recula, glissa en arrière, lentement d'abord, plus vite ensuite.

« Crebleu de crebleu, balbutia Marescal, ils sont fichus. »

Mais que pouvait-il faire? Le dénouement ne laissait aucun doute. La barque fut happée par deux torrents de petites vagues hâtives qui se bousculaient de chaque côté de la nappe centrale, une fois encore tourna sur elle-même, brusquement pointa en avant, les deux corps couchés au fond, et fila comme une flèche vers l'orifice béant où elle s'engloutit.

Cela ne se passa pas certainement plus de deux minutes après que les deux fugitifs eussent quitté la rive.

Marescal ne bougea point. Les pieds dans l'eau, la figure contractée d'horreur, il regardait l'emplacement maudit, comme s'il eût contemplé une bouche de l'enfer. Son chapeau flottait sur l'étang. Sa barbe et ses cheveux étaient en désordre.

« Est-ce possible! est-ce possible!... bégayait-il... Aurélie... Aurélie... »

Un appel de ses hommes le réveilla de sa torpeur. Ils firent un grand détour pour le rejoindre et le trouvèrent en train de se sécher. Il leur dit :

« Est-ce vrai?

— Quoi?

— La barque?... Le gouffre?... »

Il ne savait plus. Dans les cauchemars, d'abominables visions passent ainsi, laissant l'impression de réalités affreuses.

Tous trois ils gagnèrent le dessus du trou que marquait une dalle et qu'entouraient des roseaux et des plantes accrochées aux pierres. L'eau arrivait en menues cascades où s'arrondissait çà et là le dos luisant de grosses roches. Ils se penchèrent. Ils écoutèrent. Rien. Rien qu'un tumulte de flots pressés. Rien qu'un souffle froid qui montait avec la poudre blanche de l'écume.

« C'est l'enfer, balbutia Marescal... c'est une des bouches de l'enfer. »

Et il répétait :

« Elle est morte... elle est noyée... Est-ce bête!... quelle mort effroyable!... Si cet imbécile-là l'avait laissée... j'aurais... j'aurais... »

Ils s'en allèrent par le bois. Marescal cheminait, comme s'il eût suivi un convoi. A diverses reprises, ses compagnons l'interrogèrent. C'étaient des individus peu recommandables, qu'il avait racolés pour son expédition, en dehors de son service, et auxquels il n'avait donné que des renseignements sommaires. Il ne leur répondit pas. Il songeait à Aurélie, si gracieuse, si vivante, et qu'il aimait si passionnément. Des souvenirs le troublaient, compliqués de remords et de frayeurs.

En outre, il n'avait pas la conscience bien tranquille. L'enquête imminente pouvait l'atteindre, lui, et, par suite, lui attribuer une part dans le tragique accident. En ce cas, c'était l'effondrement, le scandale. Brégeac serait impitoyable et poursuivrait sa vengeance jusqu'au bout.

Bientôt il ne songea plus qu'à s'en aller et à quitter le pays le plus discrètement possible. Il fit peur à ses acolytes. Un danger commun les menaçait, disait-il, et leur sécurité exigeait qu'on se dispersât, et que chacun veillât à son propre salut, avant que l'alarme fût donnée et leur présence signalée. Il leur remit le double de la somme convenue, évita les maisons de Luz, et prit la route de Pierrefitte-Nestalas avec l'espoir de trouver une voiture qui l'emmènerait en gare pour le train de sept heures du soir.

Ce n'est qu'à trois kilomètres de Luz qu'il fut dépassé par une petite charrette à deux roues, couverte d'une bâche, et que conduisait un paysan vêtu d'une ample limousine et coiffé d'un béret basque.

Il monta d'autorité, et d'un ton impérieux :

« Cinq francs si l'on arrive au train. »

Le paysan ne parut pas s'émouvoir et ne cingla même point la chétive haridelle qui bringuebalait entre des brancards trop larges.

Le trajet fut long. On n'avançait pas. On eût dit au contraire que le paysan retenait sa bête.

Marescal enrageait. Il avait perdu tout contrôle sur lui-même et se lamentait :

« Nous n'arriverons pas... Quelle carne que votre cheval... Dix francs pour vous, hein, ça colle? »

La contrée lui paraissait odieuse, peuplée de fantômes et sillonnée de policiers aux trousses du policier Marescal. L'idée de passer la nuit dans ces régions où gisait le cadavre de celle qu'il avait envoyée à la mort, était au-dessus de ses forces.

« Vingt francs », dit-il.

Et tout à coup, perdant la tête :

« Cinquante francs! Voilà! Cinquante francs! Il n'y a plus que deux kilomètres... deux kilomètres en sept minutes... sacré nom, c'est possible... Allons, crebleu, fouettez-la, votre bique!... Cinquante francs!... »

Le paysan fut pris d'une crise d'énergie furieuse et se mit, comme s'il n'avait attendu que cette proposition magnifique, à frapper avec tant d'ardeur que la bique partit au galop.

« Eh! attention, vous, n'allez pas nous jeter dans le fossé. »

Le paysan s'en moquait bien de cette perspective! Cinquante francs! Il tapait à tour de bras, du bout d'un gourdin que terminait une masse de cuivre. La bête affolée redoublait de vitesse. La charrette sautait d'un bord à l'autre de la route. Marescal s'inquiétait de plus en plus.

« Mais c'est idiot!... Nous allons verser... Halte, sacre bleu!... Voyons, voyons, vous êtes toqué!... Tenez, ça y est!... Nous y sommes!.... »

« Ça y était » en effet. Un coup de rêne maladroit, un écart plus vif, et tout l'équipage piqua dans un fossé d'une façon si désastreuse que la charrette fut retournée par-dessus les deux hommes à plat ventre, et que la bique, empêtrée dans les harnais, sabots en l'air, lançait des ruades sous le plancher du siège.

Marescal se rendit compte tout de suite qu'il sortait indemne de l'aventure. Mais le paysan l'écrasait de tout son poids. Il voulut s'en débarrasser. Il ne le put. Et il entendit une voix aimable qui susurrait à son oreille :

« As-tu du feu, Rodolphe? »

Des pieds à la tête, Marescal sentit que son corps se glaçait. La mort doit donner cette impression atroce des membres déjà refroidis, que rien ne sera plus jamais capable de ranimer. Il balbutia :

« L'homme du rapide...

— L'homme du rapide, c'est ça même, répéta la bouche qui lui chatouillait l'oreille.

— L'homme de la terrasse, gémit Marescal.

— Tout à fait juste... l'homme du rapide, l'homme de la terrasse... et aussi l'homme de Monte-Carlo, et l'homme du boulevard Haussmann, et l'assassin des deux frères Loubeaux, et le complice d'Aurélie, et le nautonier de la barque, et le paysan de la charrette. Hein, mon vieux Marescal, ça t'en fait des guerriers à combattre, et tous de taille, j'ose le dire. »

La bique avait fini ses pétarades et s'était relevée. Petit à petit, Raoul ôtait sa limousine dont il réussit à envelopper le commissaire, immobilisant ainsi les bras et les jambes. Il repoussa la charrette, attira les sangles et les rênes du harnachement et ligota solidement Marescal qu'il remonta ensuite hors du fossé et jucha sur un haut talus, parmi d'épais taillis. Deux courroies restaient, à l'aide desquelles il fixa le buste et le cou au tronc d'un bouleau.

« T'as pas de chance avec moi, mon vieux Rodolphe. Cela fait deux fois que je t'entortille, tel un pharaon. Ah! que je n'oublie pas, comme bâillon, le foulard d'Aurélie! Ne pas crier et n'être pas vu, telle est la règle du parfait captif. Mais tu peux regarder de tous tes yeux, et de même écouter de toutes tes oreilles. Tiens, entends-tu le train qui siffle? Teuf... teuf... teuf... il s'éloigne et avec lui la douce Aurélie et son beau-père. Car il faut que je te rassure. Elle est aussi vivante que toi et moi, Aurélie. Un peu lasse, peut-être, après tant d'émotions! Mais une bonne nuit, et il n'y paraîtra plus. »

Raoul attacha la bique et rangea les débris du véhicule. Puis il revint s'asseoir près du commissaire.

« Drôle d'aventure que ce naufrage, n'est-ce pas? Mais aucun miracle, comme tu pourrais le croire. Et aucun hasard non plus. Pour ta gouverne, tu sauras que je ne compte jamais ni sur un miracle ni sur le hasard, mais uniquement sur moi. Donc... mais ça ne t'embête pas, mon petit discours? Tu n'aimes pas mieux dormir? Non? Alors, je reprends... Donc je venais de quitter Aurélie sur la terrasse lorsque j'eus, en route, une inquiétude : était-ce bien prudent de la laisser ainsi? Sait-on jamais si quelque malfaiteur ne rôde pas, si quelque bellâtre pommadé ne fouine pas aux environs?... Ces intuitions-là, ça fait partie de mon système... J'y obéis toujours. Donc je retourne. Et qu'est-ce que j'avise? Rodolphe, ravisseur infâme et déloyal policier, qui plonge dans le vallon à la suite de sa proie. Sur quoi, je tombe du ciel, je t'offre un bain de pieds à la vase, j'entraîne Aurélie, et vogue la galère! L'étang, la forêt, les grottes, c'était la liberté. Patatras! voilà que tu siffles, et deux escogriffes se dressent à l'appel. Que faire? Problème insoluble s'il en fut! Non, une idée géniale... Si je me faisais avaler par le gouffre? Justement un browning me crache sa mitraille. Je lâche mes avirons. Je fais le mort au fond du canot. J'explique la chose à Aurélie, et v'lan nous piquons une tête dans la bouche d'égoût. »

Raoul tapota la cuisse de Marescal.

« Non, je t'en prie, bon ami, ne t'émeus pas : nous ne courions aucun risque. Tous les gens du pays savent qu'en empruntant ce tunnel taillé en plein terrain calcaire, on est déposé deux cents mètres plus bas sur une petite plage de sable fin d'où l'on remonte par quelques marches confortables. Le dimanche, des douzaines de gosses font ainsi de la nage en traînant leur esquif au retour. Pas une égratignure à craindre. Et, de la sorte, nous avons pu assister de loin à ton effondrement, et te voir partir, la tête basse, alourdi de remords. Alors j'ai reconduit Aurélie dans le jardin du couvent. Son beau-père est venu la chercher en voiture pour prendre le train, tandis que moi j'allais quérir ma valise, j'achetais l'équipage et les frusques d'un paysan, et je m'éloignais, cahin caha, sans autre but que de couvrir la retraite d'Aurélie.

Raoul appuya sa tête sur l'épaule de Marescal et ferma les yeux.

« Inutile de te dire que tout ça m'a quelque peu fatigué et qu'un petit somme me paraît de rigueur. Veille sur mes rêves, mon bon Rodolphe, et ne t'inquiète pas. Tout est pour le mieux dans le meilleur des mondes. Chacun y occupe la place qu'il mérite, et les gourdes servent d'oreiller aux malins de mon espèce. »

Il s'endormit.

Le soir venait. De l'ombre tombait autour d'eux. Parfois Raoul s'éveillait et prononçait quelques paroles sur les étoiles scintillantes ou sur la clarté bleue de la lune. Puis, de nouveau, c'était le sommeil.

Vers minuit, il eut faim. Sa valise contenait des aliments. Il en offrit à Marescal et lui ôta son bâillon.

« Mange, mon cher ami », dit-il, en lui mettant du fromage dans la bouche.

Mais Marescal entra aussitôt en fureur et recracha le fromage en baragouinant :

« Imbécile! crétin! C'est toi la gourde! Sais-tu ce que tu as fait?

— Parbleu! j'ai sauvé Aurélie. Son beau-père la ramène à Paris, et moi, je l'y rejoins.

— Son beau-père! Son beau-père! s'écria Marescal. Tu ne sais donc pas?

— Quoi?

— Mais il l'aime, son beau-père. »

Raoul le saisit à la gorge, hors de lui.

« Imbécile! crétin! Tu ne pouvais pas le dire, au lieu d'écouter mes discours stupides? Il l'aime? Ah! le misérable... Mais tout le monde l'aime donc, cette gosse-là! Tas de brutes! Vous ne vous êtes donc jamais regardés dans une glace? Toi surtout, avec ta binette à la pommade! »

Il se pencha et dit :

« Ecoute-moi, Marescal, j'arracherai la petite à son beau-père. Mais laisse-la tranquille. Ne t'occupe plus de nous.

— Pas possible, fit le commissaire sourdement.

— Pourquoi?

— Elle a tué.

— De sorte que ton plan?...

— La livrer à la justice, et j'y parviendrai, car je la hais. »

Il dit cela d'un ton de rancune farouche qui fit comprendre à Raoul que désormais la haine, chez Marescal, l'emporterait sur l'amour.

« Tant pis pour toi, Rodolphe. J'allais te proposer de l'avancement, quelque chose comme une place de préfet de Police. Tu aimes mieux la bataille. A ton aise. Commence par une nuit à la belle étoile. Rien de meilleur pour la santé. Quant à moi, je file à cheval jusqu'à Lourdes, sur la grande ligne. Vingt kilomètres. Quatre heures de petit trot pour ma cavale. Et ce soir je suis à Paris où je commence par mettre Aurélie en sûreté. Adieu, Rodolphe. »

Il assujettit comme il put sa valise, enfourcha sa cavale et, sans étriers, sans selle, sifflotant un air de chasse, il s'enfonça dans la nuit.

Le soir, à Paris, une vieille dame qu'il appelait Victoire, et qui avait été sa nourrice, attendait en automobile devant le petit hôtel particulier de la rue de Courcelles où demeurait Brégeac. Raoul était au volant.

Aurélie ne vint pas.

Dès l'aurore, il reprit sa faction. Dans la rue, il nota un chiffonnier qui s'en allait, après avoir picoré, du bout de son crochet, au creux des boîtes à ordures. Et tout de suite, avec le sens très spécial qui lui faisait reconnaître les individus à leur marche plus encore qu'à tout autre signe, il retrouva sous les haillons et sous la casquette sordide, et bien qu'il l'eût à peine vu dans le jardin Faradoni et sur la route de Nice, l'assassin Jodot.

« Bigre, se dit Raoul, à l'œuvre déjà, celui-là? »

Vers huit heures, une femme de chambre sortit de l'hôtel et courut à la pharmacie voisine. Un billet de banque à la main, il l'aborda et il sut qu'Aurélie, emmenée la veille par Brégeac, était couchée avec une forte fièvre et le délire.

Vers midi, Marescal rôdait autour de la maison.

VIII

MANŒUVRES ET DISPOSITIFS DE BATAILLE

LES événements apportaient à Marescal un concours inespéré. Aurélie, retenue à la chambre, c'était l'échec du plan proposé par Raoul, l'impossibilité de fuir et l'attente effroyable de la dénonciation. Marescal prit d'ailleurs ses dispositions immédiates : la garde que l'on dut placer près d'Aurélie était une créature à lui, et qui, comme Raoul put s'en assurer, lui rendait compte quotidiennement de l'état de la malade. En cas d'amélioration subite, il eût agi.

« Oui, se dit Raoul, mais s'il n'a pas agi, c'est qu'il a des motifs qui l'empêchent encore de dénoncer publiquement Aurélie et qu'il préfère attendre la fin de la maladie. Il se prépare. Préparons-nous aussi. »

Bien qu'opposé aux trop logiques hypothèses que les faits démentent toujours, Raoul avait tiré des circonstances quelques conclusions pour ainsi dire involontaires. L'étrange réalité à laquelle personne au monde n'avait songé un instant, et qui était si simple, il l'entrevoyait confusément, plutôt par la force des choses que par un effort d'esprit, et il comprenait que le moment était venu de s'y attaquer avec résolution.

« Dans une expédition, disait-il souvent, la grande difficulté, c'est le premier pas. »

Or, s'il apercevait clairement certains actes, les motifs de ces actes demeuraient obscurs. Les personnages du drame conservaient pour lui une apparence d'automates qui se démènent dans la tempête et la tourmente. S'il voulait vaincre, il ne lui suffisait plus de défendre Aurélie au jour le jour, mais de fouiller le passé et de découvrir quelles raisons profondes avaient déterminé tous ces gens et influé sur eux au cours de la nuit tragique.

« Somme toute, se dit-il, en dehors de moi, il y a quatre acteurs de premier plan qui évoluent autour d'Aurélie et qui, tous quatre, la persécutent : Guillaume, Jodot, Marescal et Brégeac. Sur ces quatre, il y en a qui vont vers elle par amour, d'autres pour lui arracher son secret. La combinaison de ces deux éléments, amour et cupidité, détermine toute l'aventure. Or, Guillaume est, pour l'instant, hors de cause. Brégeac et Jodot ne m'inquiètent pas, tant qu'Aurélie sera malade. Reste Marescal. Voilà l'ennemi à surveiller. »

Il y avait, face à l'hôtel de Brégeac, un logement vacant. Raoul s'y installa. D'autre part, puisque Marescal employait la garde, il épia la femme de chambre et la soudoya. Trois fois, en l'absence de la garde, cette femme l'introduisit auprès d'Aurélie.

La jeune fille ne semblait pas le reconnaître. Elle était encore si affaiblie par la fièvre qu'elle ne pouvait dire que quelques mots sans suite et, de nouveau, fermait les yeux. Mais il ne doutait pas qu'elle l'entendît, et qu'elle sût qu'il lui parlait ainsi de cette voix douce qui la détendait et l'apaisait comme une passe magnétique.

« C'est moi, Aurélie, disait-il. Vous voyez que je suis fidèle à ma promesse et que vous pouvez avoir toute confiance. Je vous jure que vos ennemis ne sont pas capables de lutter contre moi et que je vous délivrerai. Comment en serait-il autrement? Je ne pense qu'à vous. Je reconstruis votre vie, et elle m'apparaît peu à peu, telle qu'elle est, simple et honnête. Je sais que vous êtes innocente. Je l'ai toujours su, même quand je vous accusais. Les preuves les plus irréfutables me semblaient fausses : la demoiselle aux yeux verts ne pouvait pas être une criminelle. »

Il ne craignait pas d'aller plus loin dans ses aveux, et de lui dire des mots plus tendres, qu'elle était contrainte d'écouter, et qu'il entremêlait avec des conseils :

« Vous êtes toute ma vie... Je n'ai jamais trouvé dans une femme plus de grâce et de charme... Aurélie, confiez-vous à moi... Je ne vous demande qu'une chose, vous entendez, la confiance. Si quelqu'un vous interroge, ne répondez pas. Si quelqu'un vous écrit, ne répondez pas. Si l'on veut vous faire partir d'ici, refusez. Ayez confiance, jusqu'à la dernière minute de l'heure la plus cruelle. Je suis là. Je serai toujours là, parce que je ne vis que pour vous et par vous... »

La figure de la jeune fille prenait une expression de calme. Elle s'endormait, comme bercée par un rêve heureux.

Alors il se glissait dans les pièces réservées à Brégeac et cherchait, vainement d'ailleurs, des papiers ou des indications qui pussent le guider.

Il fit aussi dans l'appartement que Marescal occupait rue de Rivoli des visites domiciliaires extrêmement minutieuses.

Enfin, il poursuivait une enquête serrée dans les bureaux du ministère de l'Intérieur où travaillaient les deux hommes. Leur rivalité, leur haine étaient connues de tous. Soutenus l'un et l'autre en haut lieu, ils étaient l'un et l'autre combattus soit au ministère, soit à la préfecture de police, par de puissants personnages qui bataillaient au-dessus de leurs têtes. Le service en souffrait. Les deux hommes s'accusaient ouvertement de faits graves. On parlait de mise à la retraite. Lequel serait sacrifié?

Un jour, caché derrière une tenture, Raoul aperçut Brégeac au chevet d'Aurélie. C'était un bilieux, de visage maigre et jaune, assez grand, qui ne manquait pas d'allure et qui, en tout cas, avait plus d'élégance et de distinction que le vulgaire Marescal. Se réveillant, elle le vit, qui était penché sur elle, et lui dit d'un ton dur :

« Laissez-moi... Laissez-moi...

— Comme tu me détestes, murmura-t-il, et avec quelle joie tu me ferais du mal!

— Je ne ferai jamais de mal à celui que ma mère a épousé », dit-elle.

Il la regardait avec une souffrance visible.

« Tu es bien belle, ma pauvre enfant... Mais, hélas! pourquoi as-tu toujours repoussé mon affection? Oui, je sais, j'ai eu tort. Bien longtemps je n'ai été attiré vers toi que par ce secret que tu me cachais sans raison. Mais si tu ne t'étais pas obstinée dans un silence absurde, je n'aurais pas songé à d'autres choses qui sont un supplice pour moi... puisque jamais tu ne m'aimeras... puisqu'il n'est pas possible que tu m'aimes. »

La jeune fille ne voulait pas écouter et tournait la tête. Cependant il dit encore :

« Durant ton délire, tu as parlé souvent de révélations que tu voulais me faire. Etait-ce à ce propos? Ou bien à propos de ta fuite insensée avec ce Guillaume? Où t'a-t-il conduite, le misérable? Qu'êtes-vous devenus avant que tu aies été te réfugier dans ton couvent? »

Elle ne répondit pas, par épuisement, peut-être par mépris.

Il se tut. Quand il fut parti, Raoul, en s'éloignant à son tour, vit qu'elle pleurait.

En résumé, au bout de deux semaines d'investigations, tout autre que Raoul se fût découragé. D'une façon générale, et en dehors de certaines tendances qu'il avait à les interpréter à sa manières, les grands problèmes demeuraient insolubles ou du moins, ne recevaient pas de solution apparente.

« Mais je ne perds pas mon temps, se disait-il, et c'est l'essentiel. Agir consiste très souvent à ne pas agir. L'atmosphère est moins épaisse. Ma vision des êtres et des événements se précise et se fortifie. Si le fait nouveau manque encore, je suis au cœur même de la place. A la veille d'un combat qui s'annonce violent, alors que tous les ennemis mortels vont s'affronter, les nécessités du combat et le besoin de trouver des armes plus efficaces amèneront certainement le choc inattendu d'où jailliront les étincelles. »

Il en jaillit une plus tôt que Raoul ne pensait et qui éclaira un côté des ténèbres où il ne croyait pas que pût se produire quelque chose d'important. Un matin, le front collé aux vitres, et les yeux fixés sur les fenêtres de Brégeac, il revit, sous son accoutrement de chiffonnier, le complice Jodot. Jodot, cette fois, portait sur l'épaule une poche de toile où il jetait son butin. Il la déposa contre le mur de la maison, s'assit sur le trottoir et se mit à manger, tout en farfouillant dans la plus proche des boîtes. Le geste semblait machinal, mais au bout d'un instant, Raoul discerna aisément que l'homme n'attirait à lui que des enveloppes froissées et des lettres déchirées. Il y jetait un coup d'œil distrait, puis continuait son tri, sans aucun doute, la correspondance de Brégeac l'intéressait.

Après un quart d'heure, il rechargea sa poche et s'en

alla. Raoul le suivit jusqu'à Montmartre où Jodot tenait boutique de friperie.

Il revint trois jours de suite, et chaque fois, il recommençait exactement la même opération équivoque. Mais le troisième jour, qui était un dimanche, Raoul surprit Brégeac qui épiait derrière sa fenêtre. Lorsque Jodot partit, Brégeac à son tour le suivit avec d'infinies précautions. Raoul les accompagna de loin. Allait-il connaître le lien qui unissait Brégeac et Jodot?

Ils traversèrent ainsi, les uns derrière les autres, le quartier Monceau, franchirent les fortifications et gagnèrent, à l'extrémité du boulevard Bineau, les bords de la Seine. Quelques villas modestes alternaient avec des terrains vagues. Contre l'une d'elles, Jodot déposa sa poche et, s'étant assis, mangea.

Il resta là durant quatre ou cinq heures, surveillé par Brégeac qui déjeunait à trente mètres de distance sous les tonnelles d'un petit restaurant, et par Raoul qui, étendu sur la berge, fumait des cigarettes.

Quand Jodot partit, Brégeac s'éloigna d'un autre côté, comme si l'affaire avait perdu tout intérêt, et Raoul entra au restaurant, s'entretint avec le patron, et apprit que la villa, contre laquelle Jodot s'était assis, appartenait, quelques semaines auparavant, aux deux frères Loubeaux, assassinés dans le rapide de Marseille par trois individus. La justice y avait mis les scellés et en avait confié la garde à un voisin, lequel, tous les dimanches, allait se promener.

Raoul avait tressailli en entendant le nom des frères Loubeaux. Les manigances de Jodot commençaient à prendre une signification.

Il interrogea plus à fond et sut ainsi que, à l'époque de leur mort, les frères Loubeaux habitaient fort peu cette villa, qui ne leur servait plus que comme entrepôt pour leur commerce de vins de Champagne. Ils s'étaient séparés de leur associé et voyageaient à leur compte.

« Leur associé? demanda Raoul.

— Oui, son nom est encore inscrit sur la plaque de cuivre accrochée près de la porte : « *Loubeaux frères, et Jodot.* »

Raoul réprima un mouvement.

« Jodot?

— Oui, un gros homme à figure rouge, l'air d'un colosse de foire. On ne l'a jamais revu par ici depuis plus d'une année. »

« Renseignements d'une importance considérable, se dit Raoul, une fois seul. Ainsi Jodot était autrefois l'associé des deux frères qu'il devait tuer par la suite. Rien d'étonnant d'ailleurs si la justice ne l'a pas inquiété, puisqu'elle n'a jamais soupçonné qu'il y ait eu un Jodot dans l'affaire, et puisque Marescal est persuadé que le troisième complice, c'est moi. Mais alors pourquoi l'assassin Jodot vient-il aux lieux mêmes où demeuraient jadis ses victimes? Et pourquoi Brégeac surveille-t-il cette expédition? »

La semaine s'écoula sans incidents. Jodot ne reparut plus devant l'hôtel de Brégeac. Mais le samedi soir, Raoul, persuadé que l'individu retournerait à la villa le dimanche matin, franchit le mur qui entourait un terrain vague contigu et s'introduisit par une des fenêtres du premier étage.

A cet étage, deux chambres étaient meublées encore. Des signes certains permettaient de croire qu'on les avait fouillées. Qui? Des agents du Parquet? Brégeac? Jodot? Pourquoi?

Raoul ne s'obstina point. Ce que d'autres étaient venus chercher, ou bien ne s'y trouvait pas, ou bien ne s'y trouvait plus. Il s'installa dans un fauteuil pour y passer la nuit. Eclairé par une petite lanterne de poche, il prit sur une table un livre dont la lecture ne tarda pas à l'endormir.

La vérité ne se révèle qu'à ceux qui la contraignent à sortir de l'ombre. C'est bien souvent lorsqu'on la croit lointaine qu'un hasard vient l'installer tout bonnement à la place qu'on lui avait préparée et le mérite en est justement à la qualité de cette préparation. En s'éveillant, Raoul revit le livre qu'il avait parcouru. Le cartonnage était revêtu d'une espèce de lustrine prélevée sur un de ces carrés d'étoffe noire qu'emploient les photographes pour couvrir leur appareil.

Il chercha. Dans le fouillis d'un placard rempli de chiffons et de papiers, il retrouva l'une de ces étoffes. Trois morceaux y avaient été découpés en rond, chacun de la grandeur d'une assiette.

« Ça y est, murmura-t-il, tout ému. J'y suis en plein. Les trois masques des bandits du rapide viennent de là. Cette étoffe est la preuve irréfutable. Ce qui s'est produit, elle l'explique et le commente. »

La vérité lui paraissait maintenant si naturelle, si conforme aux intuitions inexprimées qu'il en avait eues, et, en une certaine mesure, si divertissante par sa simpliplicité, qu'il se mit à rire dans le silence profond de la maison.

« Parfait, parfait, disait-il. De lui-même le destin m'apportera les éléments qui me manquent. Désormais il entre à mon service, et tous les détails de l'aventure vont se précipiter à mon appel et se ranger en pleine lumière. »

A huit heures, le gardien de la villa fit sa tournée du dimanche au rez-de-chaussée et barricada les portes. A neuf heures, Raoul descendit dans la salle à manger et, tout en laissant les volets clos, ouvrit la fenêtre au-dessus de l'endroit où Jodot était venu s'asseoir.

Jodot fut exact. Il arriva avec son sac qu'il appuya au

pied du mur. Puis il s'assit et mangea. Et tout en mangeant, il monologuait à voix basse, si basse que Raoul n'entendait rien. Le repas, composé de charcuterie et de fromage, fut arrosé d'une pipe dont la fumée montait jusqu'à Raoul.

Il y eut une seconde, puis une troisième pipe. Et ainsi passèrent deux heures, sans que Raoul pût comprendre les motifs de cette longue station. Par les fentes des volets, on voyait les deux jambes enveloppées de loques et les godillots éculés. Au-delà le fleuve coulait. Des promeneurs allaient et venaient. Brégeac devait être en faction dans une des tonnelles du restaurant.

Enfin, quelques minutes avant midi, Jodot prononça ces mots : « Et alors? Rien de nouveau? Avoue qu'elle est tout de même raide, celle-là! »

Il semblait parler, non à lui-même, mais à quelqu'un qui eût été près de lui. Pourtant personne ne l'avait rejoint, et il n'y avait personne près de lui.

« Bon sang de crebleu, grogna-t-il, je te dis qu'elle est là! Ce n'est pas une fois que je l'ai tenue dans ma main et vue, de mes yeux vue. Tu as bien fait ce que je t'ai dit? Tout le côté droit de la cave, comme l'autre jour le côté gauche? Alors... alors... tu aurais dû trouver... »

Il se tut assez longtemps, puis reprit :

« On pourrait peut-être essayer autre part et pousser jusqu'au terrain vague, derrière la maison, au cas où ils auraient jeté la bouteille là, avant le coup du rapide. C'est une cachette en plein air qui en vaut une autre. Si Brégeac a fouillé la cave, il n'aura pas pensé au dehors. Vas-y et cherche. Je t'attends.

Raoul n'écouta pas davantage. Il avait réfléchi et commençait à comprendre, depuis que Jodot avait parlé de la cave. Cette cave devait s'étendre d'un point à l'autre de la maison, avec un soupirail sur la rue, et un autre sur l'autre façade. La communication était aisée par cette voie.

Vivement, il monta au premier étage dont une des chambres dominait le terrain vague, et, tout de suite, il constata la justesse de sa supposition. Au milieu d'un espace non construit, où se dressait une pancarte avec ces mots « A vendre », parmi des amas de ferrailles, des tonnes démolies, et des bouteilles cassées, un petit bonhomme de sept ou huit ans, chétif, d'une minceur incroyable sous le maillot gris qui lui collait au corps, cherchait, se faufilait, et se glissait avec une agilité d'écureuil.

Le cercle de ses investigations qui semblaient avoir pour but unique la découverte d'une bouteille se trouvait singulièrement rétréci. Si Jodot ne s'était pas trompé, l'opération devait être brève. Elle le fut. Après dix minutes, ayant écarté quelques vieilles caisses, l'enfant se relevait, et sans perdre de temps, se mettait à courir vers la villa, avec une bouteille au goulot brisé et grise de poussière.

Raoul dégringola jusqu'au rez-de-chaussée afin de gagner la cave et de soustraire à l'enfant son butin. Mais la porte du sous-sol qu'il avait remarquée dans le vestibule ne put être ouverte, et il reprit sa faction devant la fenêtre de la salle.

Jodot murmurait déjà :

« Ça y est? Tu l'as? Ah! chic, alors!... me voilà « paré ». L'ami Brégeac ne pourra plus m'embêter. Vite, « enfourne-toi ».

Le petit dut « s'enfourner », ce qui consistait évidemment à s'aplatir entre les barreaux du soupirail et à ramper comme un furet jusqu'au fond du sac sans qu'aucun soubresaut de la toile indiquât son passage.

Et aussitôt Jodot se dressa, jeta son fardeau sur l'épaule, et s'éloigna.

Sans la moindre hésitation, Raoul fit sauter les scellés, fractura les serrures et sortit de la villa.

A trois cents mètres, Jodot cheminait, portant le complice qui lui avait servi d'abord à explorer le sous-sol de l'hôtel Brégeac, puis celui de la villa des frères Loubeaux.

Cent mètres en arrière, Brégeac serpentait entre les arbres.

Et Raoul s'aperçut que, sur la Seine, un pêcheur à la ligne ramait dans le même sens : Marescal.

Ainsi donc, Jodot était suivi par Brégeac, Brégeac et Jodot par Marescal, et tous trois par Raoul.

Comme enjeu de la partie, la possession d'une bouteille.

« Voilà qui est palpitant, se disait Raoul. Jodot tient la bouteille... c'est vrai, mais il ignore qu'on la convoite. Qui sera le plus malin des trois autres larrons? S'il n'y avait pas Lupin, je parierais pour Marescal. Mais il y a Lupin. »

Jodot s'arrêta. Brégeac en fit autant, et de même Marescal, dans sa barque. Et de même Raoul.

Jodot avait allongé sa poche, de manière que l'enfant fût à l'aise, et, assis sur un banc, il examinait la bouteille, l'agitait et la faisait miroiter au soleil.

C'était le moment d'agir pour Brégeac. Ainsi pensa-t-il, et, très doucement, il approcha.

Il avait ouvert un parasol et le tenait comme un bouclier, dont il s'abritait le visage. Sur son bateau, Marescal disparaissait sous un vaste chapeau de paille.

Lorsque Brégeac fut à trois pas du banc, il ferma son parasol, bondit, sans se soucier des promeneurs, agrippa la bouteille, et prit la fuite par une avenue qui le ramenait du côté des fortifications.

Ce fut proprement exécuté et avec une admirable

promptitude. Ahuri, Jodot hésita, cria, saisit sa poche, la redéposa comme s'il eût craint de ne pouvoir courir assez vite avec ce fardeau... bref, fut mis hors de cause.

Mais Marescal, prévoyant l'agression, avait atterri et s'était élancé; Raoul en fit autant. Il n'y avait plus que trois compétiteurs.

Brégeac, tel un bon champion, ne pensait qu'à courir et ne se retournait pas. Marescal ne pensait qu'à Brégeac et ne se retourna pas davantage, de sorte que Raoul ne prenait aucune précaution. A quoi bon?

En dix minutes, le premier des trois coureurs atteignit la porte des Ternes. Brégeac avait tellement chaud qu'il ôta son pardessus. Près de l'octroi, un tramway s'arrêtait, et de nombreux voyageurs attendaient à la station pour monter et rentrer dans Paris. Brégeac se mêla à cette foule. Marescal aussi.

Le receveur appela les numéros. Mais la bousculade fut si forte que Marescal n'eut aucune peine à tirer la bouteille de la poche de Brégeac, et que celui-ci ne s'aperçut de rien. Marescal aussitôt franchit l'octroi et reprit ses jambes à son cou.

« Et de deux, ricana Raoul, mes bonshommes s'éliminent entre eux, et chacun travaille pour moi. »

Lorsque, à son tour, Raoul passa l'octroi, il vit Brégeac qui faisait des efforts désespérés pour sortir du tramway, malgré la foule, et pour se mettre à la poursuite de son voleur.

Celui-ci choisissait les rues parallèles à l'avenue des Ternes, lesquelles sont plus étroites et plus tortueuses. Il courait comme un fou. Quand il fit halte sur l'avenue de Wagram, il était à bout de souffle. Le visage en sueur, les yeux injectés de sang, les veines gonflées, il s'épongea un instant. Il n'en pouvait plus.

Il acheta un journal et enveloppa la bouteille, après

y avoir jeté un coup d'œil. Puis il la plaça sous son bras et repartit d'un pas chancelant, comme quelqu'un qui ne tient debout que par miracle. En vérité, le beau Marescal ne se redressait plus. Son faux-col était tordu comme un linge mouillé. Sa barbe se terminait par deux pointes d'où tombaient des gouttes.

C'est un peu avant la place de l'Etoile, qu'un monsieur, à grosses lunettes noires, qui venait en sens contraire, se présenta à lui, une cigarette allumée aux lèvres. Le monsieur lui barra la route, et bien entendu ne lui demanda pas de feu, mais, sans un mot, lui souffla sa fumée au visage, avec un sourire qui découvrait des dents, presque toutes pointues comme des canines.

Le commissaire écarquilla les yeux. Il balbutia :

« Qui êtes-vous? Que me voulez-vous? »

Mais à quoi bon interroger? Ne savait-il pas que c'était là son mystificateur, celui qu'il appelait le troisième complice, l'amoureux d'Aurélie, et son éternel ennemi, à lui, Marescal?

Et cet homme, qui lui paraissait le diable en personne, tendit le doigt vers la bouteille et prononça d'un petit ton de plaisanterie affectueuse :

« Allons, aboule... sois gentil avec le monsieur... aboule. Est-ce qu'un commissaire de ton grade se balade avec une bouteille? Allons, Rodolphe... aboule... »

Marescal flancha aussitôt. Crier, appeler au secours, ameuter les promeneurs contre l'assassin, il en eût été incapable. Il était fasciné. Cet être infernal lui enlevait toute énergie, et, stupidement, sans avoir une seconde l'idée de résister, comme un voleur qui trouve tout naturel de restituer l'objet dérobé, il se laissa prendre la bouteille que son bras ne pouvait plus tenir.

A ce moment, Brégeac survenait, hors d'haleine, lui aussi, et sans force non plus, ni pour se précipiter sur le troisième larron, ni pour interpeller Marescal. Et, tous deux plantés au bord du trottoir, abasourdis, ils regardèrent le monsieur aux lunettes rondes qui hélait une automobile, s'y installait et leur envoyait par la fenêtre un grand coup de chapeau.

Une fois rentré chez lui, Raoul défit le papier qui enveloppait la bouteille. C'était un litre comme on s'en sert pour les eaux minérales, un vieux litre, sans bouchon, à verre opaque et noir. Sur l'étiquette, sale et poussiéreuse aussi, et qui avait tout de même dû être protégée contre les intempéries, une inscription, en grosses lettres imprimées, se lisait aisément :

EAU DE JOUVENCE

Dessous, plusieurs lignes qu'il eut du mal à déchiffrer, et qui constituaient évidemment la formule même de cette Eau de Jouvence :

Bicarbonate de soude.	1.349	grammes
— de potasse.	0.435	—
— de chaux.	1.000	—
Millicuries, etc.		

Mais la bouteille n'était pas vide. A l'intérieur, quelque chose remuait, quelque chose de léger qui faisait le bruit d'un papier. Il retourna le litre, le secoua, rien ne sortait.

Alors il y glissa une ficelle terminée par un gros nœud, et ainsi, à force de patience, il extirpa une très mince feuille de papier, roulée en tube et maintenue par un cordon rouge. L'ayant développée, il vit que cela ne constituait guère que la moitié d'une feuille ordinaire, et que la partie inférieure avait été coupée, ou plutôt déchirée de façon inégale. Des caractères y étaient tracés à l'encre, dont beaucoup manquaient, mais qui lui suffirent à former ces quelques phrases :

L'accusation est vraie, et mon aveu est formel : je suis seul responsable du crime commis, et l'on ne doit s'en prendre ni à Jodot, ni à Loubeaux. — Brégeac.

Dès le premier coup d'œil, Raoul avait reconnu l'écriture de Brégeac, mais tracée d'une encre blanchie par le temps, et qui permettait, ainsi que l'état du papier, de faire remonter le document à quinze ou vingt ans en arrière. Quel était ce crime? et contre qui avait-il été commis?

Il réfléchit un long moment. Après quoi il conclut à mi-voix :

« Toute l'obscurité de cette affaire provient de ce qu'elle était double, et que deux aventures s'y mêlaient, deux drames dont le premier commande le second. Celui du rapide, avec comme personnages les deux Loubeaux, Guillaume, Jodot et Aurélie. Et un premier drame, qui eut lieu jadis, et dont aujourd'hui deux des acteurs se heurtent : Jodot et Brégeac.

« La situation, de plus en plus complexe pour qui ne posséderait pas le mot de la serrure, devient pour moi de plus en plus précise. L'heure de la bataille approche, et l'enjeu c'est Aurélie, ou plutôt le secret qui palpite au fond de ses beaux yeux verts. Qui sera, durant quelques instants, par la force, par la ruse ou par l'amour, maître de son regard ou de sa pensée, sera maître de ce secret, pour lequel il y a déjà eu tant de victimes.

« Et dans ce tourbillon de vengeances et de haines cupides, Marescal apporte, avec ses passions, ses ambitions et ses rancunes, cette effroyable machine de guerre qu'est la justice.

« En face, moi... »

Il se prépara minutieusement, et avec d'autant plus d'énergie que chacun des adversaires multipliait les précautions. Brégeac, sans aucune preuve formelle contre la garde qui renseignait Marescal, et contre la femme de chambre que Raoul avait soudoyée, les renvoya toutes deux. Les volets des fenêtres qui donnaient par-devant furent fermés. D'autre part, des agents de Marescal commençaient à se montrer dans la rue. Seul Jodot n'apparaissait plus. Désarmé sans doute par la perte du document où Brégeac avait consigné ses aveux, il devait se terrer dans quelque retraite sûre.

Cette période se prolongea durant quinze jours. Raoul s'était fait présenter, sous un nom d'emprunt, à la femme du ministre qui protégeait ouvertement Marescal, et il avait réussi à pénétrer dans l'intimité de cette dame un peu mûre, fort jalouse, et pour qui son mari n'avait aucun secret. Les attentions de Raoul la transportèrent de joie. Sans se rendre compte du rôle qu'elle jouait, et ignorant d'ailleurs la passion de Marescal pour Aurélie, heure par heure, elle tint Raoul au courant des intentions du commissaire, de ce qu'il combinait à l'égard d'Aurélie, et de la façon dont il cherchait, avec l'aide du ministre, à renverser Brégeac et ceux qui le soutenaient.

Raoul eut peur. L'attaque était si bien organisée qu'il se demanda s'il ne devait pas prendre les devants, enlever Aurélie et démolir ainsi le plan de l'ennemi.

« Et après? se dit-il. En quoi la fuite m'avancerait-elle? Le conflit resterait le même et tout serait à recommencer. »

Il sut résister à la tentation.

Une fin d'après-midi, rentrant chez lui, il trouva un pneumatique. La femme du ministre lui annonçait les dernières décisions prises, entre autres l'arrestation d'Aurélie, fixée au lendemain 12 juillet, à trois heures du soir.

« Pauvre demoiselle aux yeux verts! pensa Raoul. Aura-t-elle confiance en moi, envers et contre tous, comme je le lui ai demandé? N'est-ce pas encore des larmes et de l'angoisse pour elle? »

Il dormit tranquillement, comme un grand capitaine à la veille du combat. A huit heures, il se leva. La journée décisive commençait.

Or, vers midi, comme la bonne qui le servait, sa vieille nourrice Victoire, rentrait par la porte de service avec son filet de provisions, six hommes, postés dans l'escalier, pénétrèrent de force dans la cuisine.

« Votre patron est là? fit l'un d'eux brutalement. Allons, ouste, pas la peine de mentir. Je suis le commissaire Marescal et j'ai un mandat contre lui. »

Livide, tremblante, elle murmura :

« Dans son bureau.

— Conduisez-nous. »

Il appliqua sa main sur la bouche de Victoire pour qu'elle ne pût avertir son maître, et on la fit marcher le long d'un corridor au bout duquel elle désigna une pièce.

L'adversaire n'eut pas le temps de se mettre en garde. Il fut empoigné, renversé, attaché, et expédié ainsi qu'un colis. Marescal lui jeta simplement :

« Vous êtes le chef des bandits du rapide. Votre nom, Raoul de Limézy. »

Et s'adressant à ses hommes :

« Au dépôt. Voici le mandat. Et de la discrétion, hein! Pas un mot sur la personnalité du « client ». Tony, vous répondez de lui, hein? Vous aussi, Labonce? Emmenez-le. Et rendez-vous à trois heures devant la maison de Brégeac. Ce sera le tour de la demoiselle et l'exécution du beau-père. »

Quatre hommes emmenèrent le client. Marescal retint le cinquième, Sauvinoux.

Aussitôt il visita le bureau et fit main basse sur quelques papiers et objets insignifiants. Mais ni lui ni son acolyte Sauvinoux ne trouvèrent ce qu'ils cherchaient, la bouteille où quinze jours auparavant, sur le trottoir, Marescal avait eu le temps de lire : « Eau de Jouvence. »

Ils allèrent déjeuner dans un restaurant voisin. Puis ils revinrent. Marescal s'acharnait.

Enfin, à deux heures un quart, Sauvinoux dénicha, sous le marbre d'une cheminée, la fameuse bouteille. Elle était munie d'un bouchon et rigoureusement cachetée de cire rouge.

Marescal la secoua et la plaça devant la clarté d'une ampoule électrique : elle contenait un mince rouleau de papier.

Il hésita. Lirait-il ce papier?

« Non... non... pas encore!... Devant Brégeac!... Bravo, Sauvinoux, vous avez bien manœuvré, mon garçon. »

Sa joie débordait, et il partit en murmurant :

« Cette fois, nous sommes près du but. Je tiens Brégeac entre mes mains, et je n'ai qu'à serrer l'étau. Quant à la petite, plus personne pour la défendre! Son amoureux est à l'ombre. A nous deux, ma chérie! »

IX

SŒUR ANNE, NE VOIS-TU RIEN VENIR?

VERS deux heures, ce même jour, « la petite », comme disait Marescal, s'habillait. Un vieux domestique, du nom de Valentin, qui composait maintenant tout le personnel de la maison, lui avait servi à manger dans sa chambre, et l'avait prévenue que Brégeac désirait lui parler.

Elle relevait à peine de maladie. Pâle, très faible, elle se contraignait à demeurer droite et la tête haute pour paraître devant l'homme qu'elle détestait. Elle mit du rouge à ses lèvres, du rouge à ses joues, et descendit.

Brégeac l'attendait au premier étage, dans son cabinet de travail, une grande pièce aux volets clos, et qu'une ampoule éclairait.

« Assieds-toi, dit-il.

— Non.

— Assieds-toi. Tu es fatiguée.

— Dites-moi tout de suite ce que vous avez à me dire, afin que je remonte chez moi. »

Brégeac marcha quelques instants dans la pièce. Il montrait un visage agité et soucieux. Furtivement, il observait Aurélie, avec autant d'hostilité que de passion, comme un homme qui se heurte à une volonté indomptable. Il avait pitié d'elle aussi.

Il s'approcha, et lui mettant la main sur l'épaule, la fit asseoir de force.

« Tu as raison, dit-il, ce ne sera pas long. Ce que j'ai à te communiquer peut être dit en quelques mots. Tu décideras ensuite. »

Ils étaient l'un près de l'autre, et plus éloignés cependant l'un de l'autre que deux adversaires, Brégeac le sentit. Toutes les paroles qu'il prononcerait ne feraient qu'élargir l'abîme entre eux. Il crispa les poings et articula :

« Alors tu ne comprends pas encore que nous sommes entourés d'ennemis, et que la situation ne peut pas durer? »

Elle dit entre ses dents .

« Quels ennemis?

— Eh! fit-il, tu ne l'ignores pas, Marescal... Marescal qui te déteste, et qui veut se venger. »

Et tout bas, gravement, il expliqua :

« Ecoute, Aurélie, on nous surveille depuis quelque temps. Au ministère on fouille mes tiroirs. Supérieurs et inférieurs, tout le monde est ligué contre moi. Pourquoi? Parce qu'ils sont tous plus ou moins à la solde de Marescal, et parce que tous ils le savent puissant près du ministre. Or, toi et moi, nous sommes liés l'un à l'autre, ne fût-ce que par sa haine. Et nous sommes liés par notre passé, qui est le même, que tu le veuilles ou non. Je t'ai élevée. Je suis ton tuteur. Ma ruine c'est la tienne. Et je me demande même si ce n'est pas toi que l'on veut atteindre, pour des motifs que j'ignore. Oui, j'ai l'impression, à certains symptômes, qu'on me laisserait tranquille à la rigueur, mais que tu es menacée directement. »

Elle parut défaillir.

« Quels symptômes? »

Il répondit :

« C'est pis que cela. J'ai reçu une lettre anonyme sur

papier du ministère... une lettre absurde, incohérente, où je suis averti que des poursuites vont commencer contre toi. »

Elle eut l'énergie de dire :

« Des poursuites? Vous êtes fou! Et c'est parce qu'une lettre anonyme?...

— Oui, je sais, fit-il. Quelque subalterne qui aura recueilli un de ces bruits stupides... Mais, tout de même, Marescal est capable de toutes les machinations.

— Si vous avez peur, allez-vous-en.

— C'est pour toi que j'ai peur, Aurélie.

— Je n'ai rien à craindre.

— Si. Cet homme a juré de te perdre.

— Alors, laissez-moi partir.

— Tu en aurais donc la force?

— J'aurais toute la force qu'il faudrait pour quitter cette prison où vous me tenez, et pour ne plus vous voir. »

Il eut un geste découragé.

« Tais-toi... Je ne pourrais pas vivre... J'ai trop souffert pendant ton absence. J'aime mieux tout, tout plutôt que d'être séparé de toi. Ma vie entière dépend de ton regard, de ta vie... »

Elle se dressa, et avec indignation, toute frémissante :

« Je vous défends de me parler ainsi. Vous m'avez juré que je n'entendrais plus jamais un mot de cette sorte, un de ces mots abominables.... »

Tandis qu'elle retombait assise, aussitôt épuisée, il s'éloignait d'elle et se jetait dans un fauteuil, la tête entre ses mains, les épaules secouées de sanglots, comme un homme vaincu, pour qui l'existence est un fardeau intolérable.

Après un long silence, il reprit, l'intonation sourde :

« Nous sommes plus ennemis encore qu'avant ton

voyage. Tu es revenue toute différente. Qu'as-tu donc fait, Aurélie, non pas à Sainte-Marie, mais durant les trois premières semaines où je te cherchais comme un fou, sans penser au couvent? Ce misérable Guillaume, tu ne l'aimais pas, cela je le sais... Cependant, tu l'as suivi. Pourquoi? Et qu'est-il advenu de vous deux? Qu'est-il advenu de lui? J'ai l'intuition d'événements très graves, qui se sont produits... On te sent inquiète. Dans ton délire, tu parlais comme quelqu'un qui fuit sans cesse, et tu voyais du sang, des cadavres... »

Elle frissonna.

« Non, non, ce n'est pas vrai... vous avez mal entendu.

— Je n'ai pas mal entendu, fit-il, en hochant la tête. Tiens, en ce moment même, tes yeux sont effarés... On croirait que ton cauchemar continue... »

Il se rapprocha, et lentement :

« Tu as besoin d'un grand repos, ma pauvre petite. Et c'est cela que je viens te proposer. Ce matin, j'ai demandé un congé, et nous nous en irons. Je te fais le serment que je ne dirai pas un seul mot qui puisse t'offenser. Bien plus, je ne te parlerai pas de ce secret que tu aurais dû me confier, puisqu'il m'appartient comme à toi. Je n'essaierai pas de lire au fond de tes yeux où il se cache, et où j'ai tenté si souvent, par la force, je m'en accuse, de déchiffrer l'énigme impénétrable. Je laisserai tes yeux tranquilles, Aurélie. Je ne te regarderai plus. Ma promesse est formelle. Mais viens, ma pauvre petite. Tu me fais pitié. Tu souffres. Tu attends je ne sais pas quoi, et ce n'est que le malheur qui peut répondre à ton appel. Viens. »

Elle gardait le silence avec une obstination farouche. Entre eux c'était le désaccord irrémédiable, l'impossibilité de prononcer une parole qui ne fût une blessure ou un outrage. L'odieuse passion de Brégeac les séparait plus que tant de choses passées, et tant de raisons profondes qui les avaient toujours heurtés l'un à l'autre.

« Réponds, » dit-il.

Elle déclara fermement :

« Je ne veux pas. Je ne peux plus supporter votre présence. Je ne peux plus vivre dans la même maison que vous. A la première occasion, je partirai.

— Et, sans doute, pas seule, ricana-t-il, pas plus seule que la première fois... Guillaume, n'est-ce pas?

— J'ai chassé Guillaume.

— Un autre alors. Un autre que tu attends, j'en ai la conviction. Tes yeux ne cessent de chercher... tes oreilles d'écouter... Ainsi, en ce moment... »

La porte du vestibule s'était ouverte et refermée.

« Qu'est-ce que je disais? s'écria Brégeac, avec un rire mauvais. On croirait vraiment que tu espères... et que quelqu'un va venir. Non, Aurélie, nul ne viendra, ni Guillaume, ni un autre. C'est Valentin que j'avais envoyé au ministère pour prendre mon courrier. Car je n'irai pas tantôt. »

Les pas du domestique montèrent les marches du premier étage et traversèrent l'antichambre. Il entra.

« Tu as fait la commission, Valentin?

— Oui, monsieur.

— Il y avait des lettres, des signatures à donner?

— Non, monsieur.

— Tiens, c'est drôle. Mais le courrier?...

— Le courrier venait d'être remis à M. Marescal.

— Mais de quel droit Marescal a-t-il osé?... Il était là, Marescal?

— Non monsieur. Il était venu et reparti aussitôt.

— Reparti?... à deux heures et demie! Affaire de service, alors?

— Oui, monsieur.

— Tu as essayé de savoir?...

— Oui, mais on ne savait rien dans les bureaux.

— Il était seul?

— Non, avec Labonce, Tony et Sauvinoux.

— Avec Labonce et Tony! s'exclama Brégeac. Mais, en ce cas, il s'agit d'une arrestation! Comment n'ai-je pas été prévenu? Que se passe-t-il donc? »

Valentin se retira. Brégeac s'était remis à marcher et répétait pensivement :

« Tony, l'âme damnée de Marescal... Labonce, un de ses favoris... et tout cela en dehors de moi... »

Cinq minutes s'écoulèrent. Aurélie le regardait anxieusement. Tout à coup il marcha vers l'une des fenêtres, dont il entrouvrit un des volets. Un cri lui échappa et il revint en balbutiant :

« Ils sont là au bout de la rue... ils guettent.

— Qui?

— Tous les deux... les acolytes de Marescal. Tony et Labonce.

— Eh bien? murmura-t-elle.

— Eh bien, ce sont ces deux-là qu'il emploie toujours dans les cas graves. Ce matin encore, c'est avec eux qu'il a opéré dans le quartier.

— Ils sont là? dit Aurélie.

— Ils sont là. Je les ai vus.

— Et Marescal va venir?

— Sans aucun doute. Tu as entendu ce que disait Valentin.

— Il va venir... il va venir, balbutia-t-elle.

— Qu'est-ce que tu as? demanda Brégeac, étonné de son émoi.

— Rien, fit-elle, en se dominant. Malgré soi, en s'effraie, mais il n'y a aucune raison. »

Brégeac réfléchit. Lui aussi, il cherchait à dominer ses nerfs, et il répéta :

« Aucune raison, en effet. On s'emballe, le plus souvent, pour des motifs puérils. Je vais aller les interroger et je suis sûr que tout s'expliquera. Mais oui, absolument sûr. Car enfin les événements permettent plutôt de croire que ce n'est pas nous, mais la maison d'en face qui est en surveillance. »

Aurélie releva la tête.

« Quelle maison?

— L'affaire dont je te parlais... un individu qu'ils ont arrêté ce matin, à midi. Ah! si tu avais vu Marescal, quand il a quitté son bureau, à onze heures! Je l'ai rencontré. Il avait une expression de contentement et de haine féroce... C'est cela qui m'a troublé. On ne peut avoir une telle haine dans sa vie, que contre une personne. Et c'est moi qu'il hait ainsi ou plutôt nous deux. Alors j'ai pensé que la menace nous concernait. »

Aurélie s'était dressée, plus pâle encore.

« Que dites-vous? Une arrestation en face?

— Oui, un certain Limézy, qui se donne comme explorateur... un baron de Limézy. A une heure j'ai eu des nouvelles au ministère. On venait de l'écrouer au Dépôt. »

Elle ignorait le nom de Raoul, mais elle ne doutait pas qu'il ne s'agît de lui, et elle demanda, la voix tremblante :

« Qu'a-t-il fait? Qui est-ce, ce Limézy?

— D'après Marescal, ce serait l'assassin du rapide, le troisième complice que l'on recherche. »

Aurélie fut près de tomber. Elle avait un air de démence et de vertige et tâtonnait dans le vide pour trouver un point d'appui.

« Que se passe-t-il, Aurélie? Quel rapport cette affaire?...

— Nous sommes perdus, gémit-elle.

— Que veux-tu dire?

— Vous ne pouvez pas comprendre...

— Explique-toi. Tu connais cet homme?

— Oui... oui... il m'a sauvée, il m'a sauvée de Marescal, et de Guillaume également, et de ce Jodot que vous recevez ici... Il nous aurait sauvés encore aujourd'hui. »

Il l'observait avec stupeur.

— C'est lui que tu attendais?

— Oui, fit-elle, l'intonation distraite. Il m'avait promis d'être là... J'étais tranquille... Je lui ai vu accomplir de telles choses... se moquer de Marescal...

— Alors?... demanda Brégeac.

— Alors, répondit-elle, du même ton égaré, il vaudrait peut-être mieux nous mettre à l'abri... Vous comme moi... Il y a des histoires que l'on pourrait interpréter contre vous... des histoires d'autrefois...

— Tu es folle! dit Brégeac bouleversé. Il n'y a rien eu... Pour ma part, je ne crains rien. »

Malgré ses dénégations, il sortait de la pièce et entraînait la jeune fille sur le palier. Ce fut elle, au dernier moment, qui résista.

« Et puis, non, à quoi bon? Nous serons sauvés... Il viendra... il s'évadera... Pourquoi ne pas l'attendre?

— On ne s'évade pas du Dépôt.

— Vous croyez? Ah! mon Dieu, quelle horreur que tout cela! »

Elle ne savait à quoi se résoudre. Des idées affreuses tourbillonnaient dans son cerveau de convalescente... la peur de Marescal... et puis l'arrestation imminente... la police qui allait se précipiter et lui tordre les poignets.

L'épouvante de son beau-père la décida. Emportée dans un souffle de tempête, elle courut jusqu'à sa chambre et réapparut aussitôt avec un sac de voyage à la main. Brégeac s'était aussi préparé. Ils avaient l'air de deux criminels qui ne peuvent plus rien attendre que d'une fuite éperdue. Ils descendirent l'escalier, traversèrent le vestibule.

A cet instant même, on sonna.

« Trop tard, souffla Brégeac.

— Mais non, dit-elle, soulevée d'espoir. C'est peut-être lui qui arrive et qui va... »

Elle pensait à son ami de la terrasse, au couvent. Il avait juré de ne jamais l'abandonner, et qu'à la dernière minute il saurait la sauver. Des obstacles, est-ce qu'il y en avait pour lui? N'était-il pas le maître des événements et des personnes?

On sonna de nouveau.

Le vieux domestique sortait de la salle à manger.

« Ouvre », lui dit Brégeac, à voix basse.

On percevait des chuchotements et des bruits de bottes de l'autre côté.

Quelqu'un frappa.

« Ouvre donc », répéta Brégeac.

Le domestique obéit.

Dehors, Marescal se présentait, accompagné de trois hommes, de ces hommes à tournure spéciale que la jeune fille connaissait bien. Elle s'adossa à la rampe de l'escalier, en gémissant, si bas que Brégeac seul l'entendit :

« Ah! mon Dieu, ce n'est pas lui. »

En face de son subalterne, Brégeac se redressa.

« Que voulez-vous, monsieur? Je vous avais défendu de revenir ici. »

Marescal répondit en souriant :

« Affaire de service, monsieur le directeur. Ordre du ministre.

— Ordre qui me concerne?

— Qui vous concerne, ainsi que mademoiselle.

— Et qui vous oblige à demander l'assistance de trois de ces hommes? »

Marescal se mit à rire.

« Ma foi, non!... le hasard... Ils se promenaient par là... et nous causions... Mais, pour peu que cela vous contrarie... »

Il entra, et vit les deux valises.

« Eh! eh! un petit voyage... Une minute de plus... et ma mission échouait.

— Monsieur Marescal, prononça fermement Brégeac, si vous avez une mission à remplir, une communication à me faire, finissons-en, et tout de suite, ici même. »

Le commissaire se pencha, et durement :

« Pas de scandale, Brégeac, pas de bêtises. Personne ne sait encore rien, pas même mes hommes. Expliquons-nous dans votre cabinet.

— Personne ne sait rien... de quoi, monsieur?

— De ce qui se passe, et qui a quelque gravité. Si votre belle-fille ne vous en a pas parlé, peut-être avouera-t-elle qu'une explication, sans témoins, est préférable. C'est votre avis, mademoiselle? »

Blanche comme une morte, sans quitter la rampe, Aurélie semblait prête à défaillir.

Brégeac la soutint et déclara :

« Montons. »

Elle se laissa conduire, Marescal prit le temps de faire entrer ses hommes.

« Ne bougez pas du vestibule, tous les trois, et que personne n'entre ni ne sorte, hein! Vous, le domestique, enfermez-vous dans votre cuisine. S'il y avait du grabuge là-haut, je donne un coup de sifflet, et Sauvinoux arrive à la rescousse. Convenu?

— Convenu, répondit Labonce.

— Pas d'erreur possible?

— Mais non, patron. Vous savez bien qu'on n'est pas des collégiens, et qu'on vous suivra comme un seul homme.

— Même contre Brégeac?

— Parbleu!

— Ah! la bouteille... Donne-la-moi, Tony! »

Il saisit la bouteille, ou plutôt le carton qui la contenait et, vivement, ses dispositions bien arrêtées, il escalada les marches, et franchit en maître le cabinet de travail d'où on l'avait chassé ignominieusement, il n'y avait pas six mois. Quelle victoire pour lui! et avec quelle insolence il la fit sentir, se promenant d'un pas massif et le talon sonore, et contemplant tour à tour des portraits accrochés au mur, et qui représentaient Aurélie, Aurélie enfant, petite fille, jeune fille...

Brégeac essaya bien de protester. Tout de suite, Marescal le remit en place.

« Inutile, Brégeac. Votre faiblesse, voyez-vous, c'est que vous ne connaissez pas les armes que j'ai contre mademoiselle, et par conséquent contre vous. Quand vous les connaîtrez, peut-être penserez-vous que votre devoir est de vous incliner. »

L'un en face de l'autre, les deux ennemis, debout, se menaçaient du regard. Leur haine était égale, faite d'ambitions opposées, d'instincts contraires, et surtout d'une rivalité de passion que les événements exaspéraient. Près d'eux, Aurélie attendait, assise, toute droite, sur une chaise.

Chose curieuse, et qui frappa Marescal, elle semblait s'être reprise. Toujours lasse, la physionomie contractée, elle n'avait plus, cependant, comme au début de l'attaque, son air de proie impuissante et traquée. Elle gardait cette attitude rigide qu'il lui avait vue sur le banc de Sainte-Marie. Ses yeux, grands ouverts, mouillés de larmes qui coulaient le long de ses joues pâles, étaient fixes. A quoi pensait-elle? Au fond de l'abîme, parfois, on se redresse. Croyait-elle que lui, Marescal, serait accessible à la pitié? Avait-elle un plan de défense qui lui permettrait d'échapper à la justice et au châtiment?

Il heurta la table d'un coup de poing.

« Nous allons bien voir! »

Et, laissant de côté la jeune fille, tout contre Brégeac, si près que l'autre dut reculer d'un pas, il lui dit :

« Ce sera bref. Des faits, des faits seulement, dont quelques-uns vous sont connus, Brégeac, comme ils le sont de tous, mais dont la plupart n'ont eu d'autre témoin que moi, ou bien n'ont été constatés que par moi. N'essayez pas de les nier; je vous les dis tels qu'ils furent, dans leur simplicité. Les voici, en procès-verbal. Donc, le 26 avril dernier... »

Brégeac tressaillit.

« Le 26 avril, c'est le jour de notre rencontre, boulevard Haussmann.

— Oui, le jour où votre belle-fille est partie de chez vous. »

Et Marescal ajouta nettement :

« Et c'est aussi le jour où trois personnes ont été tuées dans le rapide de Marseille.

— Quoi? Quel rapport y a-t-il? » demanda Brégeac interdit.

Le commissaire lui fit signe de patienter. Toutes choses seraient énoncées à leur place, dans leur ordre chronologique, et il continua :

« Donc le 26 avril, la voiture numéro cinq de ce rapide n'était occupée que par quatre personnes. Dans le premier compartiment, une Anglaise, Miss Bakefield, voleuse, et le baron de Limézy, soi-disant explorateur. Dans le compartiment de tête, deux hommes, les frères Loubeaux, résidant à Neuilly-sur-Seine.

« La voiture suivante, la quatrième, outre plusieurs

personnes qui n'ont joué aucun rôle, et qui ne se rendirent compte de rien, emportait d'abord un commissaire aux recherches internationales, et un jeune homme et une jeune fille, seuls dans un compartiment dont ils avaient éteint la lumière et baissé les stores, comme des voyageurs endormis, et que nul ne put ainsi remarquer, pas même le commissaire. Ce commissaire, c'était moi, qui filais Miss Bakefield. Le jeune homme c'était Guillaume Ancivel, coulissier et cambrioleur, assidu de cette maison, et qui partait furtivement avec sa compagne.

— Vous mentez! Vous mentez! s'écria Brégeac, avec indignation. Aurélie est au-dessus de tout soupçon.

— Je ne vous ai pas dit que cette compagne fût mademoiselle », riposta Marescal.

Et Marescal poursuivit froidement :

« Jusqu'à Laroche, rien. Une demi-heure encore... toujours rien. Puis le drame violent, brusque. Le jeune homme et la jeune fille sortent de l'ombre et passent de la voiture quatre à la voiture cinq. Ils sont camouflés. Longues blouses grises, casquettes et masques. Tout de suite, à l'arrière de la voiture cinq, le baron de Limézy les attend. A eux trois ils assassinent et dévalisent Miss Bakefield. Puis le baron se fait attacher par ses complices, lesquels courent à l'avant, tuent et dévalisent les deux frères. Au retour, rencontre du contrôleur. Bataille. Ils s'enfuient, tandis que le contrôleur trouve le baron de Limézy attaché comme une victime, et soi-disant dévalisé aussi. Voilà le premier acte. Le second c'est la fuite par les remblais et les bois. Mais l'éveil est donné. Je m'informe. Je prends vivement les dispositions nécessaires. Résultat : les deux fuyards sont cernés. L'un d'eux s'échappe. L'autre est arrêté et enfermé. On m'avertit. Je vais vers lui, dans l'ombre où il se dissimulait. C'est une femme. »

Brégeac avait reculé de plus en plus et vacillait comme un homme ivre. Acculé au dossier d'un fauteuil, il balbutia :

« Vous êtes fou!... Vous dites des choses incohérentes!... Vous êtes fou!... »

Marescal continua, inflexible :

« J'achève. Grâce au pseudo-baron, dont j'eus tort de ne pas me méfier, la prisonnière se sauve et rejoint Guillaume Ancivel. Je retrouve leurs traces à Monte-Carlo. Puis je perds du temps. Je cherche en vain... jusqu'au jour où j'ai l'idée de revenir à Paris, et de voir si vos investigations, à vous Brégeac, n'étaient pas plus heureuses et si vous aviez découvert la retraite de votre belle-fille. C'est ainsi que j'ai pu vous précéder de quelques heures au couvent de Sainte-Marie et parvenir à certaine terrasse où mademoiselle se laissait conter fleurette. Seulement, l'amoureux a changé; au lieu de Guillaume Ancivel, c'est le baron de Limézy, c'est-à-dire le troisième complice. »

Brégeac écoutait avec épouvante ces monstrueuses accusations. Tout cela devait lui sembler si implacablement vrai, cela expliquait si logiquement ses propres intuitions, et correspondait si rigoureusement aux demi-confidences qu'Aurélie venait de lui faire à propos de son sauveur inconnu, qu'il n'essayait plus de protester. De temps à autre, il observait la jeune fille, qui demeurait immobile et muette dans sa posture rigide. Les mots ne paraissaient pas l'atteindre. Plutôt que ces mots, on eût dit qu'elle écoutait les bruits du dehors. Est-ce qu'elle espérait encore une impossible intervention?

« Et alors? fit Brégeac.

— Alors, répliqua le commissaire, grâce à lui, elle réussit une fois de plus à s'échapper. Et je vous avoue que j'en ris aujourd'hui, puisque... »

Il baissa le ton.

« Puisque j'ai ma revanche... et quelle revanche, Brégeac! Hein, vous rappelez-vous?... il y a six mois?... on m'a chassé comme un valet... avec un coup de pied, pourrait-on dire... Et puis... et puis... je la tiens, la petite... Et c'est fini. »

Il tourna le poing comme pour fermer à clef une serrure, et le geste était si précis, indiquait si nettement son effroyable volonté à l'égard d'Aurélie que Brégeac s'écria :

« Non, non, ce n'est pas vrai, Marescal?... N'est-ce pas? vous n'allez pas livrer cette enfant?...

— Là-bas, à Sainte-Marie, dit Marescal durement, je lui ai offert la paix, elle m'a repoussé... tant pis pour elle! Aujourd'hui, c'est trop tard. »

Et, comme Brégeac s'approchait et lui tendait les mains d'un air de supplication, il coupa court aux prières.

« Inutile! tant pis pour elle! tant pis pour vous!... Elle n'a pas voulu de moi... elle n'aura personne. Et c'est justice. Payer sa dette pour les crimes commis, c'est me la payer à moi, pour le mal qu'elle m'a fait. Il faut qu'elle soit châtiée, et je me venge en la châtiant. Tant pis pour elle! »

Il frappait du pied ou scandait ses imprécations à coups de poing sur la table. Obéissant à sa nature grossière, il mâchonnait des injures à l'adresse d'Aurélie.

« Regardez-la donc, Brégeac! Est-ce qu'elle y pense seulement à me demander pardon, elle? Si vous courbez le front, est-ce qu'elle s'humilie? Et savez-vous pourquoi ce mutisme, cette énergie contenue et intraitable? Parce qu'elle espère, encore, Brégeac! Oui, elle espère, j'en ai la conviction. Celui qui l'a sauvée trois fois de mes griffes la sauvera une quatrième fois. »

Aurélie ne bougeait pas.

Il saisit brusquement le cornet d'un appareil téléphonique, et demanda la préfecture de police.

« Allô, la préfecture? Mettez-moi en communication avec M. Philippe, de la part de M. Marescal. »

Se tournant alors vers la jeune fille, il lui appliqua contre l'oreille le récepteur libre.

Aurélie ne bougea pas.

A l'extrémité de la ligne, une voix répliqua. Le dialogue fut bref.

« C'est toi, Philippe?

— Marescal?

— Oui. Ecoute. Il y a près de moi une personne à qui je voudrais donner une certitude. Réponds carrément à ma question.

— Parle.

— Où étais-tu ce matin, à midi?

— Au Dépôt, comme tu m'en avais prié. J'ai reçu l'individu que Labonce et Tony amenaient de ta part.

— Où l'avions-nous cueilli?

— Dans l'appartement qu'il habite rue de Courcelles, en face même de Brégeac.

— On l'a écroué?

— Devant moi.

— Sous quel nom?

— Baron de Limézy.

— Inculpé de quoi?

— D'être le chef des bandits dans l'affaire du rapide.

— Tu l'as revu depuis ce matin?

— Oui, tout à l'heure, au service anthropométrique. Il y est encore.

— Merci, Philippe. C'est tout ce que je voulais savoir. Adieu. »

Il raccrocha le récepteur et s'écria :

« Hein! ma belle Aurélie, voilà où il en est, le sauveur! Coffré! bouclé! »

Elle prononça :

« Je le savais. »

Il éclata de rire.

« Elle le savait! et elle attend quand même! Ah! que c'est drôle! Il a toute la police et toute la justice sur le dos! C'est une loque, un chiffon, un fétu de paille, une bulle de savon, et elle l'attend! Les murs de la prison vont s'abattre! Les gardiens vont lui avancer une auto! Le voilà! Il va entrer par la cheminée, par le plafond! »

Il était hors de lui et secouait brutalement par l'épaule la jeune fille, impassible et distraite.

« Rien à faire, Aurélie! Plus d'espoir! Le sauveur est fichu. Claquemuré, le baron. Et, dans une heure, ce sera ton tour, ma jolie! Les cheveux coupés! Saint-Lazare! la cour d'assises! Ah! coquine. J'ai assez pleuré pour tes beaux yeux verts, et c'est à eux... »

Il n'acheva pas. Derrière lui, Brégeac s'était dressé, et l'avait agrippé au cou de ses deux mains fébriles. L'acte avait été spontané. Dès la première seconde où Marescal avait touché l'épaule de la jeune fille, il s'était glissé vers lui, comme révolté par un tel outrage. Marescal fléchit sous l'élan, et les deux hommes roulèrent sur le parquet.

Le combat fut acharné. L'un et l'autre y mettaient une rage que leur rivalité haineuse exacerbait, Marescal plus vigoureux et plus puissant, mais Brégeac soulevé d'une telle fureur que le dénouement demeura longtemps incertain.

Aurélie les regardait avec horreur, mais ne bougeait pas. Tous deux étaient ses ennemis, pareillement exécrables.

A la fin, Marescal, qui avait secoué l'étreinte et dénoué les mains meurtrières, cherchait visiblement à atteindre sa poche et à attirer son browning. Mais l'autre lui tordait le bras, et tout au plus réussit-il à saisir son sifflet qui pendait à sa chaîne de montre. Un coup strident retentit. Brégeac redoubla d'efforts pour prendre de nouveau son adversaire à la gorge. La porte fut ouverte. Une silhouette bondit et se précipita sur les adversaires. Presque aussitôt Marescal se trouvait libre et Brégeac apercevait à dix centimètres de ses yeux le canon d'un revolver.

« Bravo, Sauvinoux! s'écria Marescal. L'incident vous sera compté pour de bon, mon ami. »

Sa colère était si forte qu'il eut la lâcheté de cracher à la figure de Brégeac.

« Misérable! bandit! Et tu t'imagines que tu en seras quitte à si bon marché? Ta démission d'abord, et tout de suite... Le ministre l'exige... Je l'ai dans ma poche. Tu n'as qu'à signer. »

Il exhiba un papier.

« Ta démission et les aveux d'Aurélie, je les ai rédigés d'avance... Ta signature, Aurélie... Tiens, lis... « J'avoue que j'ai participé au crime du rapide, le « 26 avril dernier, que j'ai tiré sur les frères Loubeaux... « j'avoue que... » Enfin toute ton histoire résumée... Pas la peine de lire... Signe!... Ne perdons pas de temps! »

Il avait trempé son porte-plume dans l'encre et s'obstinait à le lui mettre de force entre les doigts.

Lentement, elle écarta la main du commissaire, prit le porte-plume, et signa, selon la volonté de Marescal, sans prendre la peine de lire. L'écriture fut posée. La main ne tremblait pas.

« Ah! dit-il avec un soupir de joie... voilà qui est fait! Je ne croyais pas que cela irait si vite. Un bon point, Aurélie. Tu as compris la situation. Et toi, Brégeac? »

Celui-ci hocha la tête. Il refusait.

« Hein! Quoi? Monsieur refuse? Monsieur se figure qu'il va rester à son poste? De l'avancement peut-être, hein? De l'avancement comme beau-père d'une criminelle? Ah! elle est bonne, celle-là! Et tu continuerais à me donner des ordres, à moi, Marescal? Non, mais tu en as de drôles, camarade. Crois-tu donc que le scandale ne suffira pas à te déboulonner, et que demain, quand on lira dans les journaux l'arrestation de la petite, tu ne seras pas obligé... »

Les doigts de Brégeac se refermèrent sur le porte-plume qu'on lui tendait. Il lut la lettre de démission, hésita.

Aurélie lui dit :

— Signez, monsieur. »

Il signa.

« Ça y est, dit Marescal, en empochant les deux papiers. Les aveux et la démission. Mon supérieur à bas, ce qui donne une place libre, et elle m'est promise! et la petite en prison, ce qui me guérira peu à peu de l'amour qui me rongeait. »

Il dit cela cyniquement, montrant le fond de son âme, et il ajouta avec un rire cruel :

« Et ce n'est pas tout, Brégeac, car je ne lâche pas la partie, et j'irai jusqu'au bout. »

Brégeac sourit amèrement.

« Vous voulez aller plus loin encore? Est-ce bien utile?

— Plus loin, Brégeac. Les crimes de la petite, c'est parfait. Mais doit-on s'en tenir là? »

Il plongeait ses yeux dans les yeux de Brégeac qui murmura :

« Que voulez-vous dire?

— Tu le sais ce que je veux dire, et si tu ne le savais pas, et si ce n'était pas vrai, tu n'aurais pas signé, et tu n'admettrais pas que je parle sur ce ton. Ta résignation, c'est un aveu... et si je peux te tutoyer, Brégeac, c'est parce que tu as peur. »

L'autre protesta :

« Je n'ai peur de rien. Je supporterai le poids de ce qu'a fait cette malheureuse dans un moment de folie.

— Et le poids de ce que tu as fait, Brégeac.

— En dehors de cela il n'y a rien.

— En dehors de cela, continua Marescal, l'intonation sourde, il y a le passé. Le crime d'aujourd'hui, n'en causons plus. Mais celui d'autrefois, Brégeac?

— Celui d'autrefois? Quel crime? Que signifie?... »

Marescal frappa du poing, argument suprême chez lui et que soulignait une explosion de colère.

« Des explications? C'est moi qui en réclame. Hein? Que signifie certaine expédition au bord de la Seine, récemment, un dimanche matin?... Et ta faction devant la villa abandonnée?... et ta poursuite de l'homme à la poche? Hein! dois-je te rafraîchir la mémoire et te rappeler que cette villa était celle des frères que ta belle-fille a supprimés et que cet individu est un nommé Jodot que je fais rechercher actuellement? Jodot, l'associé des deux frères... Jodot que j'ai rencontré jadis dans cette maison... Hein! comme tout cela s'enchaîne!... et comme on entrevoit le rapport entre toutes ces machinations!... »

Brégeac haussa les épaules et marmotta :

« Absurdités... Hypothèses imbéciles...

— Hypothèses, oui, impressions auxquelles je ne m'arrêtais pas autrefois quand je venais ici, et lorsque je flairais, comme un bon chien de chasse, tout ce qu'il y avait d'embarras, de réticence, d'appréhension confuse dans tes actes et dans tes paroles... mais hypothèses qui se sont confirmées peu à peu depuis quelque temps... et que nous allons changer en certitudes, Brégeac... oui, toi et moi... et sans qu'il te soit possible de l'esquiver... une preuve irrécusable, un aveu, Brégeac, que tu vas faire à ton insu... là... tout de suite... »

Il prit le carton qu'il avait apporté et déposé sur la cheminée, et le déficela. Il contenait un de ces étuis de paille qui servent à protéger les bouteilles. Il y en avait une que Marescal tira, et qu'il planta devant Brégeac.

« Voilà, camarade. Tu la reconnais, n'est-ce pas? C'est elle que tu as volée au sieur Jodot, et que je t'ai reprise, et qu'un autre m'a dérobée devant toi. Cet autre? tout simplement le baron de Limézy, chez qui je l'ai trouvée tantôt. Hein! comprends-tu ma joie? Un vrai trésor cette bouteille. La voici, Brégeac, avec son étiquette et la formule d'une eau quelconque... l'Eau de Jouvence. La voici, Brégeac! Limésy l'a munie d'un bouchon et cachetée de cire rouge. Regarde bien... on voit un rouleau de papier à l'intérieur. C'est cela que tu voulais certainement reprendre à Jodot, quelque aveu, sans doute... une pièce compromettante de ton écriture... Ah! mon pauvre Brégac!... »

Il triomphait. Tout en faisant sauter la cire et en débouchant la bouteille, il lançait au hasard des mots et des interjections :

« Marescal célèbre dans le monde entier!... Arrestation des assassins du rapide!... le passé de Brégeac!... Que de coups de théâtre dans l'enquête et aux assises!... Sauvinoux, tu as les menottes pour la petite? Appelle Labonce et Tony... Ah! la victoire... la victoire complète... »

Il renversa la bouteille. Le papier s'échappa. Il le déplia. Et emporté par ses discours fougueux comme un coureur que son élan précipite au-delà du but, il lut, sans penser d'abord à la signification de ce qu'il disait :

« Marescal est une gourde. »

X

DES MOTS QUI VALENT DES ACTES

Il y eut un silence de stupeur où se prolongeait la phrase inconcevable. Marescal était ahuri, comme un boxeur qui va s'écrouler à la suite d'un coup au creux de l'estomac. Brégeac, toujours menacé par le revolver de Sauvinoux, semblait aussi déconcerté.

Et soudain un rire éclata, rire nerveux, involontaire, mais qui tout de même sonnait gaiement dans l'atmosphère lourde de la pièce. C'était Aurélie, que la face déconfite du commissaire jetait dans cet accès d'hilarité vraiment intempestif. Le fait surtout que la phrase comique avait été prononcée à haute voix par celui-là même qui en était l'objet ridicule, lui tirait les larmes des yeux : « Marescal est une gourde! »

Marescal la considéra sans dissimuler son inquiétude. Comment pouvait-il advenir que la jeune fille eût une telle crise de joie dans la situation affreuse où elle se trouvait devant lui, pantelante comme elle l'était sous la griffe de l'adversaire?

« La situation n'est-elle plus la même? devait-il se dire. Qu'est-ce qu'il y a de changé? »

Et sans doute faisait-il un rapprochement entre ce rire inopiné et l'attitude étrangement calme de la jeune fille depuis le début du combat. Qu'espérait-elle donc?

Etait-il possible qu'au milieu d'événements qui eussent dû la mettre à genoux, elle conservât un point d'appui dont la solidité lui parût inébranlable?

Tout cela se présentait vraiment sous un aspect désagréable, et laissait entrevoir un piège habilement tendu. Il y avait péril en la demeure. Mais de quel côté la menace? Comment même admettre qu'une attaque pût se produire alors qu'il n'avait négligé aucune mesure de précaution?

« Si Brégeac remue, tant pis pour lui..., une balle entre les deux yeux », ordonna-t-il à Sauvinoux.

Il alla jusqu'à la porte et l'ouvrit.

« Rien de nouveau en bas?

— Patron? »

Il se pencha par-dessus la rampe de l'escalier.

« Tony?... Labonce?... Personne n'est entré?

— Personne, patron. Mais il y a donc du grabuge là-haut?

— Non... non... »

De plus en plus désemparé, il retourna vivement vers le cabinet de travail. Brégeac, Sauvinoux et la jeune fille n'avaient pas bougé. Seulement... seulement, il se produisait une chose inouïe, incroyable, inimaginable, fantastique, qui lui coupa les jambes et l'immobilisa dans l'encadrement de la porte. Sauvinoux avait entre les lèvres une cigarette non allumée et le contemplait comme quelqu'un qui demande du feu.

Vision de cauchemar, en opposition si violente avec la réalité que Marescal refusa d'abord d'y attacher le sens qu'elle comportait. Sauvinoux, par une aberration dont il serait puni, voulait fumer et réclamait du feu, voilà tout. Pourquoi chercher plus loin? Mais peu à peu, la figure de Sauvinoux s'éclaira d'un sourire goguenard où il y avait tant de malice et de bonhomie impertinente que Marescal essaya vainement de se donner le change. Sauvinoux, le subalterne Sauvinoux, devenait insensiblement, dans son esprit, un être nouveau qui n'était plus un agent, et qui, au contraire, passait dans le camp adverse. Sauvinoux, c'était...

Dans les circonstances ordinaires de sa profession, Marescal se serait débattu davantage contre l'assaut d'un fait aussi monstrueux. Mais les événements les plus fantasmagoriques lui semblaient naturels lorsqu'il s'agissait de celui qu'il appelait l'homme du rapide. Bien que Marescal ne voulût pas prononcer, même au fond de lui, la parole d'aveu irrémédiable et se soumettre à une réalité vraiment odieuse, comment se dérober devant l'évidence? Comment ne pas savoir que Sauvinoux, agent remarquable que le ministre lui avait recommandé huit jours auparavant, n'était autre que le personnage infernal qu'il avait arrêté le matin, et *qui se trouvait actuellement au Dépôt, dans les salles du service anthropométrique?*

« Tony! hurla le commissaire, en sortant une seconde fois. Tony! Labonce! montez donc, sacrebleu! »

Il appelait, vociférait, se démenait, frappait, se cognait dans la cage de l'escalier comme un bourdon aux vitres d'une fenêtre.

Ses hommes le rejoignirent en hâte. Il bégaya :

« Sauvinoux... Savez-vous ce que c'est que Sauvinoux? C'est le type de ce matin... le type d'en face, évadé, déguisé... »

Tony et Labonce semblaient abasourdis.

Le patron délirait. Il les poussa dans la pièce, puis, s'armant d'un revolver :

« Haut les mains, bandit! Haut les mains! Labonce, vise-le, toi aussi. »

Sans broncher, ayant dressé sur le bureau un petit

miroir de poche, le sieur Sauvinoux commençait soigneusement à se démaquiller. Il avait même déposé près de lui le browning dont il menaçait Brégeac quelques minutes plus tôt.

Marescal fit un saut en avant, saisit l'arme, et recula aussitôt, les deux bras tendus.

« Haut les mains, ou je tire! Entends-tu, gredin? »

Le « gredin » ne semblait guère s'émouvoir. Face aux brownings braqués à trois mètres de lui, il arrachait quelques poils follets qui dessinaient des côtelettes sur ses joues ou qui donnaient à ses sourcils une épaisseur insolite.

« Je tire! je tire! Tu entends, canaille? Je compte jusqu'à trois et je tire! Une... deux... Trois.

— Tu vas faire une bêtise, Rodolphe », susurra Sauvinoux.

Rodolphe fit la bêtise. Il avait perdu la tête. Des deux poings, il tira, au hasard, sur la cheminée, sur les tableaux, stupidement, comme un assassin que grise l'odeur du sang et qui plante à coups redoublés un poignard dans le cadavre pantelant. Brégeac se courbait sous la rafale. Aurélie ne risqua pas un geste. Puisque son sauveur ne cherchait pas à la protéger, puisqu'il laissait faire, c'est qu'il n'y avait rien à craindre. Sa confiance était si absolue qu'elle souriait presque. Avec son mouchoir enduit d'un peu de gras, Sauvinoux enlevait le rouge de sa figure. Raoul apparaissait peu à peu.

Six détonations avaient claqué. De la fumée jaillissait. Glaces brisées, éclats de marbre, tableaux crevés..., la pièce semblait avoir été prise d'assaut. Marescal, honteux de sa crise de démence, se contint, et dit à ses deux agents :

« Attendez sur le palier. Au moindre appel, venez.

— Voyons, patron, insinua Labonce, puisque Sauvinoux n'est plus Sauvinoux, il vaudrait peut-être mieux emballer le personnage. Il ne m'a jamais plu à moi, depuis que vous l'avez engagé, la semaine dernière. Ça va? On le cueille à nous trois?

— Fais ce que je te dis », ordonna Marescal, pour qui la proportion de trois à un n'était sans doute pas suffisante.

Il les refoula et ferma la porte sur eux.

Sauvinoux achevait sa transformation, retournait son veston, arrangeait le nœud de sa cravate et se levait. Un autre homme apparaissait. Le petit policier malingre et pitoyable de tout à l'heure, devenait un gaillard d'aplomb, bien vêtu, élégant et jeune, en qui Marescal retrouvait son persécuteur habituel.

« Je vous salue, mademoiselle, dit Raoul. Puis-je me présenter? Baron de Limézy, explorateur... et policier depuis une semaine. Vous m'avez reconnu tout de suite, n'est-ce pas? Oui, je l'ai deviné, en bas, dans le vestibule... Surtout, gardez le silence, mais riez encore, mademoiselle. Ah! votre rire, tout à l'heure, comme c'était bon de l'entendre! Et quelle récompense pour moi! »

Il salua Brégeac.

« A votre disposition, monsieur. »

Puis, se retournant vers Marescal, il lui dit gaiement :

« Bonjour, mon vieux. Ah! toi, par exemple, tu ne m'avais pas reconnu! Encore maintenant, tu te demandes comment j'ai pu prendre la place de Sauvinoux. Car tu crois à Sauvinoux! Seigneur tout-puissant! dire qu'il y a un homme qui a cru à Sauvinoux, et que cet homme a un grade de grosse légume dans le monde policier! Mais, mon bon Rodolphe, Sauvinoux n'a jamais existé. Sauvinoux, c'est un mythe. C'est un personnage irréel, dont on a vanté les qualités à ton ministre, et dont ce ministre t'a imposé la collaboration par l'intermédiaire de sa femme. Et c'est ainsi que, depuis dix jours, je suis à ton service, c'est-à-dire que je te dirige dans le bon sens, que je t'ai indiqué le logis du baron de Limésy, que je me suis fait arrêter par moi ce matin, et que j'ai découvert, là où je l'avais cachée, la mirifique bouteille qui proclame cette fondamentale vérité : « Marescal est une gourde. »

On eût cru que le commissaire allait s'élancer et prendre Raoul à la gorge. Mais il se maîtrisa. Et Raoul repartit, de ce ton de badinage qui maintenait Aurélie en sécurité, et qui cinglait Marescal comme une cravache :

« T'as pas l'air dans ton assiette, Rodolphe? Qu'est-ce qui te chatouille? Ça t'embête que je sois ici et non dans un cachot? et tu te demandes comment j'ai pu à la fois aller en prison comme Limézy et t'accompagner comme Sauvinoux? Enfant, va! Détective à la manque! Mais, mon vieux Rodolphe, c'est d'une simplicité! L'invasion de mon domicile ayant été préparée par moi, j'ai substitué au baron de Limézy un quidam grassement payé, ayant avec le baron la plus vague ressemblance, et auquel j'ai donné comme consigne d'accepter toutes les mésaventures qui pourraient lui arriver aujourd'hui. Conduit par ma vieille servante, tu as foncé comme un taureau sur le quidam, auquel, moi, Sauvinoux, j'enveloppai tout de suite la tête d'un foulard. Et en route pour le Dépôt!

« Résultat : débarrassé du redoutable Limézy absolument rassuré, tu es venu arrêter mademoiselle, ce que tu n'aurais pas osé faire si j'avais été libre. *Or il fallait que ce fût fait.* Tu entends, Rodolphe, il le fallait. Il fallait cette petite séance entre nous quatre. Il fallait que toutes choses fussent mises au point, pour qu'on n'eût pas à y revenir. Et elles y sont au point, n'est-ce pas? Comme on respire à l'aise! Comme on se sent délivré d'un tas de cauchemars! Comme il est agréable, même pour toi, de penser que, d'ici dix minutes, mademoiselle et moi, nous allons tirer notre révérence. »

Malgré ce persiflage horripilant, Marescal avait retrouvé son sang-froid. Il voulut paraître aussi tranquille que son adversaire, et, d'un geste négligent, il saisit le téléphone.

« Allô!... La préfecture de police, s'il vous plaît... Allô!... La préfecture? Donnez-moi M. Philippe... Allô... c'est toi, Philippe?... Eh bien?... Ah! déjà! On s'est aperçu de l'erreur?... Oui, je suis au courant, et plus que tu ne peux croire... Ecoute... Prends deux cyclistes avec toi... des bougres!... et vivement ici, chez Brégeac... Tu sonneras... Compris, hein? Pas une seconde à perdre. »

Il raccrocha et observa Raoul.

« Tu t'es découvert un peu tôt, mon petit, dit-il, se moquant à son tour, et visiblement satisfait de sa nouvelle attitude. L'attaque est manquée... et tu connais la riposte. Sur le palier, Labonce et Tony. Ici, Marescal, avec Brégeac, lequel au fond n'a rien à gagner avec toi. Voilà pour le premier choc, si tu avais la fantaisie de délivrer Aurélie. Et puis, dans vingt minutes, trois spécialistes de la préfecture, ça te suffit? »

Raoul s'occupait gravement à planter des allumettes dans une rainure de table. Il en planta sept à la queue leu leu, et une toute seule, à l'écart.

« Bigre, dit-il. Sept contre un. C'est un peu maigre. Qu'est-ce que vous allez devenir? »

Il avança la main timidement vers le téléphone.

« Tu permets? »

Marescal le laissa faire, tout en le surveillant. Raoul, à son tour, saisit le cornet :

« Allô... le numéro Elysée 22.23, mademoiselle... Allô... C'est le président de la République? Monsieur le président, envoyez d'urgence à M. Marescal un bataillon de chasseurs à pied... »

Furieux, Marescal lui arracha le téléphone.

« Assez de bêtises, hein? Je suppose que si tu es venu ici, ce n'est pas pour faire des blagues. Quel est ton but? Que veux-tu? »

Raoul eut un geste désolé.

« Tu ne comprends pas la plaisanterie. C'est pourtant l'occasion ou jamais de rigoler un brin.

— Parle donc », exigea le commissaire.

Aurélie supplia :

« Je vous en prie... »

Il dit en riant :

« Vous, mademoiselle, vous avez peur des « bougres » de la préfecture et vous voulez qu'on leur brûle la politesse. Vous avez raison. Parlons. »

Sa voix se faisait plus sérieuse. Il répéta :

« Parlons... puisque tu y tiens, Marescal. Aussi bien, parler, c'est agir, et rien ne vaut la réalité solide de certaines paroles. Si je suis le maître de la situation, je le suis pour des raisons encore secrètes, mais qu'il me faut exposer si je veux donner à ma victoire des bases inébranlables... et te convaincre.

— De quoi?

— De l'innocence absolue de mademoiselle, dit nettement Raoul.

— Oh! oh! ricana le commissaire, elle n'a pas tué?

— Non.

— Et toi non plus, peut-être?

— Moi non plus.

— Qui donc a tué?

— D'autres que nous.

— Mensonges!

— Vérité. D'un bout à l'autre de cette histoire, Marescal, tu t'es trompé. Je te répète ce que je t'ai dit à Monte-Carlo : c'est à peine si je connais mademoiselle. Quand je l'ai sauvée en gare de Beaucourt, je ne l'avais aperçue qu'une fois, l'après-midi, au thé du boulevard Haussmann. C'est à Sainte-Marie seulement que nous avons eu, elle et moi, quelques entrevues. Or, au cours de ces entrevues, elle a toujours évité de faire allusion aux crimes du rapide, et je ne l'ai jamais interrogée. La vérité s'est établie en dehors d'elle, grâce à mes efforts acharnés, et grâce surtout à ma conviction instinctive, et cependant solide comme un raisonnement, qu'avec son pur visage on n'est pas une criminelle. »

Marescal haussa les épaules, mais ne protesta point. Malgré tout il était curieux de connaître comment l'étrange personnage pouvait interpréter les événements.

Il consulta sa montre et sourit. Philippe et les « bougres » de la préfecture approchaient.

Brégeac écoutait sans comprendre et regardait Raoul. Aurélie, anxieuse soudain, ne le quittait pas des yeux.

Il commença, employant à son insu les termes mêmes dont Marescal s'était servi.

« Donc le 26 avril dernier, la voiture numéro cinq du rapide de Marseille n'était occupée que par quatre personnes, une Anglaise, Miss Bakefield... »

Mais il s'interrompit brusquement, réfléchit durant quelques secondes, et repartit d'un ton résolu :

« Non, ce n'est pas ainsi qu'il faut procéder. Il faut remonter plus haut, à la source même des faits et dérouler toute l'histoire, ce qu'on pourrait appeler les deux époques de l'histoire. J'en ignore certains détails. Mais ce que je sais, et ce que l'on peut supposer en toute certitude, suffit pour que tout soit clair et pour que tout s'enchaîne. »

Et, lentement, il prononça :

« Il y a environ dix-huit ans — je répète le chiffre, Marescal... dix-huit ans... c'est-à-dire la première époque de l'histoire — donc, il y a dix-huit ans, à Cherbourg, quatre jeunes gens se rencontraient au café de façon assez régulière, un nommé Brégeac, secrétaire au commissariat maritime, un nommé Jacques Ancivel, un nommé Loubeaux, et un sieur Jodot. Relations superficielles qui ne durèrent pas, les trois derniers ayant eu maille à partir avec la justice, et le poste administratif du premier, c'est-à-dire de Brégeac, ne lui permettant pas de continuer de telles fréquentations. D'ailleurs Brégeac se maria et vint habiter Paris.

« Il avait épousé une veuve, mère d'une petite fille appelée Aurélie d'Asteux. Le père de sa femme, Etienne d'Asteux, était un vieil original de province, inventeur, chercheur toujours aux aguets, et qui, plusieurs fois, avait failli conquérir la grande fortune ou découvrir le grand secret qui vous la donne. Or, quelque temps avant le second mariage de sa fille avec Brégeac, un de ces secrets miraculeux, il sembla l'avoir découvert. Il le prétend du moins dans des lettres écrites à sa fille, en dehors de Brégeac, et, pour le lui prouver, il la fait venir un jour avec la petite Aurélie. Voyage clandestin, dont malheureusement Brégeac eut connaissance, non pas plus tard, comme le croit mademoiselle, mais presque aussitôt. Brégeac alors interroge sa femme. Tout en se taisant sur l'essentiel, comme elle l'a juré à son père, et tout en refusant de révéler l'endroit visité, elle fait certains aveux qui laissent croire à Brégeac qu'Etienne d'Asteux a enfoui quelque part un trésor. Où? et pourquoi n'en pas jouir dès maintenant? L'existence du ménage devient pénible. Brégeac s'irrite de jour en jour, importune Etienne d'Asteux, interroge l'enfant qui ne répond pas, persécute sa femme, la menace, bref, vit dans un état d'agitation croissante.

« Or, coup sur coup, deux événements mettent le comble à son exaspération. Sa femme meurt d'une pleurésie. Et il apprend que son beau-père d'Asteux, atteint de maladie grave, est condamné. Pour Brégeac, c'est l'épouvante. Que deviendra le secret, si Etienne d'Asteux ne parle pas? Que deviendra le trésor si Etienne d'Asteux le lègue à sa petite-fille Aurélie, « comme cadeau de majorité » (l'expression se trouve dans une des lettres)? Alors, quoi, Brégeac n'aurait rien? Toutes ces richesses qu'il présume fabuleuses passeraient à côté de lui? Il faut savoir, à tout prix, par n'importe quel moyen.

« Ce moyen, un hasard funeste le lui apporte. Chargé d'une affaire où il poursuit les auteurs d'un vol, il met la main sur le trio de ses anciens camarades de Cherbourg, Jodot, Loubeaux et Ancivel. La tentation est grande pour Brégeac. Il y succombe et parle. Aussitôt le marché est conclu. Pour les trois chenapans, ce sera la liberté immédiate. Ils fileront vers le village provençal où agonise le vieillard, et ils lui arracheront de gré ou de force les indications nécessaires. Complot manqué. Le vieillard assailli en pleine nuit par les trois forbans, sommé de répondre, brutalisé, meurt sans un mot. Les trois meurtriers s'enfuient. Brégeac a sur la conscience un crime dont il n'a tiré aucun bénéfice. »

Raoul et Limézy fit une parure et observa Brégeac. Celui-ci se taisait. Refusait-il de protester contre des accusations invraisemblables? Avouait-il? On eût dit que tout cela lui était indifférent, et que l'évocation du passé, si terrible qu'elle fût, ne pouvait accroître sa détresse présente.

Aurélie avait écouté, sa figure entre les mains, et sans rien manifester non plus de ses impressions. Mais Marescal reprenait peu à peu son aplomb, étonné certainement que Limézy révélât devant lui des faits aussi graves et lui livrât, pieds et poings liés, son vieil ennemi Brégeac. Et de nouveau, il consulta sa montre :

Raoul poursuivit :

« Donc crime inutile, mais dont les conséquences se feront durement sentir, bien que la justice n'en ait jamais rien su. D'abord, un des complices, Jacques Ancivel, effrayé, s'embarque pour l'Amérique. Avant de partir, il confie tout à sa femme. Celle-ci se présente chez Brégeac et l'oblige, sous peine de dénonciation immédiate, à signer un papier par lequel il revendique toute la responsabilité du crime commis contre Etienne d'Asteux, et innocente les trois coupables. Brégeac a peur et stupidement signe. Remis à Jodot, le document est enfermé par lui et par Loubeaux dans une bouteille qu'ils ont trouvée sous le traversin d'Etienne d'Asteux et qu'ils conservent à tout hasard. Dès lors, ils tiennent Brégeac et peuvent le faire chanter quand ils voudront.

« Ils le tiennent. Mais ce sont des gaillards intelligents et qui préfèrent, plutôt que de s'épuiser en menus chantages, laisser Brégeac gagner ses grades dans l'administration. Au fond, ils n'ont qu'une idée, la découverte de ce trésor dont Brégeac a eu l'imprudence de leur parler. Or, Brégeac ne sait encore rien. Personne ne sait rien... personne, sauf cette petite fille *qui a vu le paysage* et qui, dans le mystère de son âme garde obstinément la consigne du silence. Donc il faut attendre et veiller. Quand elle sortira du couvent où Brégeac l'a enfermée, on agira...

« Or, elle revient du couvent, et le lendemain même de son arrivée, il y a deux ans, Brégeac reçoit un billet où Jodot et Loubeaux lui annoncent qu'ils sont entièrement à sa disposition pour la recherche du trésor. Qu'il fasse parler la petite, et qu'il les mette au courant. Sans quoi...

« Pour Brégeac, c'est un coup de tonnerre. Après douze ans, il espérait bien que l'affaire était enterrée définitivement. Au fond, il ne s'y intéresse plus. Elle lui rappelle un crime dont il a horreur, et une époque dont il ne se souvient qu'avec angoisse. Et voilà que toutes ces infamies sortent des ténèbres! Voilà que les camarades d'autrefois surgissent! Jodot le relance jusqu'ici. On le harcèle. Que faire?

« La question posée est une de celles qui ne se discutent même pas. Qu'il le veuille ou non, il faut obéir, c'est-à-dire tourmenter sa belle-fille et la contraindre à parler. Il s'y décide, poussé lui aussi, d'ailleurs, par un besoin de savoir et de s'enrichir qui l'envahit de nouveau. Dès lors, pas un jour ne se passe sans qu'il y ait interrogatoire, disputes et menaces. La malheureuse est traquée dans sa pensée et dans ses souvenirs. A cette porte close derrière laquelle, tout enfant, elle a enfermé un petit groupe débile d'images et d'impressions, on frappe à coups redoublés. Elle voudrait vivre : on ne le lui permet pas. Elle voudrait s'amuser, elle s'amuse même parfois, fréquente quelques amies, joue la comédie, chante... Mais, au retour, c'est le martyre de chaque minute.

« Un martyre auquel s'ajoute quelque chose de vraiment odieux et que j'ose à peine évoquer : l'amour de Brégeac. N'en parlons pas. Là-dessus, tu en sais autant que moi, Marescal, puisque, dès le moment où tu as vu Aurélie d'Asteux, entre Brégeac et toi ce fut la haine féroce de deux rivaux.

« C'est ainsi que, peu à peu, la fuite apparaît à la victime comme la seule issue possible. Elle y est encouragée par un personnage que Brégeac supporte malgré lui, Guillaume, le fils du dernier camarade de Cherbourg. La veuve Ancivel le tenait en réserve, celui-là. Il joue sa partie, dans l'ombre jusqu'ici, très habilement, sans éveiller la méfiance. Guidé par sa mère, et sachant qu'Aurélie d'Asteux, le jour où elle aimera, aura toute latitude pour confier son secret au fiancé choisi, il rêve de se faire aimer. Il propose son assistance. Il conduira la jeune fille dans le Midi où, précisément, dit-il, ses occupations l'appellent.

« Et le 26 avril arrive.

« Note bien, Marescal, la situation des acteurs du drame à cette date et comment les choses se présentent. Tout d'abord, mademoiselle qui fuit sa prison. Heureuse de cette liberté prochaine, elle a consenti, pour le dernier jour, à prendre le thé avec son beau-père dans une pâtisserie du boulevard Haussmann. Elle t'y rencontre par hasard. Scandale. Brégeac la ramène chez lui. Elle s'échappe et rejoint, à la gare, Guillaume Ancivel.

« Guillaume, en cette occasion, poursuit deux affaires. Il séduira Aurélie, mais en même temps il effectuera un cambriolage à Nice, sous la direction de la fameuse Miss Bakefield, à la bande de laquelle il est affilié. Et c'est ainsi que l'infortunée Anglaise se trouve prise dans un drame où elle ne jouait, elle, aucune espèce de rôle.

« Enfin, nous avons Jodot et les deux frères Loubeaux. Ces trois-là ont agi si adroitement que Guillaume et sa mère ignorent qu'ils ont réapparu et qu'on est en compétition avec eux. Mais les trois bandits ont suivi toutes les manœuvres de Guillaume, ils savent tout ce qui se fait et se projette dans la maison et ils sont là le 26 avril. Leur plan est prêt : ils enlèveront Aurélie et l'obligeront, *de quelque manière que ce soit, à parler*. C'est clair, n'est-ce pas?

« Et maintenant voici la distribution des places occupées. Voiture numéro cinq : en queue, Miss Bakefield et le baron de Limézy; en tête, Aurélie et Guillaume Ancivel... Tu comprends bien, n'est-ce pas, Marescal? *En tête de la voiture,* Aurélie et Guillaume, et non pas les deux frères Loubeaux comme on l'a cru jusqu'ici. Les deux frères ainsi que Jodot sont ailleurs. Ils sont dans la voiture numéro quatre, dans la tienne, Marescal, bien dissimulés sous le voile tiré de la lampe. Comprends-tu?

— Oui, fit Marescal à voix basse.

— Pas malheureux! Et le train file. Deux heures se passent. Station de Laroche. On repart. C'est le moment. Les trois hommes de la voiture quatre, c'est-à-dire Jodot et les frères Loubeaux, sortent de leur compartiment obscur. Ils sont masqués, vêtus de blouses grises et coiffés de casquettes. Ils pénètrent dans la voiture cinq. Tout de suite, à gauche, deux silhouettes endormies, un monsieur, et une dame dont on devine les cheveux blonds. Jodot et l'aîné des frères se précipitent tandis que l'autre fait le guet. Le baron est assommé et ficelé. L'Anglaise se défend. Jodot la saisit à la gorge et s'aperçoit seulement alors de l'erreur commise : ce n'est pas Aurélie, mais une autre femme aux cheveux du même blond doré. A cet instant le jeune frère revient et emmène les deux complices tout au bout du couloir où se trouvent réellement Guillaume et Aurélie. Mais, là, tout change. Guillaume a entendu du bruit. Il se tient sur ses gardes. Il a son revolver et l'issue du combat est immédiate : deux coups de feu, les deux frères tombent, et Jodot s'enfuit.

« Nous sommes bien d'accord, n'est-ce pas, Marescal? Ton erreur, mon erreur au début, l'erreur de la magistrature, l'erreur de tout le monde, c'est qu'on a jugé les faits d'après les apparences, et d'après cette règle, fort logique d'ailleurs : quand il y a crime, ce sont les morts qui sont les victimes et les fugitifs qui sont les criminels. On n'a pas pensé que l'inverse peut se produire, que les agresseurs peuvent être tués, et que les assaillis, sains et saufs, peuvent s'enfuir. Et comment Guillaume n'y songerait-il pas aussitôt, à la fuite? Si Guillaume attend, c'est la débâcle.

« Guillaume le cambrioleur n'admet pas que la justice

mette le nez dans ses affaires. A la moindre enquête, les dessous de son existence équivoque surgiront en pleine clarté. Va-t-il se résigner? Ce serait trop bête, alors que le remède est à portée de sa main. Il n'hésite pas, bouscule sa compagne, lui montre le scandale de l'aventure, scandale pour elle, scandale pour Brégeac. Inerte, le cerveau en désordre, épouvantée par ce qu'elle a vu et par la présence de ces deux cadavres, elle se laisse faire. Guillaume lui met de force la blouse et le masque du plus jeune des frères. Lui-même s'affuble, l'entraîne, emporte les valises pour ne rien laisser derrière lui. Et ils courent tous deux le long du couloir, se heurtent au contrôleur, et sautent du train.

« Une heure plus tard, après une effroyable poursuite à travers les bois, Aurélie était arrêtée, emprisonnée, jetée en face de son implacable ennemi, Marescal, et perdue.

« Seulement, coup de théâtre. J'entre en scène... »

Rien, ni la gravité des circonstances, ni l'attitude douloureuse de la jeune fille qui pleurait au souvenir de la nuit maudite, rien n'eût empêché Raoul de faire le geste du monsieur qui entre en scène. Il se leva, poussa jusqu'à la porte, et revint dignement s'asseoir avec toute l'assurance d'un acteur dont l'intervention va produire un effet foudroyant.

« Donc j'entre en scène, répéta-t-il, en souriant d'un sourire satisfait. Il était temps. Je suis sûr que, toi aussi, Marescal, tu te réjouis d'apercevoir au milieu de cette tourbe de fripouilles et d'imbéciles, un honnête homme qui se pose tout de suite, avant même de rien savoir, et simplement parce que mademoiselle a de beaux yeux verts, en défenseur de l'innocence persécutée. Enfin, voici une volonté ferme, un regard clairvoyant, des mains secourables, un cœur généreux! C'est le baron de Limézy. Dès qu'il est là, tout s'arrange. Les événements se conduisent comme de petits enfants sages, et le drame s'achève dans le rire et dans la bonne humeur. »

Seconde petite promenade. Puis il se pencha sur la jeune fille, et lui dit :

« Pourquoi pleurez-vous, Aurélie, puisque toutes ces vilaines choses sont terminées, et puisque Marescal lui-même s'incline devant une innocence qu'il reconnaît? Ne pleurez pas, Aurélie. J'entre toujours en scène à la minute décisive. C'est une habitude et je ne manque jamais mon entrée. Vous l'avez bien vu, cette nuit-là : Marescal vous enferme, je vous sauve. Deux jours après, à Nice, c'est Jodot, je vous sauve. A Monte-Carlo, à Sainte-Marie, c'est encore Marescal, et je vous sauve. Et tout à l'heure n'étais-je pas là? Alors que craignez-vous? Tout est fini, et nous n'avons plus qu'à nous en aller tout tranquillement, avant que les deux bougres n'arrivent et que les chasseurs à pied ne cernent la maison. N'est-ce pas, Rodolphe? Tu n'y mets aucun obstacle, et mademoiselle est libre?... N'est-ce pas, tu es ravi de ce dénouement qui satisfait ton esprit de justice et de courtoisie? Vous venez, Aurélie? »

Elle vint timidement, sentant bien que la bataille n'était pas gagnée. De fait, au seuil de la porte, Marescal se dressa, impitoyable. Brégeac le rejoignit. Les deux hommes faisaient cause commune contre le rival qui triomphait...

XI

DU SANG...

RAOUL s'approcha et, dédaignant Brégeac, il dit d'un ton paisible au commissaire :

« La vie semble très compliquée parce que nous ne la voyons jamais que par bribes, par éclairs inattendus. Il en est ainsi de cette affaire du rapide. C'est embrouillé comme un roman-feuilleton. Les faits éclatent au hasard, stupidement, comme des pétards qui n'exploseraient pas dans l'ordre où on les a disposés. Mais qu'un esprit lucide les remette à leur place, tout devient logique, simple, harmonieux, naturel comme une page d'histoire. C'est cette page d'histoire que je viens de te lire, Marescal. Tu connais maintenant l'aventure et tu sais qu'Aurélie d'Asteux est innocente. Laisse-la s'en aller. »

Marescal haussa les épaules.

« Non.

— Ne t'entête pas, Marescal. Tu vois, je ne plaisante plus, je ne me moque plus. Je te demande simplement de reconnaître ton erreur.

— Mon erreur?

— Certes, puisqu'elle n'a pas tué, puisqu'elle ne fut point complice, mais victime. »

Le commissaire ricana :

« Si elle n'a pas tué, pourquoi a-t-elle fui? De Guillaume, j'admets la fuite. Mais elle? Qu'y gagnait-elle? Et pourquoi, depuis, n'a-t-elle rien dit? A part quelques plaintes au début, lorsqu'elle supplie les gendarmes : « Je veux « parler au juge, je veux lui raconter... » A part cela, le silence.

— Un bon point, Marescal, avoua Raoul. L'objection est sérieuse. Moi aussi, ce silence m'a souvent déconcerté, ce silence opiniâtre dont elle ne s'est jamais départie, même avec moi, qui la secourais, et qu'un aveu eût puissamment aidé dans mes recherches. Mais ses lèvres demeurèrent closes. Et c'est ici seulement, dans cette maison, que j'ai résolu le problème. Qu'elle me pardonne si j'ai fouillé ses tiroirs, durant sa maladie. Il le fallait. Marescal, lis cette phrase, parmi les instructions que sa mère mourante, et qui ne se faisait pas d'illusions sur Brégeac, lui a laissées : « *Aurélie, quoi qu'il arrive et quelle que* « *soit la conduite de ton beau-père, ne l'accuse jamais.* « *Défends-le, même si tu dois souffrir par lui, même s'il* « *est coupable : j'ai porté son nom.* »

Marescal protesta :

« Mais elle l'ignorait, le crime de Brégeac! Et l'aurait-elle su, que ce crime n'a pas de rapports avec l'attaque du rapide. Brégeac ne pouvait donc pas y être mêlé!

— Si.

— Par qui?

— Par Jodot...

— Qui le prouve?

— Les confidences que m'a faites la mère de Guillaume, la veuve Ancivel que j'ai retrouvée à Paris, où elle demeure, et à qui j'ai payé fort cher une déclaration écrite de tout ce qu'elle sait du passé et du présent. Or, son fils lui a dit que dans le compartiment du rapide, face à mademoiselle, près des deux frères morts, et son masque étant arraché, Jodot a juré, le poing tendu :

« *Si tu souffles mot de l'affaire, Aurélie, si tu parles de* « *moi, si je suis arrêté, je raconte le crime d'autrefois.* « *C'est Brégeac qui a tué ton grand-père d'Asteux.* » C'est cette menace répétée depuis à Nice, qui a bouleversé Aurélie d'Asteux et l'a réduite au silence. Ai-je dit l'exacte vérité, mademoiselle? »

Elle murmura :

« L'exacte vérité.

— Donc, tu le vois, Marescal, l'objection tombe. Le silence de la victime, ce silence qui te laissait des soupçons, est au contraire une preuve en sa faveur. Pour la seconde fois, je te demande de la laisser partir.

— Non, fit Marescal, en frappant du pied.

— Pourquoi? »

La colère de Marescal se déchaîna subitement.

« Parce que je veux me venger! Je veux le scandale! je veux qu'on sache tout, la fuite avec Guillaume, l'arrestation, le crime de Brégeac! Je veux le déshonneur pour elle, et la honte. Elle m'a repoussé. Qu'elle paie! Et que Brégeac paie aussi! Tu as été assez bête pour me donner des précisions qui me manquaient. Je tiens Brégeac, et la petite, mieux encore que je ne croyais... Et Jodot! Et les Ancivel! Toute la bande! Pas un n'échappera, et Aurélie est dans le lot! »

Il délirait de colère et carrait devant la porte sa haute taille. Sur le palier, on entendait Labonce et Tony.

Raoul avait recueilli sur la table le morceau de papier tiré de la bouteille, et où se lisait l'inscription : « Marescal est une gourde. » Il le déplia nonchalamment et le tendit au commissaire :

« Tiens, mon vieux, fais encadrer ça, et mets-le au pied de ton lit.

— Oui, oui, rigole, proféra l'autre, rigole tant que tu voudras, n'empêche que je te tiens, toi aussi! Ah! tu m'en as fait voir depuis le début! Hein, le coup de la cigarette! Un peu de feu, s'il vous plaît. J' vais t'en donner, moi, du feu! De quoi fumer toute ta vie au bagne! Oui, au bagne d'où tu viens et où tu rentreras bientôt. Au bagne, je le répète, au bagne. Si tu crois qu'à force de lutter contre toi, je n'ai pas percé à jour ton déguisement! Si tu crois que je ne sais pas qui tu es, et que je n'ai pas déjà toutes les preuves nécessaires pour te démasquer? Regarde-le, Aurélie, ton amoureux, et si tu veux savoir ce que c'est, pense un peu au roi des escrocs, au plus gentleman des cambrioleurs, au maître des maîtres, et dis-toi qu'en fin de compte le baron de Limézy, faux noble et faux explorateur, n'est autre... »

Il s'interrompit. En bas on sonnait. C'étaient Philippe et ses deux bougres. Ce ne pouvait être qu'eux.

Marescal se frotta les mains et respira longuement.

« Je crois que tu es bien fichu, Lupin... Qu'en dis-tu? »

Raoul observa Aurélie. Le nom de Lupin ne parut pas la frapper; elle écoutait avec angoisse les bruits du dehors.

« Pauvre demoiselle aux yeux verts, dit-il, votre foi n'est pas encore parfaite. En quoi, diable, le dénommé Philippe peut-il vous tourmenter? »

Il entrouvrit la fenêtre, et s'adressant à l'un de ceux qui étaient sur le trottoir, au-dessous de lui :

« Le dénommé Philippe, n'est-ce pas, de la préfecture? Dites donc, camarade... deux mots à part de vos trois bougres (car ils sont trois, fichtre!). Vous ne me reconnaissez pas? Baron de Limézy. Vite! Marescal vous attend. »

Il repoussa la fenêtre.

« Marescal, le compte y est. Quatre d'un côté... et trois

de l'autre, car je ne compte pas Brégeac, qui semble se désintéresser de l'aventure, ça fait sept bougres à trois poils qui ne feront qu'une bouchée de moi. J'en frémis! Et la demoiselle aux yeux verts aussi. »

Aurélie se contraignit à sourire, mais ne put que bredouiller des syllabes inintelligibles.

Marescal attendait sur le palier. La porte du vestibule fut ouverte. Des pas montèrent, précipités. Bientôt, Marescal eut sous la main, prêts à la curée, comme une meute qu'il suffit de déchaîner, six hommes. Il leur donna des ordres à voix basse, puis rentra, le visage épanoui.

« Pas de bataille inutile, n'est-pas, baron?

— Pas de bataille, marquis. L'idée de vous tuer tous les sept, comme les femmes de Barbe-Bleue, m'est intolérable.

— Donc tu me suis?

— Jusqu'au bout du monde.

— Sans condition, bien entendu?

— Si, à une condition; offre-moi à goûter.

— D'accord. Pain sec, biscuit pour les chiens, et de l'eau, plaisanta Marescal.

— Non, fit Raoul.

— Alors, ton menu?

— Le tien, Rodolphe : meringues Chantilly, babas au rhum, et vin d'Alicante.

— Qu'est-ce que tu dis? demanda Marescal, d'un ton de surprise inquiète.

— Rien que de fort simple. Tu m'invites à prendre le thé. J'accepte sans cérémonie. N'as-tu pas rendez-vous à cinq heures?

— Rendez-vous?... fit Marescal, de plus en plus gêné.

— Mais oui... tu te rappelles? Chez toi... ou plutôt dans ta garçonnière... rue Duplan... un petit logement... sur le devant... N'est-ce pas là que tu retrouves chaque après-midi, et que tu bourres de meringues arrosées d'alicante, la femme de ton...

— Silence! » chuchota Marescal qui était blême.

Tout son aplomb s'en allait. Il n'avait plus envie de plaisanter.

« Pourquoi veux-tu que je garde le silence? demanda Raoul, ingénument. Quoi, tu ne m'invites plus? Tu ne veux pas me présenter à...

— Silence, sacrebleu! » répéta Marescal.

Il rejoignit ses hommes et prit Philippe à part.

« Un instant, Philippe. Quelques détails à régler avant d'en finir. Eloigne tes bougres, de manière qu'ils ne puissent pas entendre. »

Il referma la porte, revint vers Raoul, et lui dit, les yeux dans les yeux, la voix sourde, se défiant de Brégeac et d'Aurélie :

« Qu'est-ce que ça signifie? Où veux-tu en venir?

— A rien du tout.

— Pourquoi cette allusion?... Comment sais-tu?...

— L'adresse de ta garçonnière et le nom de ta bonne amie? Ma foi, il m'a suffi de faire pour toi ce que j'ai fait pour Brégeac, pour Jodot et consorts, une enquête discrète sur ta vie intime, laquelle enquête m'a conduit jusqu'à un mystérieux rez-de-chaussée, douillettement aménagé, où tu reçois de belles dames. De l'ombre, des parfums, des fleurs, des vins sucrés, des divans profonds comme des tombeaux... La Folie-Marescal, quoi!

— Et après? bégaya le commissaire, n'est-ce pas mon droit? Quel rapport y a-t-il entre cela et ton arrestation?

— Il n'y en aurait aucun si, par malheur, tu n'avais commis la bourde (bourde rime avec gourde) de choisir ce petit temple de Cupidon pour y cacher les lettres de ces dames.

— Tu mens! Tu mens!

— Si je mentais, tu ne serais pas couleur de navet.

— Précise!

— Dans un placard, il y a un coffre secret. Dans ce coffre, une cassette. Dans cette cassette, de jolies lettres féminines, nouées avec des rubans de couleur. De quoi compromettre deux douzaines de femmes du monde et d'actrices dont la passion pour le beau Marescal s'exprime sans la moindre retenue. Dois-je citer? La femme du procureur B..., Mlle X... de la Comédie-Française... et surtout, surtout la digne épouse, un peu mûre, mais encore présentable de...

— Tais-toi, misérable!

— Le misérable, dit Raoul paisiblement, c'est celui qui se sert de son physique avantageux pour obtenir protection et avancement. »

L'allure louche, la tête basse, Marescal fit deux ou trois fois le tour de la pièce, puis il revint près de Raoul et lui dit :

« Combien?

— Combien, quoi?

— Quel prix veux-tu de ces lettres?

— Trente deniers, comme Judas.

— Pas de bêtises. Combien!

— Trente millions. »

Marescal frémissait d'impatience et de colère. Raoul lui dit en riant :

« Te fais pas de bile, Rodolphe. Je suis bon garçon et tu m'es sympathique. Je ne te demande pas un sou de ta littérature comico-amoureuse. J'y tiens trop. Il y a là de quoi s'amuser pendant des mois. Mais j'exige...

— Quoi?

— Que tu mettes bas les armes, Marescal. La tranquillité absolue pour Aurélie et pour Brégeac, même pour Jodot et pour les Ancivel, dont je me charge. Comme toute cette affaire, au point de vue policier, repose sur toi, qu'il n'y a aucune preuve réelle, aucun indice sérieux, abandonne-la : elle sera classée.

— Et tu me rendras les lettres?

— Non... C'est un gage. Je le conserve. Si tu ne marches pas droit, j'en publie quelques-unes, nettement, crûment. Tant pis pour toi et tant pis pour tes belles amies. »

Des gouttes de sueur coulaient sur le front du commissaire. Il prononça :

« J'ai été trahi.

— Peut-être bien.

— Oui, oui, trahi par *elle*. Je sentais depuis quelque temps qu'elle m'épiait. C'est par elle que tu as conduit l'affaire où tu le voulais et que tu t'es fait recommander à son mari auprès de moi.

— Que veux-tu? dit Raoul gaiement, c'est de bonne guerre. Si tu emploies, pour combattre, des moyens aussi malpropres, pouvais-je faire autrement que toi, quand il s'agissait de défendre Aurélie contre ta haine abominable! Et puis, tu as été trop naïf, Rodolphe. Car, enfin, supposais-tu qu'un type de mon espèce s'endormait depuis un mois et attendait les événements et ton bon plaisir? Pourtant tu m'as vu agir à Beaucourt, à Monte-Carlo, à Sainte-Marie, et tu as vu comment j'escamotais la bouteille et le document. Alors pourquoi n'as-tu pas pris tes précautions? »

Il lui secoua l'épaule.

« Allons, Marescal, ne plie pas sous l'orage. Tu perds la partie. soit. Mais tu as la démission de Brégeac dans ta poche et, comme tu es bien en cour, et que ta place t'es promise, c'est un rude pas en avant. Les beaux jours reviendront, Marescal, sois-en persuadé. A une condition, cependant : méfie-toi des femmes. Ne te sers pas d'elles pour réussir dans ta profession, et ne te sers pas de ta profession pour réussir auprès d'elles. Sois amoureux, si cela te plaît, sois policier, si ça te chante, mais ne sois ni un amoureux policier, ni un policier amoureux. Comme conclusion, un bon avis : si jamais tu rencontres Arsène Lupin sur ta route, file par la tangente. Pour un policier, c'est le commencement de la sagesse. J'ai dit. Donne tes ordres. Et adieu. »

Marescal rongeait son frein. Il tournait et tordait dans sa main l'une des pointes de sa barbe. Céderait-il? Allait-il se jeter sur l'adversaire et appeler ses bougres? « Une tempête sous un crâne, pensa Raoul. Pauvre Rodolphe, à quoi bon te débattre? »

Rodolphe ne se débattit pas longtemps. Il était trop perspicace pour ne pas comprendre que toute résistance ne ferait qu'aggraver la situation. Il obéit donc, en homme qui avoue ne pouvoir pas ne pas obéir. Il rappela Philippe et s'entretint avec lui. Puis Philippe s'en alla et emmena tous ses camarades, même Labonce et Tony. La porte du vestibule fut ouverte et refermée. Marescal avait perdu la bataille.

Raoul s'approcha d'Aurélie.

« Tout est réglé, mademoiselle, et nous n'avons plus qu'à partir. Votre valise est en bas, n'est-ce pas? »

Elle murmura, comme si elle s'éveillait d'un cauchemar :

« Est-ce possible!... Plus de prison?... Comment avez-vous obtenu?...

— Oh! fit-il avec allégresse, on obtient tout ce qu'on veut de Marescal par la douceur et le raisonnement. C'est un excellent garçon. Tendez-lui la main, mademoiselle. »

Aurélie ne tendit pas la main et passa toute droite. Marescal, d'ailleurs, tournait le dos, les deux coudes sur la cheminée et sa tête entre les mains.

Elle eut une légère hésitation en s'approchant de Brégeac. Mais il semblait indifférent et gardait un air étrange dont Raoul devait se souvenir par la suite.

« Un mot encore, fit Raoul, en s'arrêtant sur le seuil. Je prends l'engagement devant Marescal et devant votre beau-père de vous conduire dans une retraite paisible où, durant un mois, vous ne me verrez jamais. Dans un mois j'irai vous demander comment vous entendez diriger votre vie. Nous sommes bien d'accord?

— Oui, dit-elle.

— Alors, partons. »

Ils s'en allèrent. Dans l'escalier il dut la soutenir.

« Mon automobile est près d'ici, dit-il. Aurez-vous la force de voyager toute la nuit?

— Oui, affirma-t-elle. C'est une telle joie pour moi d'être libre!... et une telle angoisse! » ajouta-t-elle à voix basse.

Au moment où ils sortaient, Raoul tressaillit. Une détonation avait retenti à l'étage supérieur. Il dit à Aurélie, qui n'avait pas entendu :

« L'auto est à droite... Tenez, on la voit d'ici... Il y a une dame à l'intérieur, celle dont je vous ai déjà parlé. C'est ma vieille nourrice. Allez vers elle, voulez-vous? Pour moi je dois remonter là-haut. Quelques mots, et je vous rejoins. »

Il remonta précipitamment, tandis qu'elle s'éloignait.

Dans la pièce, Brégeac, renversé sur un canapé, le revolver en main, agonisait, soigné par son domestique et par le commissaire. Un flot de sang jaillit de sa bouche. Une dernière convulsion. Il ne remua plus.

« J'aurais dû m'en douter, bougonna Raoul. Son effondrement, le départ d'Aurélie... Pauvre diable! il paie sa dette. »

Il dit à Marescal :

« Débrouille-toi avec le domestique et téléphone pour

qu'on t'envoie un médecin. Hémorragie, n'est-ce pas? Surtout qu'il ne soit pas question de suicide. A aucun prix. Aurélie n'en saura rien pour l'instant. Tu diras qu'elle est en province, souffrante, chez une amie. »

Marescal lui saisit le poignet.

« Réponds, qui es-tu? Lupin, n'est-ce pas?

— A la bonne heure, fit Raoul. La curiosité professionnelle reprend le dessus. »

Il se mit bien en face du commissaire, s'offrit de profil et de trois quarts, et ricana :

« Tu l'as dit, bouffi. »

Il redescendit en hâte et rejoignit Aurélie que la vieille dame installait dans le fond d'une limousine confortable. Mais, ayant jeté par habitude de précaution un coup d'œil circulaire dans la rue, il dit à la vieille :

« Tu n'as vu personne rôder autour de la voiture?

— Personne, déclara-t-elle.

— Tu es sûre? Un homme un peu gros accompagné d'un autre dont le bras est en écharpe?

— Oui! ma foi, oui! ils allaient et venaient sur le trottoir, mais bien plus bas. »

Il repartit vivement et rattrapa, dans un petit passage qui contourne l'église Saint-Philippe du Roule, deux individus dont l'un portait le bras en écharpe.

Il les frappa tous deux sur l'épaule et leur dit gaiement :

« Tiens, tiens, tiens, on se connaît donc tous deux? Comment ça va, Jodot? Et toi, Guillaume Ancivel? »

Ils se retournèrent. Jodot, vêtu en bourgeois, le buste énorme, avec une figure velue de dogue hargneux, ne marqua aucun étonnement.

« Ah! c'est vous le type de Nice! J' disais bien que c'était vous qui accompagniez la petite, tout à l'heure.

— Et c'est aussi le type de Toulouse », dit Raoul à Guillaume.

Il reprit aussitôt :

« Que fichez-vous par là, mes gaillards? On surveillait la maison de Brégeac, hein?

— Depuis deux heures, dit Jodot, avec arrogance. L'arrivée de Marescal, les trucs des policiers, le départ d'Aurélie, on a tout vu.

— Et alors?

— Alors, je suppose que vous êtes au courant de toute l'histoire, que vous avez pêché en eau trouble, et qu'Aurélie file avec vous, tandis que Brégeac se débat contre Marescal. Démission sans doute... Arrestation...

— Brégeac vient de se tuer », dit Raoul.

Jodot sursauta.

« Hein! Brégeac... Brégeac mort! »

Raoul les entraîna contre l'église.

« Ecoutez-moi, tous les deux, Je vous ai défendu de vous mêler de cette affaire. Toi, Jodot, c'est toi qui as tué le grand-père d'Asteux, qui as tué Miss Bakefield et qui as causé la mort des frères Loubeaux, tes amis, associés et complices. Dois-je te livrer à Marescal?... Toi, Guillaume, tu dois savoir que ta mère m'a vendu tous ses secrets contre la forte somme, et à condition que tu ne serais pas inquiété. J'ai promis pour le passé. Mais, si tu recommences, ma promesse ne tient plus. Dois-je te casser l'autre bras et te livrer à Marescal? »

Guillaume, interloqué, eût voulu tourner bride. Mais Jodot se rebiffa.

« Bref, le trésor pour vous, voilà ce qu'il y a de plus clair? »

Raoul haussa les épaules.

« Tu crois donc au trésor, camarade?

— J'y crois comme vous. Voilà près de vingt ans que

je travaille là-dessus et j'en ai assez de toutes vos manigances pour me le souffler.

— Te le souffler! Faudrait d'abord que tu saches où il est et ce que c'est.

— Je ne sais rien... et vous non plus, pas plus que Brégeac. Mais la petite sait. Et voilà pourquoi...

— Veux-tu qu'on partage? dit Raoul en riant.

— Pas la peine. Je saurai bien prendre ma part tout seul, et ma bonne part. Et tant pis pour ceux qui me gênent : j'ai plus d'atouts dans les mains que vous ne croyez. Bonsoir, vous êtes averti. »

Raoul les regarda filer. L'incident l'ennuyait. Que diable venait faire ce carnassier de mauvais augure?

« Bah! dit-il, s'il veut courir après l'auto pendant quatre cents kilomètres, je vais lui mener un de ces petits trains!... »

Le lendemain, à midi, Aurélie se réveilla dans une chambre claire d'où elle voyait, par-dessus des jardins et des vergers, la sombre et majestueuse cathédrale de Clermont-Ferrand. Un ancien pensionnat, transformé en maison de repos et situé sur une hauteur, lui offrait l'asile le plus discret et le plus propre à rétablir définitivement sa santé.

Elle y passa des semaines paisibles, ne parlant à personne qu'à la vieille nourrice de Raoul, se promenant dans le parc, rêvant des heures entières, les yeux fixés sur la ville ou sur les montagnes du Puy-de-Dôme dont les collines de Royat marquaient les premiers contreforts.

Pas une seule fois Raoul ne vint la voir. Elle trouvait dans sa chambre des fleurs et des fruits que la nourrice y déposait, des livres et des revues. Lui, Raoul, se cachait au long des petits chemins qui serpentent entre les vignes des ondulations proches. Il la regardait et lui adressait des discours où s'exhalait sa passion chaque jour grandissante.

Il devinait aux gestes de la jeune fille et à sa démarche souple que la vie remontait en elle, comme une source presque tarie où l'eau fraîche afflue de nouveau. L'ombre s'étendait sur les heures effroyables, sur les visages sinistres, sur les cadavres et sur les crimes, et, par-dessus l'oubli, c'était l'épanouissement d'un bonheur tranquille, grave, inconscient, à l'abri du passé et même de l'avenir.

« Tu es heureuse, demoiselle aux yeux verts, disait-il. Le bonheur est un état d'âme qui permet de vivre dans le présent. Tandis que la peine se nourrit de souvenirs mauvais et d'espoirs dont elle n'est pas dupe, le bonheur se mêle à tous les petits faits de la vie quotidienne et les transforme en éléments de joie et de sérénité. Or, tu es heureuse, Aurélie. Quand tu cueilles des fleurs ou quand tu t'étends sur ta chaise longue, tu fais cela avec un air de contentement. »

Le vingtième jour, une lettre de Raoul lui proposa une excursion en automobile pour un matin de la semaine qui suivait. Il avait des choses importantes à lui dire.

Sans hésiter, elle fit répondre qu'elle acceptait.

Le matin désigné, elle s'en alla par de petits chemins rocailleux, qui la conduisirent sur la grande route où l'attendait Raoul. En le voyant, elle s'arrêta, soudain confuse et inquiète, comme une femme qui se demande, dans une minute solennelle, vers quoi elle se dirige et où l'entraînent les circonstances. Mais Raoul s'approcha et lui fit signe de se taire. C'était à lui de dire les mots qu'il fallait dire.

« Je n'ai pas douté que vous viendriez. Vous saviez que nous devions nous revoir parce que l'aventure tragique n'est pas terminée et que certaines solutions demeurent en suspens. Lesquelles? Peu vous importe, n'est-ce pas? Vous m'avez donné mission de tout régler, de tout ordonner, de tout résoudre et de tout faire. Vous m'obéirez tout simplement. Vous vous laisserez guider par la main et, quoi qu'il arrive, vous n'aurez plus peur. Cela, c'est fini, la peur, la peur qui bouleverse et qui montre des visions d'enfer. N'est-ce pas? vous sourirez d'avance aux événements et vous les accueillerez comme des amis. »

Il lui tendit la main. Elle lui laissa presser la sienne. Elle aurait voulu parler et sans doute lui dire qu'elle le remerciait, qu'elle avait confiance... Mais elle dut comprendre la vanité de telles paroles, car elle se tut. Ils partirent et traversèrent la station thermale et le vieux village de Royat.

L'horloge de l'église marquait huit heures et demie. C'était un samedi, à la date du 15 août. Les montagnes se dressaient sous un ciel splendide.

Ils n'échangèrent pas un mot. Mais Raoul ne cessait de l'apostropher tendrement, en lui-même.

« Hein, on ne me déteste plus, mademoiselle aux yeux verts? On a oublié l'offense de la première heure? Et, moi-même, j'ai tant de respect pour vous que je ne veux pas m'en souvenir auprès de vous. Allons, souriez un peu, puisque vous avez maintenant l'habitude de penser à moi comme à votre bon génie. On sourit à son bon génie. »

Elle ne souriait pas. Mais il la sentait amicale et toute proche.

L'auto ne roula guère plus d'une heure. Ils contournèrent le Puy de Dôme et prirent un chemin assez étroit qui se dirigeait vers le sud, avec des montées en lacets et des descentes au milieu de vallées vertes ou de forêts sombres.

Puis la route se resserra encore, courut au milieu d'une

région déserte et sèche et devint abrupte. Elle était pavée d'énormes plaques de lave, inégales et disjointes.

« Une ancienne chaussée romaine, dit Raoul. Il n'est pas un vieux coin de France où l'on ne trouve quelque vestige analogue, quelque voie de César. »

Elle ne répondit pas. Voilà que, tout à coup, elle semblait songeuse et distraite.

La vieille chaussée romaine n'était plus guère qu'un sentier de chèvres. L'escalade en fut pénible. Un petit plateau suivit, avec un village presque abandonné, dont Aurélie vit le nom sur un plateau : Juvains. Puis un bois, puis une plaine soudain verdoyante, aimable d'aspect. Puis de nouveau la chaussée romaine qui grimpait, toute droite, entre des talus d'herbe épaisse. Au bas de cette échelle, ils s'arrêtèrent. Aurélie était de plus en plus recueillie. Raoul ne cessait de l'observer avidement.

Lorsqu'ils eurent gravi les dalles disposées en degrés, ils parvinrent à une large bande de terrain circulaire, qui charmait par la fraîcheur de ses plantes et de son gazon, et qu'emprisonnait un haut mur de moellons dont les intempéries n'avaient pas altéré le ciment et qui s'en allait au loin, vers la droite et vers la gauche. Une large porte le trouait. Raoul en avait la clef. Il ouvrit. Le terrain continuait à monter. Quand ils eurent atteint le faîte de ce remblai, ils virent devant eux un lac qui était figé comme la glace, au creux d'une couronne de rochers qui le dominaient régulièrement.

Pour la première fois, Aurélie posa une question où se montrait tout le travail de réflexion qui se poursuivait en elle.

« Puis-je vous demander si, en me conduisant ici, plutôt qu'ailleurs, vous avez un motif? Est-ce le hasard?....

— Le spectacle est plutôt morne, en effet, dit Raoul, sans répondre directement, mais, tout de même, il y a là une âpreté, une mélancolie sauvage qui a du caractère. Les touristes n'y viennent jamais en excursion, m'a-t-on dit. Cependant on s'y promène en barque, comme vous voyez. »

Il la mena vers un vieux bateau qu'une chaîne retenait contre un pieu. Elle s'y installa sans mot dire. Il prit les rames, et ils s'en allèrent doucement.

L'eau couleur d'ardoise ne reflétait pas le bleu du ciel, mais plutôt la teinte sombre de nuages invisibles. Au bout des avirons luisaient des gouttes qui paraissaient lourdes comme du mercure, et l'on s'étonnait que la barque pût pénétrer dans cette onde pour ainsi dire métallique. Aurélie y trempa sa main, mais dut la retirer aussitôt, tellement l'eau était froide et désagréable.

« Oh! fit-elle avec un soupir.

— Quoi? Qu'avez-vous? demanda Raoul.

— Rien... ou du moins, je ne sais pas...

— Vous êtes inquiète... émue...

— Emue, oui... Je sens en moi des impressions qui m'étonnent... qui me déconcertent. Il me semble...

— Il vous semble?

— Je ne saurais dire... il me semble que je suis un autre être... et que ce n'est pas vous qui êtes ici. Est-ce que vous comprenez?

— Je comprends », dit-il en souriant.

Elle murmura :

« Ne m'expliquez pas. Ce que j'éprouve me fait mal, et cependant, pour rien au monde, je ne voudrais ne pas l'éprouver. »

Le cirque de falaises, au sommet desquelles le grand mur apparaissait de place en place et qui se développait sur un rayon de cinq à six cents mètres, offrait, tout au fond, une échancrure où commençait un chenal resserré que ses hautes murailles cachaient aux rayons du soleil. Ils s'y engagèrent. Les roches étaient plus noires et plus tristes. Aurélie les contemplait avec stupeur et levait les yeux vers les silhouettes étranges qu'elles formaient : lions accroupis, cheminées massives, statues démesurées, gargouilles géantes.

Et subitement, alors qu'ils arrivaient au milieu de ce couloir fantastique, ils reçurent comme une bouffée de rumeurs lointaines et indistinctes qui venaient, par ce même chemin qu'eux, des régions qu'ils avaient quittées un peu plus d'une heure auparavant.

C'étaient des sonneries d'églises, des tintements de cloches légères, des chansons d'airain, des notes allègres et joyeuses, tout un frémissement de musique divine où grondait le bourdon frémissant d'une cathédrale.

La jeune fille défaillit. Elle comprenait, elle aussi, la signification de son trouble. Les voix du passé, de ce passé mystérieux qu'elle avait tout fait pour ne pas oublier, retentissaient en elle et autour d'elle. Cela se heurtait aux remparts où le granit se mêlait à la lave des anciens volcans. Cela sautait d'une roche à l'autre, de statue en gargouille, glissait à la surface dure de l'eau, montait jusqu'à la bande bleue du ciel, retombait comme de la poudre d'écume jusqu'au fond du gouffre, et s'en allait par échos bondissants vers l'autre issue du défilé où étincelait la lumière du grand jour.

Eperdue, palpitante de souvenirs, Aurélie essaya de lutter, et se raidit pour ne pas succomber à tant d'émotions. Mais elle n'avait plus de forces. Le passé la courbait comme une branche qui ploie, et elle s'inclina, en murmurant, avec des sanglots :

« Mon Dieu! mon Dieu, qui donc êtes-vous? »

Elle était stupéfiée par ce prodige inconcevable. N'ayant jamais révélé le secret qu'on lui avait confié, jalouse, depuis son enfance, du trésor de souvenirs que sa mémoire gardait pieusement, et qu'elle ne devait livrer, selon l'ordre de sa mère, qu'à celui qu'elle aimerait, elle se sentait toute faible devant cet homme déconcertant qui lisait au plus profond de son âme.

« Je ne me suis donc pas trompé? et c'est bien ici, n'est-ce pas? dit Raoul que l'abandon charmant de la jeune fille touchait infiniment.

— C'est bien ici, chuchota Aurélie. Déjà au long du trajet, les choses se rappelaient à moi comme des choses déjà vues... la route... les arbres... ce chemin dallé qui montait entre deux talus... et puis ce lac, ces rochers, la couleur et le froid de cette eau... et puis surtout, ces sonneries de cloches... Oh! ce sont les mêmes que jadis... elles sont venues nous rejoindre au même endroit où elles avaient rejoint ma mère, le père de ma mère et la petite fille que j'étais. Et, comme aujourd'hui, nous sommes sortis de l'ombre, pour entrer dans cette autre partie du lac, sous un même soleil... »

Elle avait relevé la tête et regardait. Un autre lac, en effet, plus petit, mais plus grandiose, s'ouvrait devant eux, avec des falaises plus escarpées et un air de solitude plus sauvage encore et plus agressif.

Un à un, les souvenirs ressuscitaient. Elle les disait doucement, tout contre Raoul, comme des confidences que l'on fait à un ami. Elle évoquait devant lui une petite fille heureuse, insouciante, amusée par le spectacle des formes et des couleurs qu'elle contemplait aujourd'hui avec des yeux mouillés de larmes.

« C'est comme si vous me meniez en voyage dans votre vie, fit Raoul, que l'émotion étreignait, et j'ai autant de plaisir à voir ce qu'elle fut ce jour-là, que vous-même à la retrouver. »

Elle continua :

« Ma mère était assise à votre place, et son père en

face de vous. J'embrassais la main de maman. Tenez, cet arbre tout seul, dans cette crevasse, il était là... et aussi ces grosses taches de soleil qui coulent sur cette roche... Et voilà que tout se resserre encore, comme tout à l'heure. Mais il n'y a plus de passage, c'est l'extrémité du lac. Il est allongé, ce lac, et courbé comme un croissant... On va découvrir une toute petite plage qui est à l'extrémité même... Tenez, la voici... avec une cascade à gauche, qui sort de la falaise... Il y en a une deuxième à droite... Vous allez voir le sable... Il brille comme du mica... Et il y a une grotte tout de suite... Oui, j'en suis sûre... Et à l'entrée de cette grotte....

— A l'entrée de cette grotte?

— Il y avait un homme qui nous attendait... un drôle d'homme à longue barbe grise, vêtu d'une blouse de laine marron... On le voyait d'ici, debout, très grand. Ne va-t-on pas le voir?

— Je pensais qu'on le verrait, affirma Raoul, et je suis très étonné. Il est presque midi, et notre rendez-vous était fixé à midi. »

XII

L'EAU QUI MONTE

Ils débarquèrent sur la petite plage où les grains de sable brillaient au soleil comme du mica. La falaise de droite et la falaise de gauche, en se rejoignant, formaient un angle aigu qui se creusait, à sa partie inférieure, en une petite anfractuosité que protégeait l'avancée d'un toit d'ardoises.

Sous ce toit, une petite table était dressée, avec une nappe, des assiettes, du laitage et des fruits.

Sur une des assiettes, une carte de visite portait ces mots :

« Le marquis de Talençait, ami de votre grand-père d'Asteux, vous salue, Aurélie. Il sera là tantôt et s'excuse de ne pouvoir vous présenter ses hommages que dans la journée. »

« Il attendait donc ma venue? dit Aurélie.

— Oui, fit Raoul. Nous avons parlé longtemps, lui et moi, il y a quatre jours, et je devais vous amener aujourd'hui à midi. »

Elle regardait autour d'elle. Un chevalet de peintre s'appuyait à la paroi, sous une large planche encombrée de cartons à dessin, de moulages et de boîtes de couleurs, et qui portait aussi de vieux vêtements. Par le travers de l'angle, un hamac. Au fond, deux grosses pierres formaient un foyer où l'on devait allumer du feu, car les parois étaient noires et un conduit s'ouvrait dans une fissure du roc, comme un tuyau de cheminée.

« Est-ce qu'il habite là? demanda Aurélie.

— Souvent, surtout en cette saison. Le reste du temps, au village de Juvains où je l'ai découvert. Mais, même alors, il vient ici chaque jour. Comme votre grand-père défunt, c'est un vieil original, très cultivé, très artiste, bien qu'il fasse de bien mauvaise peinture. Il vit seul, un peu à la façon d'un ermite, chasse, coupe et débite ses arbres, surveille les gardiens de ses troupeaux, et nourrit tous les pauvres de ce pays qui lui appartient à deux lieues à la ronde. Et voilà quinze ans qu'il vous attend, Aurélie.

— Ou du moins qu'il attend ma majorité.

— Oui, par suite d'un accord avec son ami d'Asteux. Je l'ai interrogé à ce propos. Mais il ne veut répondre qu'à vous. J'ai dû lui raconter toute votre vie, toutes les histoires de ces derniers mois, et, comme je lui promettais de vous amener, il m'a prêté la clef du domaine. Sa joie de vous revoir est immense.

— Alors, pourquoi n'est-il pas là? »

L'absence du marquis de Talençay surprenait Raoul de plus en plus, bien qu'aucune raison ne lui permît d'y attacher de l'importance. En tout cas, ne voulant point inquiéter la jeune fille, il dépensa toute sa verve et tout son esprit durant ce premier repas qu'ils prenaient ensemble dans des circonstances si curieuses et dans un cadre si particulier.

Toujours attentif à ne pas la froisser pas trop de tendresse, il la sentait en pleine sécurité près de lui. Elle devait se rendre compte, elle-même, qu'il n'était plus l'adversaire qu'elle fuyait au début, mais l'ami qui ne vous veut que du bien. Tant de fois déjà, il l'avait sauvée! Tant de fois elle s'était surprise à n'espérer qu'en lui, à ne voir sa propre vie que dépendante de cet inconnu, et son bonheur que bâti selon la volonté de cet homme!

Elle murmura :

« J'aimerais vous remercier. Mais je ne sais comment. Je vous dois trop pour m'acquitter jamais. »

Il lui dit :

« Souriez, demoiselle aux yeux verts, et regardez-moi. »

Elle sourit et le regarda.

« Vous êtes quitte », dit-il.

A deux heures trois quarts, la musique des cloches recommença et le bourdon de la cathédrale vint se cogner à l'angle des falaises.

« Rien que de très logique, expliqua Raoul, et le phénomène est connu dans toute la région. Quand le vent descend du nord-est, c'est-à-dire de Clermont-Ferrand, la disposition acoustique des lieux fait qu'un grand courant d'air entraîne toutes ces rumeurs par un chemin obligatoire qui serpente entre des remparts montagneux et qui aboutit à la surface du lac. C'est fatal, c'est mathématique. Les cloches de toutes les églises de Clermont-Ferrand et le bourdon de sa cathédrale ne peuvent faire autrement que de venir chanter ici, comme elles font en ce moment... »

Elle hocha la tête.

« Non, dit-elle, ce n'est pas cela. Votre explication ne me satisfait pas.

— Vous en avez une autre?

— La véritable.

— Qui consiste?

— A croire fermement que c'est vous qui m'amenez ici le son de ces cloches pour me rendre toutes mes impressions d'enfant.

— Je puis donc tout?

— Vous pouvez tout, dit-elle, avec foi.

— Et je vois tout également, plaisanta Raoul. Ici, à la même heure, il y a quinze ans, vous avez dormi.

— Ce qui veut dire?

— Que vos yeux sont lourds de sommeil, puisque votre vie d'il y a quinze ans recommence. »

Elle n'essaya point de se dérober à son désir et s'étendit dans le hamac.

Raoul veilla un instant au seuil de la grotte. Mais, ayant consulté sa montre, il eut un geste d'agacement. Trois heures un quart : le marquis de Talençay n'était pas là.

« Et après! se dit-il avec irritation. Et après! Cela n'a aucune importance. »

Si, cela avait de l'importance. Il le savait. Il y a des cas où tout a de l'importance.

Il rentra dans la grotte, observa la jeune fille qui dormait sous sa protection, voulut encore lui adresser des discours et la remercier en lui-même de sa confiance. Mais il ne le put point. Une inquiétude croissante l'envahissait.

Il franchit la petite plage et constata que la barque, dont il avait fait reposer la proue sur le sable, flottait maintenant à deux ou trois mètres de la berge. Il dut l'agripper avec une perche, et il fit alors une seconde constatation, c'est que cette barque qui, pendant la traversée, s'était remplie de quelques centimètres d'eau, en contenait trente ou quarante centimètres.

Il parvint à la retourner sur la berge.

« Bigre, pensa-t-il, quel miracle que nous n'ayons pas coulé! »

Il ne s'agissait pas d'une voie d'eau ordinaire, facile à aveugler, mais d'une planche entière pourrie, et *d'une planche qui avait été récemment plaquée à cet endroit et qui ne tenait que par quatre clous.*

Qui avait fait cela? Tout d'abord Raoul songea au marquis de Talençay. Mais dans quel dessein le vieillard aurait-il agi? Quel motif avait-on de penser que l'ami de d'Asteux voulût provoquer une catastrophe, au moment même où la jeune fille était conduite près de lui?

Une question cependant se posait : par où Talençay venait-il quand il n'avait pas de barque à sa disposition? Par où allait-il arriver? Il y avait donc un chemin terrestre qui s'amorçait à cette même plage, pourtant limitée par le double avancement des falaises?

Raoul chercha. Aucune issue possible à gauche, le jaillissement des deux sources s'ajoutant à l'obstacle de granit. Mais sur la droite, juste avant que la falaise trempât dans le lac et fermât la plage, une vingtaine de marches étaient taillées dans le roc, et de là, au flanc du rempart, s'élevait un sentier qui était plutôt un ressaut naturel, une sorte de corniche si étroite qu'il fallait s'accrocher parfois aux aspérités de la pierre.

Raoul poussa une pointe de ce côté. De place en place on avait dû river un crampon de fer dont on s'aidait pour ne pas tomber dans le vide. Et ainsi put-il arriver, malaisément, au plateau supérieur et s'assurer que la sente faisait le tour du lac et se dirigeait vers le défilé. Un paysage de verdure, bossué de roches, s'étendait alentour. Deux bergers s'éloignaient, poussant leurs troupeaux vers la haute muraille qui entourait le vaste domaine. La haute silhouette du marquis de Talençay n'apparaissait nulle part.

Raoul revint après une heure d'exploration. Or, durant cette heure, il s'en rendit compte avec désagrément lorsqu'il eut regagné le bas de la falaise, l'eau avait monté et recouvrait les premières marches. Il dut sauter.

« Bizarre », murmura-t-il, d'un air soucieux.

Aurélie avait dû l'entendre. Elle courut au-devant de lui et s'arrêta, stupéfaite.

« Qu'y a-t-il? demanda Raoul.

— L'eau... prononça-t-elle... comme elle est haute! Elle était bien plus basse tantôt, n'est-ce pas?... Il n'y a pas de doute...

— En effet.

— Comment expliquez-vous?

— Phénomène bien naturel, comme les cloches. »

Et, s'efforçant de plaisanter :

« Le lac subit la loi des marées, qui, comme vous le savez, provoquent les alternances du flux et du reflux.

— Mais à quel moment l'avance va-t-elle cesser?

— Dans une heure ou deux.

— C'est-à-dire que l'eau remplira la moitié de la grotte?

— Oui. Parfois même la grotte doit être envahie, comme le prouve cette marque noire sur le granit qui est évidemment une cote de niveau extrême. »

La voix de Raoul s'assourdit un peu. Au-dessus de cette première cote, il y en avait une autre qui devait correspondre au plafond même de l'abri. Que signifiait-elle, celle-là? Fallait-il admettre qu'à certaines époques l'eau pouvait atteindre ce plafond? Mais à la suite de quels phénomènes exceptionnels, de quels cataclysmes anormaux?

« Mais non, mais non, pensa-t-il, en se raidissant. Toute hypothèse de ce genre est absurde. Un cataclysme? Il y en a tous les mille ans! Une oscillation de flux et de reflux? Fantaisies auxquelles je ne crois pas. Ce ne peut être qu'un hasard, un fait passager... »

Soit. Mais ce fait passager, qu'est-ce qui le produisait?

D'involontaires raisonnements se poursuivaient en lui. Il songeait à l'absence inexplicable de Talençay. Il son geait aux rapports qui pouvaient exister entre cette absence et la menace sourde d'un danger qu'il ne comprenait pas encore. Il songeait à cette barque démolie.

« Qu'avez-vous? interrogea Aurélie. Vous êtes distrait.

— Ma foi, dit-il, je commence à croire que nous perdons notre temps ici. Puisque l'ami de votre grand-père ne vient pas, allons au-devant de lui. L'entrevue aura tout aussi bien lieu dans sa maison de Juvains.

— Mais comment partir? La barque semble hors d'usage.

— Il y a un chemin à droite, fort difficile pour une femme, mais tout de même praticable. Seulement il faudra accepter mon aide et vous laisser porter.

— Pourquoi ne pas marcher, moi aussi?

— Pourquoi vous mouiller? dit-il. Autant que je sois seul à entrer dans l'eau. »

Il avait fait cette proposition sans arrière-pensée. Mais il s'aperçut qu'elle était toute rouge. L'idée d'être portée par lui, comme sur le chemin de Beaucourt, devait lui être intolérable.

Ils se turent, embarrassés l'un et l'autre.

Puis la jeune fille qui était au bord du lac y plongea sa main et murmura :

« Non... non... je ne pourrai pas supporter cette eau glacée, je ne pourrai pas. »

Elle rentra suivie par lui et un quart d'heure s'écoula, qui parut très long à Raoul.

« Je vous en prie, dit-il, allons-nous-en. La situation devient dangereuse. »

Elle obéit et ils quittèrent la grotte. Mais, au moment même où elle se pendait à son cou, quelque chose siffla près d'eux, et un éclat de pierre sauta. Au loin, une détonation retentit.

Raoul renversa brusquement Aurélie. Une deuxième balle siffla, écornant le roc. D'un geste il enleva la jeune fille, la poussa vers l'intérieur et s'élança, comme s'il eût voulu courir à l'assaut.

« Raoul! Raoul! je vous défends... On va vous tuer... »

Il la saisit de nouveau, et la remit de force à l'abri. Mais cette fois elle ne le lâcha pas, et, se cramponnant, l'arrêta.

« Je vous en supplie, restez...

— Mais non, protesta Raoul, vous avez tort, il faut agir.

— Je ne veux pas... je ne veux pas... »

Elle le retenait de ses mains frissonnantes, et, elle qui avait si peur d'être portée par lui, quelques instants plus tôt, elle le serrait contre elle avec une indomptable énergie.

« Ne craignez rien, dit-il doucement.

— Je ne crains rien, dit-elle tout bas, mais nous devons rester ensemble... Les mêmes dangers nous menacent. Ne nous quittons pas.

— Je ne vous quitterai pas, promit Raoul, vous avez raison. »

Il passa seulement la tête, afin d'observer l'horizon.

Une troisième balle troua l'une des ardoises sur le toit.

Ainsi ils étaient assiégés, immobilisés. Deux tireurs, munis de fusils à longue portée leur interdisaient toute tentative de sortie. Ces tireurs, Raoul, d'après deux petits nuages de fumée qui tourbillonnaient au loin, avait eu le temps de discerner leur position. Peu distants l'un de l'autre, ils se tenaient sur la rive droite, au-dessus du défilé, c'est-à-dire à deux cent cinquante mètres environ. De là, postés bien en face, ils commandaient le lac sur toute sa longueur, battaient le petit coin qui demeurait de la plage et pouvaient atteindre à peu près tout l'intérieur de la grotte. Elle s'offrait à eux, en effet, tout entière, sauf un renfoncement situé à droite et où l'on devait s'accroupir, et sauf l'extrême fond au-dessus de l'âtre marqué par deux pierres, et que masquait la retombée du toit.

Raoul fit le violent effort de rire.

« C'est drôle », dit-il.

Son hilarité semblait si spontanée qu'Aurélie se domina, et Raoul reprit :

« Nous voilà bloqués. Au moindre mouvement, une balle, et la ligne de feu est telle que nous sommes obligés de nous cacher dans un trou de souris. Avouez que c'est rudement bien combiné.

— Par qui?

— J'ai pensé tout de suite au vieux marquis. Mais non, ce n'est pas lui, ce ne peut pas être lui...

— Qu'est-il devenu, alors?

— Enfermé sans doute. Il sera tombé dans quelque piège que lui auront tendu précisément ceux qui nous bloquent.

— C'est-à-dire?

— Deux ennemis redoutables, de qui nous ne devons attendre aucune pitié. Jodot et Guillaume Ancivel. »

Il affectait sur ce point une franchise brutale, pour diminuer dans l'esprit d'Aurélie l'idée du véritable péril qui les menaçait. Les noms de Jodot et de Guillaume, les coups de fusil, rien de tout cela ne comptait pour lui auprès de l'envahissement progressif de cette eau sournoise dont les bandits avaient fait leur alliée redoutable.

« Mais pourquoi ce guet-apens? dit-elle.

— Le trésor, affirma Raoul, qui, plus encore qu'à Aurélie, se donnait à lui-même les explications les plus vraisemblables. J'ai réduit Marescal à l'impuissance, mais je n'ignorais pas qu'un jour ou l'autre il faudrait en finir avec Jodot et avec Guillaume. Ils ont pris les devants. Au courant de mes projets, je ne sais par quel artifice, ils ont attaqué l'ami de votre grand-père, l'ont emprisonné, lui ont volé les papiers et documents qu'il voulait vous communiquer, et, dès ce matin, nos adversaires étaient prêts.

« S'ils ne nous ont pas accueillis à coups de feu quand nous traversions le défilé, c'est que des bergers rôdaient sur le plateau. D'ailleurs, pourquoi se presser? Il était évident que nous attendrions Talençay, sur la foi de sa carte de visite et des quelques mots que l'un des deux complices y a griffonnés. Et c'est ici qu'ils nous ont tendu leur embûche. A peine avions-nous franchi le défilé que les lourdes écluses étaient fermées, et que le niveau du lac, grossi par les deux cascades, commençait à s'élever, sans qu'il nous fût possible de nous en apercevoir avant quatre ou cinq heures. Mais alors les bergers retournaient au village, et le lac devenait le plus désert et le plus magnifique des champs de tir. La barque étant coulée et les balles interdisant toute sortie aux assiégés, impossible de prendre la fuite. Et voilà comment Raoul de Limézy s'est laissé rouler comme un vulgaire Marescal. »

Tout cela fut dit sur un ton de badinage nonchalant, par un homme qui se divertit le premier du bon tour qui lui est joué. Aurélie avait presque envie de rire.

Il alluma une cigarette et tendit, au bout de ses doigts, l'allumette qui flambait.

Deux détonations, sur le plateau. Puis, immédiatement, une troisième et une quatrième. Mais les coups ne portaient pas.

L'inondation, cependant, continuait avec rapidité. La plage formant cuvette, l'eau en avait dépassé le bord extrême et glissait maintenant en menues vagues sur un terrain plat. L'entrée de la grotte fut atteinte.

« Nous serons plus en sécurité sur les deux pierres du foyer. »

Ils y sautèrent vivement. Raoul fit coucher Aurélie dans le hamac. Puis, courant vers la table, il rafla dans une serviette ce qui restait du déjeuner, et le plaça sur la planche aux dessins. Des balles jaillirent.

« Trop tard, dit-il. Nous n'avons plus rien à craindre. Un peu de patience et nous en sortirons. Mon plan? Nous reposer et nous restaurer. Durant quoi, la nuit vient. Aussitôt je vous porte sur mes épaules jusqu'au sentier des falaises. Ce qui fait la force de nos adversaires, c'est le grand jour, grâce auquel ils peuvent nous bloquer. L'obscurité, c'est le salut.

— Oui, mais l'eau monte pendant ce temps, dit Aurélie et il faut une heure avant que l'obscurité soit suffisante.

— Et après? Au lieu d'en être quitte pour un bain de pieds, j'en aurai jusqu'à mi-corps. »

C'était très simple, en effet. Mais Raoul savait fort bien toutes les lacunes de son plan. D'abord le soleil venait à peine de disparaître derrière le sommet des montagnes, ce qui indiquait encore une heure et demie ou deux heures de grand jour. En outre, l'ennemi se rapprocherait peu à peu, prendrait position sur le sentier, et comment Raoul pourrait-il accoster avec la jeune fille et forcer le passage?

Aurélie hésitait, se demandant ce qu'elle devait croire. Malgré elle, ses yeux fixaient des points de repère qui lui permettaient de suivre les progrès de l'eau et par moments elle frissonnait. Mais le calme de Raoul était si impressionnant!

« Vous nous sauverez, murmura-t-elle, j'en suis certaine.

— A la bonne heure, dit-il, sans se départir de sa gaieté, vous avez confiance.

— Oui, j'ai confiance. Vous m'avez dit un jour... rappelez-vous... en lisant les lignes de ma main, que je devais redouter le péril de l'eau. Votre prédiction s'accomplit.

Et cependant je ne redoute rien, car vous pouvez tout... vous faites des miracles...

— Des miracles? dit Raoul qui cherchait toutes les occasions de la rassurer par l'insouciance de ses discours. Non, pas de miracles. Seulement je raisonne et j'agis selon les circonstances. Parce que je ne vous ai jamais interrogée sur vos souvenirs d'enfance, et que cependant je vous ai conduite ici, parmi les paysages que vous aviez contemplés, vous me considérez comme une espèce de sorcier. Erreur. Tout cela fut affaire de raisonnement et de réflexion, et je ne disposais pas de renseignements plus précis que les autres. Jodot et ses complices connaissaient aussi la bouteille et avaient lu, comme moi, la formule inscrite sous le nom d'Eau de Jouvence.

« Quelle indication en ont-ils tirée? Aucune. Moi, je me suis enquis, et j'ai vu que presque toute la formule reproduit exactement, sauf une ligne, l'analyse des eaux de Royat, une des principales stations thermales d'Auvergne. Je consulte les cartes d'Auvergne et j'y découvre le village et le lac de Juvains (Juvains, contraction évidente du mot latin *Juventia,* qui signifie Jouvence). J'étais renseigné. En une heure de promenade et de bavardage à Juvains, je me rendais compte que le vieux M. de Talençay, marquis de Carabas de tout ce pays, devait être au centre même de l'aventure, et je me présentai à lui comme votre envoyé. Dès qu'il m'eut révélé que vous étiez venue jadis le dimanche et le lundi de l'Assomption, c'est-à-dire le 14 et le 15 août, j'ai préparé notre expédition pour ce même jour. Précisément le vent souffle du nord comme autrefois. D'où l'escorte des cloches. Et voici ce que c'est qu'un miracle, demoiselle aux yeux verts. »

Mais les mots n'étaient plus suffisants pour distraire l'attention de sa compagne. Au bout d'un instant, Aurélie chuchota :

« L'eau monte... L'eau monte... Elle recouvre les deux pierres et mouille vos chaussures. »

Il souleva l'une des pierres et la posa sur l'autre. Ainsi exhaussé, il appuya son coude à la corde du hamac, et l'air toujours dégagé, il se remit à causer, car il avait peur du silence pour la jeune fille. Mais, au fond de lui, tout en disant des paroles de sécurité, il se livrait à d'autres raisonnements et à d'autres réflexions sur l'implacable réalité dont il constatait avec effarement la menace croissante.

Que se passait-il? Comment envisager la situation? A la suite des manœuvres exécutées par Jodot et par Guillaume, le niveau de l'eau s'élève. Soit. Mais les deux bandits ne font évidemment que profiter d'un état de choses existant déjà, et remontant sans doute à une époque fort reculée. Or, ne doit-on pas supposer que ceux qui ont rendu possible cette élévation de niveau pour des motifs encore secrets (motifs qui n'étaient certes pas de bloquer et de noyer des gens dans la grotte) ont également rendu possible un abaissement du niveau? La fermeture des écluses devait avoir pour corollaire l'établissement d'un trop-plein à mécanisme invisible, permettant aux eaux de s'écouler et au lac de se vider, suivant les circonstances. Mais où chercher ce trop-plein? Où trouver ce mécanisme dont le fonctionnement se conjuguait avec le jeu des écluses?

Raoul n'était pas de ceux qui attendent la mort. Il songeait bien à se précipiter vers l'ennemi malgré tous les obstacles, ou à nager jusqu'aux écluses. Mais qu'une balle le frappât, que la température glacée de l'eau paralysât ses efforts, que deviendrait Aurélie?

Si attentif qu'il fût à dissimuler aux yeux d'Aurélie l'inquiétude de ses pensées, la jeune fille ne pouvait pas se méprendre sur certaines inflexions de voix ou sur certains silences chargés d'une angoisse qu'elle éprouvait elle-même. Elle lui dit soudain, comme si elle eût été débordée par cette angoisse qui la torturait :

« Je vous en prie, répondez-moi, je vous en prie. J'aimerais mieux connaître la vérité. Il n'y a plus d'espoir, n'est-ce pas?

— Comment! Mais le jour baisse...

— Pas assez vite... Et quand il fera nuit, nous ne pourrons plus partir.

— Pourquoi?

— Je l'ignore. Mais j'ai l'intuition que tout est fini et que vous le savez. »

Il dit d'un ton ferme :

« Non... Non... Le péril est grand, mais encore lointain. Nous y échapperons si nous ne perdons pas une seconde notre calme. Tout est là. Réfléchir, comprendre. Quand j'aurai tout compris, je suis sûr qu'il sera temps encore d'agir. Seulement...

— Seulement...

— Il faut m'aider. Pour comprendre tout à fait, j'ai besoin de vos souvenirs, de tous vos souvenirs. »

La voix de Raoul se faisait pressante et il continua avec une ardeur contenue :

« Oui, je sais, vous avez promis à votre mère de ne les révéler qu'à l'homme que vous aimeriez. Mais la mort est une raison de parler plus forte que l'amour, et, si vous ne m'aimez pas, je vous aime comme votre mère aurait pu souhaiter que l'on vous aimât. Pardonnez-moi de vous le dire, malgré le serment que je vous ai fait... Mais il y a des heures où l'on ne peut plus se taire. Je vous aime... Je vous aime et je veux vous sauver... Je vous aime... Je n'admets pas votre silence qui serait un crime contre vous. Répondez. Quelques mots seront peut-être suffisants pour m'éclairer. »

Elle murmura :

« Interrogez-moi. »

Il dit aussitôt :

« Que s'est-il passé autrefois après votre arrivée ici, avec votre mère? Quels paysages avez-vous vus? Où votre grand-père et votre ami vous ont-ils conduite?

— Nulle part, affirma-t-elle. Je suis sûre d'avoir dormi ici, oui, dans un hamac comme aujourd'hui... On causait autour de moi. Les deux hommes fumaient. Ce sont des souvenirs que j'avais oubliés et que je retrouve. Je me rappelle l'odeur du tabac et le bruit d'une bouteille qu'on a débouchée. Et puis... et puis... je ne dors plus... on me fait manger... Dehors, il y a du soleil...

— Du soleil?

— Oui, ce doit être le lendemain.

— Le lendemain? vous êtes certaine? Tout est là, dans ce détail.

— Oui, j'en suis certaine. Je me suis réveillée ici, le lendemain, et dehors, il y avait du soleil. Seulement, voilà... tout a changé... Je me vois encore ici, et cependant c'est ailleurs. J'aperçois les rochers, mais ils ne sont plus au même endroit.

— Comment?... ils ne sont plus au même endroit?

— Non, l'eau ne les baigne plus.

— L'eau ne les baigne plus, et cependant vous sortiez de cette grotte?

— Je sortais de cette grotte. Oui, mon grand-père marche devant nous. Ma mère me tient par la main. Ça glisse, sous nos pieds. Autour de nous, il y a des sortes de maisons... comme des ruines... Et puis de nouveau les cloches... ces mêmes cloches que j'entends toujours...

— C'est cela... c'est bien cela, dit Raoul entre ses dents. Tout s'accorde avec ce que je supposais. Aucune hésitation possible. »

Un lourd silence tomba sur eux. L'eau clapotait avec un bruit sinistre. La table, le chevalet, des livres et des chaises flottaient.

Il dut s'asseoir à l'extrémité du hamac et se courber sous le plafond de granit.

Dehors l'ombre se mêlait à la lumière défaillante. Mais à quoi lui servirait l'ombre, si épaisse qu'elle fût? De quel côté agir?

Il étreignait désespérément sa pensée, la forçant à trouver la solution. Aurélie s'était à moitié dressée avec des yeux qu'il devinait affectueux et doux. Elle prit une de ses mains, s'inclina, et la baisa.

« Mon Dieu! mon Dieu! dit-il, éperdu, que faites-vous? »

Elle murmura :

« Je vous aime. »

Les yeux verts brillaient dans la demi-obscurité. Il entendait battre le cœur de la jeune fille, et jamais il n'avait éprouvé une telle joie.

Elle reprit tendrement, en lui entourant le cou de ses bras :

« Je vous aime. Voyez-vous, Raoul, c'est là mon grand et mon seul secret. L'autre ne m'intéresse pas. Mais celui-là c'est toute ma vie! et toute mon âme! Je vous ai aimé tout de suite, sans vous connaître, avant même de vous voir... Je vous ai aimé dans les ténèbres, et c'est pour cela que je vous détestais... Oui, j'avais honte... Ce sont vos lèvres qui m'ont prise, là-bas, sur la route de Beaucourt. J'ai senti quelque chose que j'ignorais et qui m'a effrayée. Tant de plaisir, tant de félicité, en cette nuit atroce et par un homme qui m'était inconnu! Jusqu'au fond de l'être, j'ai eu l'impression délicieuse et révoltante que je vous appartenais... et que vous n'auriez qu'à vouloir pour faire de moi votre esclave. Si je vous ai fui dès lors, c'est à cause de cela, Raoul, non pas parce que je vous haïssais, mais parce que je vous aimais trop et que je vous redoutais. J'étais confuse de mon trouble... Je ne voulais plus vous voir, à aucun prix, et cependant je ne songeais qu'à vous revoir... Si j'ai pu supporter l'horreur de cette nuit et de toutes les abominables tortures qui ont suivi, c'est pour vous, pour vous que je fuyais, et qui reveniez sans cesse aux heures du danger. Je vous en voulais de toutes mes forces, et à chaque fois je me sentais à vous davantage. Raoul, Raoul, serrez-moi bien. Raoul, je vous aime. »

Il la serra avec une passion douloureuse. Au fond il n'avait jamais douté de cet amour que l'ardeur d'un premier baiser lui avait révélé et qui, à chacune de leurs rencontres, se manifestait par un effarement dont il devinait la raison profonde. Mais il avait peur du bonheur même qu'il éprouvait. Les mots tendres de la jeune fille, la caresse de son haleine fraîche l'engourdissaient. L'indomptable volonté de la lutte s'épuisait en lui.

Elle eut l'intuition de sa lassitude secrète, et elle l'attira plus près d'elle encore.

« Résignons-nous, Raoul. Acceptons ce qui est inévitable. Je ne crains pas la mort avec vous. Mais je veux qu'elle me surprenne dans vos bras... ma bouche sur votre bouche, Raoul. Jamais la vie ne nous donnera plus de bonheur. »

Ses deux bras l'enlaçaient comme un collier qu'il ne pouvait plus détacher. Peu à peu, elle avançait la tête vers lui.

Il résistait cependant. Baiser cette bouche qui s'offrait, c'était consentir à la défaite, et, comme elle disait, se résigner à l'inévitable. Et il ne voulait pas. Toute sa nature s'insurgeait contre une telle lâcheté. Mais Aurélie le suppliait, et balbutiait les mots qui désarment et affaiblissent.

« Je vous aime... ne refusez pas ce qui doit être... je vous aime... je vous aime... »

Leurs lèvres se joignirent. Il goûta l'ivresse d'un baiser où il y avait toute l'ardeur de la vie et l'affreuse volupté de la mort. La nuit les enveloppa, plus rapide, semblait-il, depuis qu'ils s'abandonnaient à la torpeur délicieuse de la caresse. L'eau montait.

Défaillance passagère à laquelle Raoul s'arracha brutalement. L'idée que cet être charmant, et qu'il avait tant de fois sauvé, allait connaître l'épouvantable martyre de l'eau qui vous pénètre, et qui vous étouffe, et qui vous tue, cette idée le secoua d'horreur.

« Non, non, s'écria-t-il... Cela ne sera pas... La mort pour vous?... non... je saurai empêcher une telle ignominie. »

Elle voulut le retenir. Il lui saisit les poignets, et elle suppliait d'une voix lamentable :

« Je t'en prie, je t'en prie... Que veux-tu faire?

— Te sauver... me sauver moi-même.

— Il est trop tard!

— Trop tard? Mais la nuit est venue! Comment, je ne vois plus tes chers yeux... je ne vois plus tes lèvres... et je n'agirais pas!

— Mais de quelle façon?

— Est-ce que je sais? L'essentiel est d'agir. Et puis tout de même j'ai des éléments de certitude... Il doit y avoir fatalement des moyens prévus pour maîtriser, à un certain moment, les effets de l'écluse fermée. Il doit y avoir des vannes qui permettent un écoulement rapide. Il faut que je trouve... »

Aurélie n'écoutait pas. Elle gémissait :

« Je vous en prie... Vous me laisseriez seule dans cette nuit effrayante? J'ai peur, mon Raoul.

— Non, puisque vous n'avez pas peur de mourir, vous

n'avez pas peur de vivre non plus... de vivre deux heures, pas davantage. L'eau ne peut pas vous atteindre avant deux heures. Et je serai là... Je vous jure, Aurélie, que je serai là, quoi qu'il arrive... pour vous dire que vous êtes sauvée... ou pour mourir avec vous. »

Peu à peu, sans pitié, il s'était dégagé de l'étreinte éperdue. Il se pencha vers la jeune fille, et lui dit passionnément :

« Aie confiance, ma bien-aimée. Tu sais que je n'ai jamais failli à la tâche. Dès que j'aurai réussi, je te préviendrai par un signal... deux coups de sifflet... deux détonations... Mais, alors même que tu sentirais l'eau te glacer, crois en moi aveuglément. »

Elle retomba sans forces.

« Va, dit-elle, puisque tu le veux.

— Tu n'auras pas peur?

— Non, puisque tu ne le veux pas. »

Il se débarrassa de son veston, de son gilet et de ses chaussures, jeta un coup d'œil sur le cadran lumineux de sa montre, l'attacha à son cou, et sauta.

Dehors, les ténèbres. Il n'avait aucune arme, aucune indication.

Il était huit heures...

XIII

DANS LES TENEBRES

LA première impression de Raoul fut affreuse. Une nuit sans étoiles, lourde, implacable, faite de brume épaisse, une nuit immobile pesait sur le lac invisible et sur les falaises indistinctes. Ses yeux ne lui servaient pas plus que des yeux d'aveugle. Ses oreilles n'entendaient que le silence. Le bruit des cascades ne résonnait plus : le lac les avait absorbées. Et, dans ce gouffre insondable, il fallait voir, entendre, se diriger, et atteindre le but.

Les vannes? Pas une seconde il n'y avait songé réellement. C'eût été de la folie de jouer au jeu mortel de les chercher. Non, son objectif, c'était de rejoindre les deux bandits. Or, ils se cachaient. Redoutant sans doute une attaque directe contre un adversaire tel que lui, ils se tenaient prudemment dans l'ombre, armés de fusils et tous leurs sens aux aguets. Où les trouver?

Sur le rebord supérieur de la plage, l'eau glacée lui recouvrait la poitrine et lui causait une telle souffrance qu'il ne considérait pas comme possible de nager jusqu'à l'écluse. D'ailleurs comment eût-il pu manœuvrer cette écluse, sans connaître l'emplacement du mécanisme?

Il longea la falaise, en tâtonnant, gagna les marches

submergées, et arriva au sentier qui s'accrochait à la paroi.

L'ascension était extrêmement pénible. Il l'interrompit tout à coup. Au loin, à travers la brume, une faible lumière brillait.

Où? Impossible de le préciser. Etait-ce sur le lac? Au haut des falaises? En tout cas cela venait d'en face, c'est-à-dire des environs du défilé, c'est-à-dire de l'endroit même d'où les bandits avaient tiré et où l'on pouvait supposer qu'ils campaient. Et cela ne pouvait pas être vu de la grotte, ce qui montrait leurs précautions et ce qui constituait une preuve de leur présence.

Raoul hésita. Devait-il suivre le chemin de terre, subir tous les détours des pics et des vallonnements, monter sur des roches, descendre dans des creux d'où il perdrait de vue la précieuse lumière? C'est en songeant à Aurélie, emprisonnée au fond du terrifiant sépulcre de granit, qu'il prit sa décision. Vivement, il dégringola le sentier parcouru, et se jeta, d'un élan, à la nage.

Il crut qu'il allait suffoquer. La torture du froid lui paraissait intolérable. Bien que le trajet ne comportât pas plus de deux cents à deux cent cinquante mètres, il fut sur le point d'y renoncer, tellement cela semblait au-dessus des forces humaines. Mais la pensée d'Aurélie ne le quittait pas. Il la voyait sous la voûte impitoyable. L'eau poursuivait son œuvre féroce, que rien ne pouvait arrêter ni ralentir. Aurélie en percevait le chuchotement diabolique et sentait son souffle glacial. Quelle ignominie!

Il redoublait d'efforts. La lumière le guidait comme une étoile bienfaisante, et ses yeux la considéraient ardemment, comme s'il eût peur qu'elle ne s'évanouît subitement sous l'assaut formidable de toutes les puissances de l'obscurité. Mais d'autre part est-ce qu'elle n'annonçait pas que Guillaume et Jodot étaient à l'affût, et que, tournée et baissée vers le lac, elle leur servait à fouiller du regard la route par où l'attaque aurait pu se produire?

En approchant, il éprouvait un certain bien-être, dû évidemment à l'activité de ses muscles. Il avançait à larges brassées silencieuses. L'étoile grandissait, doublée par le miroir du lac.

Il obliqua, hors du champ de clarté. Autant qu'il put en juger, le poste des bandits était établi en haut d'un promontoire qui empiétait sur l'entrée du défilé. Il se heurta à des récifs, puis rencontra une berge de petits galets où il aborda.

Au-dessus de sa tête, mais plutôt vers la gauche, des voix murmuraient.

Quelle distance le séparait de Jodot et de Guillaume? Comment se présentait l'obstacle à franchir? Muraille à pic ou pente accessible? Aucun indice. Il fallait tenter l'escalade au hasard.

Il commença par se frictionner vigoureusement les jambes et le torse avec de petits graviers secs dont il remplit sa main. Puis il tordit ses vêtements mouillés, qu'il remit ensuite, et, bien dispos, il se risqua.

Ce n'était ni une muraille abrupte, ni une pente accessible. C'étaient des couches de rocs superposés comme les soubassements d'une construction cyclopéenne. On pouvait donc grimper, mais grâce à quels efforts, à quelle audace, à quelle gymnastique périlleuse! On pouvait grimper, mais les cailloux auxquels les doigts tenaces s'agrippaient comme des griffes, sortaient de leurs alvéoles, les plantes se déracinaient, et là-haut, les voix devenaient de plus en plus distinctes.

En plein jour, Raoul n'eût jamais tenté cette entreprise de folie. Mais le tic-tac ininterrompu de sa montre le poussait comme une force irrésistible; chaque seconde qui battait ainsi près de son oreille, c'était un peu de la vie d'Aurélie qui se dissipait. Il fallait donc réussir. Il réussit. Soudain il n'y eut plus d'obstacles. Un dernier étage de gazon couronnait l'édifice. Une lueur vague flottait dans l'ombre, comme une nuée blanche.

Devant lui se creusait une dépression, un terrain en cuvette, au centre duquel s'écroulait une cabane à moitié démolie. Un tronc d'arbre portait une lanterne fumeuse. Sur le rebord opposé, deux hommes lui tournaient le dos, étendus à plat ventre, penchés vers le lac, des fusils et des revolvers à portée de leurs mains. Près d'eux une seconde lumière, provenant d'une lampe électrique, celle dont la lueur avait guidé Raoul.

Il regarda sa montre et tressaillit. L'expédition avait duré cinquante minutes, beaucoup plus longtemps qu'il ne le croyait.

« J'ai une demi-heure tout au plus pour arrêter l'inondation, pensa-t-il. Si, dans une demi-heure, je n'ai pas arraché à Jodot le secret des vannes, je n'ai plus qu'à retourner près d'Aurélie, selon ma promesse, et à mourir avec elle. »

Il rampa dans la direction de la cabane, caché par les hautes herbes. Une douzaine de mètres plus loin, Jodot et Guillaume causaient en sécurité absolue, assez haut pour qu'il reconnût leurs voix, pas assez pour qu'il recueillît une seule parole. Que faire?

Raoul était venu sans plan précis et avec l'intention d'agir selon les circonstances. N'ayant aucune arme, il jugeait dangereux d'entamer une lutte qui, somme toute, pouvait tourner contre lui. Et, d'autre part, il se demandait si, en cas de victoire, la contrainte et les menaces détermineraient un adversaire comme Jodot à parler, c'est-à-dire à se déclarer vaincu et à livrer des secrets qu'il avait eu tant de mal à conquérir.

Il continua donc de ramper, avec des précautions infinies, et dans l'espoir qu'un mot surpris pourrait le renseigner. Il gagna deux mètres, puis trois mètres. Lui-même, il ne percevait pas le froissement de son corps sur le sol, et ainsi il parvint à un point où les phrases prenaient un sens plus net.

Jodot disait :

« Eh! ne te fais donc pas de bile, sacrebleu! Quand nous sommes descendus à l'écluse, le niveau atteignait la cote cinq, qui correspond au plafond de la grotte, et, puisqu'ils n'avaient pas pu sortir, leur *affaire* était déjà réglée. Sûr et certain, comme deux et deux font quatre.

— Tout de même, fit Guillaume, vous auriez dû vous établir plus près de la grotte, et, de là, les épier.

— Pourquoi pas toi, galopin?

— Moi, avec mon bras encore tout raide! C'est tout au plus si j'ai pu tirer.

— Et puis t'as peur de ce bougre-là...

— Vous aussi, Jodot.

— Je ne dis pas non. J'ai préféré les coups de fusil... et le truc de l'inondation, puisqu'on avait les cahiers du vieux Talençay.

— Oh! Jodot, ne prononcez pas ce nom-là... »

La voix de Guillaume faiblissait. Jodot ricana :

« Poule mouillée, va!

— Rappelez-vous, Jodot. A mon retour à l'hôpital, quand vous êtes venu nous trouver, maman vous a répondu : « Soit. Vous savez où ce diable d'homme, ce Limézy « de malheur, a niché Aurélie, et vous prétendez qu'en le « surveillant on ira jusqu'au trésor. Soit. Que mon garçon « vous donne un coup de main. Mais pas de crime, n'est-ce « pas? pas de sang... »

— Il n'y en a pas eu une goutte, fit Jodot d'un ton goguenard.

— Oui, oui, vous savez ce que je veux dire, et ce qu'il est advenu de ce pauvre homme. Quand il y a mort, il y a crime... C'est comme pour Limésy et pour Aurélie, direz-vous qu'il n'y a pas crime?

— Alors, quoi, il fallait abandonner toute cette histoire? Crois-tu qu'un type comme Limézy t'aurait cédé la place comme ça, pour tes beaux yeux? Tu le connais pourtant, le damné personnage. Il t'a cassé un bras... il aurait fini par te casser la gueule. Lui ou nous, c'était à choisir.

— Mais Aurélie?

— Les deux font la paire. Pas moyen de toucher à l'un sans toucher à l'autre.

— La malheureuse...

— Et après? Veux-tu le trésor, oui ou non? Ça ne se gagne pas en fumant sa pipe, des machines de ce calibre-là.

— Cependant...

—Tu n'as pas vu le testament du marquis? Aurélie héritière de tout le domaine de Juvains... Alors qu'aurais-tu fait? L'épouser peut-être? Pour se marier, il faut être deux, mon garçon, et j'ai idée que le sieur Guillaume...

— Alors?

—Alors, mon petit, voilà ce qui se passera. Demain le lac de Juvains redeviendra comme avant, ni plus haut ni plus bas. Après-demain, pas plus tôt, puisque le marquis le leur a défendu, les bergers rappliquent. On trouve le marquis, mort d'une chute, dans un ravin du défilé, sans que personne puisse supposer qu'une main secourable lui a donné le petit coup qui fait perdre l'équilibre. Donc succession ouverte. Pas de testament, puisque c'est moi qui l'ai. Pas d'héritier, puisqu'il n'a aucune famille. En conséquence l'Etat s'empare légalement du domaine. Dans six mois, la vente. Nous achetons.

— Avec quel argent?

— Six mois pour en trouver, ça suffit, dit Jodot, l'intonation sinistre. D'ailleurs, que vaut le domaine pour qui ne sait pas?

— Et s'il y a des poursuites?

— Contre qui?

— Contre nous.

— A propos de quoi?

— A propos de Limézy et d'Aurélie?

— Limézy? Aurélie? Noyés, disparus, introuvables.

— Introuvables! On les trouvera dans la grotte.

— Non, car nous y passerons demain matin, et, deux bons galets attachés aux jambes, ils iront au fond du lac. Ni vu ni connu...

— L'auto de Limézy?

— Dans l'après-midi, nous filons avec, de sorte que personne ne saura même qu'ils sont venus de ce côté. On croira que la petite s'est fait enlever de la maison de santé par son amoureux et qu'ils voyagent on ne sait où. Voilà mon plan. Qu'en dis-tu?

— Excellent, vieille canaille, dit une voix près d'eux. Seulement, il y a un accroc. »

Ils se retournèrent, dans un sursaut d'effroi. Un homme était là, accroupi à la manière arabe, un homme qui répéta :

« Un gros accroc. Car, enfin, tout ce joli plan repose sur des actes accomplis. Or, que devient-il si le monsieur et la dame de la grotte ont pris la poudre d'escampette? »

Leurs mains cherchaient à tâtons les fusils, les brownings. Plus rien.

« Des armes?... pour quoi faire? dit la voix gouailleuse. Est-ce que j'en ai, moi? Un pantalon mouillé, une chemise mouillée, un point c'est tout. Des armes... entre braves gens comme nous! »

Jodot et Guillaume ne bougeaient plus, interloqués.

Pour Jodot, c'était l'homme de Nice qui réapparaissait. Pour Guillaume, l'homme de Toulouse. Et surtout, c'était l'ennemi redoutable dont ils se croyaient débarrassés, et dont le cadavre...

« Ma foi, oui, dit-il, en riant, et en affectant l'insouciance, ma foi, oui, vivant. La cote numéro 5 ne correspond pas au plafond de la grotte. Et d'ailleurs si vous vous imaginez que c'est avec de petits trucs de ce genre qu'on a raison de moi! Vivant, mon vieux Jodot! Et Aurélie aussi. Elle est bien à l'abri, loin de la grotte, et pas une goutte d'eau sur elle. Donc nous pouvons causer. Du reste ce sera bref. Cinq minutes, pas une seconde de plus. Tu veux bien? »

Jodot se taisait, stupide, effaré. Raoul regarda sa montre, et paisiblement, nonchalamment, comme si son cœur n'avait pas sauté dans sa poitrine étreinte par une angoisse indicible, il reprit :

« Voilà. Ton plan ne tient plus. Dès l'instant où Aurélie n'est pas morte, elle hérite, et il n'y a pas vente. Si tu la tues et qu'il y ait vente, moi, je suis là, et j'achète. Il faudrait me tuer aussi. Pas possible. Invulnérable. Donc tu es coincé. Un seul remède. »

Il fit une pause. Jodot se pencha. Il y avait donc un remède?

« Oui, il y en a un, prononça Raoul, un seul : t'entendre avec moi. Le veux-tu? »

Jodot ne répondit point. Il s'était accroupi à deux pas de Raoul et fixait sur lui des yeux brillants de fièvre.

« Tu ne réponds pas. Mais tes prunelles s'animent. Je les vois qui brillent comme des prunelles de bête fauve. Si je te propose quelque chose, c'est que j'ai besoin de toi? Pas du tout. Je n'ai jamais besoin de personne. Seulement depuis quinze ou dix-huit ans, tu poursuis un but que tu es près d'atteindre, et cela te donne des droits, des droits que tu es résolu à défendre par tous les moyens, assassinat compris.

« Ces droits, je te les achète, car je veux être tranquille, et qu'Aurélie le soit aussi. Un jour ou l'autre, tu trouverais moyen de nous faire un mauvais coup. Je ne veux pas. Combien demandes-tu? »

Jodot semblait se détendre. Il gronda :

« Proposez.

— Voici, dit Raoul. Comme tu le sais, il ne s'agit pas d'un trésor dont chacun peut prendre sa part, mais d'une affaire à mettre debout, d'une exploitation, dont les bénéfices...

— Seront considérables, fit Jodot.

— Je te l'accorde. Aussi mon offre est en rapport. Cinq mille francs par mois. »

Le bandit sursauta, ébloui par un tel chiffre.

« Pour tous les deux?

— Cinq mille pour toi... Deux pour Guillaume. »

Celui-ci ne put s'empêcher de dire :

« J'accepte.

— Et toi, Jodot?

— Peut-être, fit l'autre. Mais il faudrait un gage, une avance.

— Un trimestre, ça va-t-il? Demain à trois heures, rendez-vous, à Clermont-Ferrand, place Jaude, et remise d'un chèque.

— Oui, oui, dit Jodot, qui se défiait. Mais rien ne me prouve que demain le baron de Limézy ne me fera pas arrêter.

— Non, car on m'arrêterait en même temps.

— Vous?

— Parbleu! La capture serait meilleure que tu ne supposes.

— Qui êtes-vous?

— Arsène Lupin. »

Le nom eut un effet prodigieux sur Jodot. Il s'expliquait maintenant la ruine de tous ses plans et l'ascendant que cet homme exerçait sur lui.

Raoul répéta :

« Arsène Lupin, recherché par toutes les polices du monde. Plus de cinq cents vols qualifiés, plus de cent condamnations. Tu vois, on est fait pour s'entendre. Je te tiens. Mais tu me tiens, et l'accord est signé, j'en suis sûr. J'aurais pu tout à l'heure te casser la tête. Non. J'aime autant une transaction. Et puis, je t'emploierai au besoin. Tu as des défauts, mais de rudes qualités. Ainsi la manière dont tu m'as filé jusqu'à Clermont-Ferrand, c'est de premier ordre, puisque je n'ai pas encore compris. Donc, tu as ma parole, et la parole de Lupin... c'est de l'or. Ça colle? »

Jodot consulta Guillaume à voix basse, et répliqua :

« Oui, nous sommes d'accord. Que voulez-vous?

— Moi? Mais rien du tout, mon vieux, dit Raoul tou jours insouciant. Je suis un monsieur qui cherche la paix et qui paie ce qu'il faut pour l'obtenir. On devient des associés... voilà le vrai mot. Si tu désires verser dans l'association dès aujourd'hui une part quelconque, à ta guise. Tu as des documents?

— Considérables. Les instructions du marquis, rapport au lac.

— Evidemment puisque tu as pu fermer l'écluse. Elles sont détaillées, ces instructions?

— Oui, cinq cahiers d'écriture fine.

— Et tu les as là?

— Oui. Et j'ai le testament aussi... en faveur d'Aurélie.

— Donne.

— Demain, contre les chèques, déclara Jodot nettement.

— Entendu, demain, contre les chèques. Serrons-nous la main. Ce sera la signature du pacte. Et séparons-nous. »

Une poignée de main fut échangée.

« Adieu », fit Raoul.

L'entrevue était finie, et cependant la vraie bataille allait se livrer en quelques mots. Toutes les paroles prononcées jusque-là, toutes les promesses, autant de balivernes propres à dérouter Jodot. L'essentiel, c'était l'emplacement des vannes. Jodot parlerait-il? Jodot devinerait-il la situation véritable, la raison sournoise de la démarche faite par Raoul?

Jamais Raoul ne s'était senti à ce point anxieux. Il dit négligemment :

« J'aurais bien aimé voir « la chose » avant de partir. Tu ne pourrais pas ouvrir les vannes d'écoulement devant moi? »

Jodot objecta :

« C'est qu'il faut, d'après les cahiers du marquis, sept à huit heures pour que les vannes opèrent jusqu'au bout.

— Eh bien, ouvre-les tout de suite. Demain matin, toi d'ici, Aurélie et moi de là-bas, on verra « la chose », c'est-à-dire les trésors. C'est tout près, n'est-ce pas, les vannes? au-dessous de nous? près de l'écluse?

— Oui.

— Il y a un sentier direct?

— Oui.

— Tu connais le maniement?

— Facile. Les cahiers l'indiquent.

— Descendons, proposa Raoul, je vais te donner un coup de main. »

Jodot se leva et prit la lampe électrique. Il n'avait pas flairé le piège. Guillaume le suivit. En passant, ils aperçurent les fusils que Raoul, au début, avait attirés près de lui et poussés un peu plus loin. Jodot mit l'un d'eux en bandoulière. Guillaume également.

Raoul qui avait saisi la lanterne emboîta le pas aux deux bandits.

« Cette fois, se disait-il avec une allégresse qu'eût trahie l'expression de son visage, cette fois, nous y sommes. Quelques convulsions peut-être encore. Mais le grand combat est gagné. »

Ils descendirent. Au bord du lac, Jodot s'orienta sur une digue de sable et de gravier qui bordait le pied de la falaise, contourna une roche qui masquait une anfractuosité assez profonde où une barque était attachée, s'agenouilla, déplaça quelques gros cailloux, et découvrit un alignement de quatre poignées de fer que terminaient quatre chaînes engagées dans des tuyaux de poterie.

« C'est là, tout à côté de la manivelle de l'écluse, dit-il. Les chaînes actionnent les plaques de fonte posées au fond. »

Il tira l'une des poignées. Raoul en fit autant, et il eut l'impression immédiate que la commande se transmettait à l'autre bout de la chaîne et que la plaque avançait. Les deux autres épreuves réussirent également. Il y eut dans le lac, à quelque distance, une série de petits bouillonnements.

La montre de Raoul marquait neuf heures vingt-cinq. Aurélie était sauvée.

« Prête-moi ton fusil, dit Raoul. On plutôt, non. Tire toi-même... deux coups.

— Pour quoi faire?

— C'est un signal.

— Un signal?

— Oui. J'ai laissé Aurélie dans la grotte, laquelle est presque remplie d'eau et tu te rends compte de son épouvante. Alors, en la quittant, j'ai promis de l'avertir, par un moyen quelconque, dès qu'elle n'aurait plus rien à craindre. »

Jodot fut stupéfait. L'audace de Raoul, cet aveu du danger que courait encore Aurélie le confondaient, et en même temps augmentaient à ses yeux le prestige de son ancien adversaire. Pas une seconde, il ne songea à profiter de la situation. Les deux coups de fusil retentirent parmi les rocs et les falaises. Et, tout de suite, Jodot ajouta :

« Tenez, vous êtes un chef, vous. Il n'y a qu'à vous obéir et sans barguigner. Voici les cahiers et voici le testament du marquis.

— Un bon point, s'écria Raoul, qui empocha les documents. Je ferai quelque chose de toi. Pas un honnête homme, ça jamais, mais une fripouille acceptable. Tu n'as pas besoin de cette barque?

— Ma foi non.

— Elle me sera commode pour rejoindre Aurélie. Ah! un conseil encore : ne vous montrez plus dans la région. Si j'étais de vous, je filerais cette nuit jusqu'à Clermont-Ferrand. A demain, camarades. »

Il monta dans la barque et leur fit encore quelques recommandations. Puis Jodot enleva l'amarre. Raoul partit.

« Quels braves gens! se dit-il en ramant avec vigueur. Dès qu'on s'adresse à leur bon cœur, à leur générosité naturelle, ils marchent à fond. Bien sûr, camarades, que vous les aurez les deux chèques. Je ne garantis pas qu'il y ait encore une provision à mon compte Limézy. Mais vous les aurez tout de même, et signés loyalement, comme je l'ai juré. »

Deux cent cinquante mètres, avec de bons avirons, et après une expédition aussi féconde en résultats, ce n'était rien pour Raoul. Il atteignit la grotte en quelques minutes, et y pénétra directement, proue en avant, et lanterne sur la proue.

« Victoire! s'exclama-t-il. Vous avez entendu mon signal, Aurélie? Victoire! »

Une clarté joyeuse emplit le réduit exigu où ils avaient failli trouver la mort. Le hamac traversait d'un mur à l'autre. Aurélie y dormait paisiblement. Confiante en la promesse de son ami, convaincue que rien ne lui était impossible, échappant aux angoisses du danger et aux affres de cette mort tant désirée, elle avait succombé à la fatigue. Peut-être aussi avait-elle perçu le bruit des deux détonations. En tout cas, nul bruit ne la réveilla...

Lorsqu'elle ouvrit les yeux le lendemain, elle vit des choses surprenantes dans la grotte où la lumière du jour se mêlait à la clarté d'une lanterne. L'eau s'était écoulée. Au creux d'une barque appuyée contre la paroi, Raoul, vêtu d'une houppelande de berger et d'un pantalon de toile qu'il avait dû prendre sur la planche, parmi les effets du vieux marquis, dormait aussi profondément qu'elle avait dormi.

Durant de longues minutes, elle le contempla, d'un regard affectueux où il y avait une curiosité refrénée. Qui était cet être extraordinaire, dont la volonté s'opposait aux arrêts du destin, et dont les actes prenaient toujours un sens et une apparence de miracles? Elle avait entendu, sans aucun trouble — d'ailleurs que lui importait? — l'accusation de Marescal et le nom d'Arsène Lupin lancé par le commissaire. Devait-elle croire que Raoul n'était autre qu'Arsène Lupin?

« Qui es-tu, toi que j'aime plus que ma vie? pensait Aurélie. Qui es-tu, toi qui me sauves incessamment, comme si c'était ton unique mission? Qui es-tu?

— L'oiseau bleu. »

Raoul se réveillait, et l'interrogation muette d'Aurélie était si claire qu'il y répondait sans hésitation.

« L'oiseau bleu, chargé de donner le bonheur aux petites filles sages et confiantes, de les défendre contre les ogres et les mauvaises fées et de les conduire dans leur royaume.

— J'ai donc un royaume, mon bien-aimé Raoul?

— Oui. A l'âge de six ans vous vous y êtes promenée. Il vous appartient aujourd'hui, de par la volonté d'un vieux marquis.

— Oh! vite, Raoul, vite, que je voie... ou plutôt que je revoie.

— Mangeons d'abord, dit-il. Je meurs de faim. Du reste la visite ne sera pas longue, et il ne faut pas qu'elle le soit. Ce qui a été caché pendant des siècles ne doit apparaître définitivement au grand jour que lorsque vous serez maîtresse de votre royaume. »

Selon son habitude elle évita toutes questions sur la façon dont il avait agi. Qu'étaient devenus Jodot et Guillaume? Avait-il des nouvelles du marquis de Talençay? Elle préférait ne rien savoir et se laisser guider.

Un instant plus tard, ils sortaient ensemble, et Aurélie, de nouveau bouleversée par l'émotion, appuyait sa tête contre l'épaule de Raoul, en murmurant :

« Oh! Raoul, c'est bien cela... c'est bien cela que j'ai vu autrefois, le second jour... avec ma mère... »

XIV

LA FONTAINE DE JOUVENCE

SPECTACLE étrange! Au-dessous d'eux, dans une arène profonde d'où l'eau s'était retirée, sur tout l'espace allongé que limitait la couronne de roches, s'étendaient les ruines de monuments et de temples encore debout, mais aux colonnes tronquées, aux marches disjointes, aux péristyles épars, sans toits, ni frontons, ni corniches, une forêt décapitée par la foudre mais où les arbres morts avaient encore toute la noblesse et toute la beauté d'une vie ardente. De tout là-bas s'avançait la Voie romaine, Voie triomphale, bordée de statues brisées, encadrée de temples symétriques, qui passait entre les piliers des arcs démolis et qui montait jusqu'au rivage, jusqu'à la grotte où s'accomplissaient les sacrifices.

Tout cela humide, luisant, vêtu par places d'un manteau de vase, ou bien alourdi de pétrifications et stalactites, avec des morceaux de marbre ou d'or qui étincelaient au soleil. A droite et à gauche deux longs rubans d'argent serpentaient. C'étaient les cascades qui avaient retrouvé leurs eaux canalisées.

« Le Forum... prononça Raoul, qui était un peu pâle, et dont la voix trahissait l'émoi. Le Forum... A peu près les mêmes dimensions et la même disposition. Les papiers du vieux marquis contiennent un plan et des explications que j'ai étudiés cette nuit. La ville de Juvains était au-dessous du grand lac. Au-dessous de celui-ci, les thermes et les temples consacrés aux dieux de la Santé et de la Force, tous distribués autour du temple de la Jeunesse, dont vous apercevez la colonnade circulaire. »

Il soutint Aurélie par la taille. Ils descendirent la Voie sacrée. Les grandes dalles glissaient sous leurs pieds. Des mousses et des plantes aquatiques alternaient avec des espaces de galets fins où l'on avisait parfois des pièces de monnaie. Raoul en ramassa deux : elles portaient les effigies de Constantin.

Mais ils arrivaient devant le petit édifice dédié à la Jeunesse. Ce qui en demeurait était délicieux et suffisait pour que l'imagination pût reconstituer une rotonde harmonieuse, exhaussée sur quelques marches, avec un bassin où se dressait une vasque soutenue par quatre enfants râblés et joufflus, et que devait dominer la statue de la Jeunesse. On n'en voyait plus que deux, admirables de formes et de grâce, qui trempaient leurs pieds dans cette vasque où les quatre enfants jadis lançaient des jets d'eau.

De gros tuyaux de plomb, autrefois dissimulés sans doute et qui paraissaient venir d'un endroit de la falaise où devait se cacher la source, émergeaient du bassin. A l'extrémité de l'un d'eux, un robinet avait été soudé récemment. Raoul le tourna. Un flot jaillit, tiède, avec un peu de buée.

« L'eau de Jouvence, dit Raoul. C'est cette eau que contenait la bouteille prise au chevet de votre grand-père et dont l'étiquette donnait la formule. »

Durant deux heures ils déambulèrent dans la fabuleuse cité. Aurélie retrouvait ses sensations d'autrefois, éteintes au fond de son être, et ranimées tout à coup. Elle avait vu ce groupe d'urnes funéraires, et cette déesse mutilée, et cette rue aux pavés inégaux, et cette arcade toute frissonnante d'herbes échevelées, et tant de choses, tant de choses, qui la faisaient frémir d'une joie mélancolique.

« Mon bien-aimé, disait-elle, mon bien-aimé, c'est à vous que je rapporte tout ce bonheur. Sans vous, je n'éprouverais que de la détresse. Mais près de vous, tout est beau et délicieux. Je vous aime. »

A dix heures les cloches de Clermont-Ferrand chantèrent la grand-messe. Aurélie et Raoul étaient parvenus à l'entrée du défilé. Les deux cascades y pénétraient, couraient à droite et à gauche de la Voie triomphale, et s'abîmaient dans les quatre vannes béantes.

La visite prodigieuse se terminait. Comme le répéta Raoul, ce qui avait été caché durant des siècles ne devait pas encore apparaître au grand jour. Nul ne devait le contempler avant l'heure où la jeune fille en serait la maîtresse reconnue.

Il ferma donc les vannes d'écoulement et tourna lentement la manivelle de l'écluse pour ouvrir les portes de façon progressive. Tout de suite l'eau s'accumula dans l'espace restreint, le grand lac se déversant par une large nappe et les deux cascades se cabrant hors de leurs lits de pierre. Alors, ils s'en revinrent au sentier que Raoul avait descendu la veille au soir avec les deux bandits, et, s'arrêtant à mi-chemin, ils aperçurent l'onde rapide qui remontait le petit lac, cernait le soubassement des temples, et se hâtait vers la fontaine magique.

« Oui, magique, dit Raoul, c'est le mot employé par le vieux marquis. Outre les éléments des eaux de Royat, elle contient, d'après lui, des principes d'énergie et de puissance qui en font vraiment une fontaine de jeunesse, principes provenant de la radioactivité stupéfiante qui en émane, et qui s'évalue par un chiffre *millicuries*, selon l'expression technique tout à fait incroyable. Les riches

Romains des troisième et quatrième siècles venaient se retremper à cette source, et c'est le dernier proconsul de la province gauloise qui, après la mort de Théodose et la chute de l'Empire, a voulu cacher aux yeux des envahisseurs barbares et protéger contre leurs entreprises les merveilles de Juvains. Entre beaucoup d'autres, une inscription secrète en fait foi : « Par la volonté de Fabius Aralla, pro-
« consul, et en prévision des Scythes et des Borusses, les
« eaux du lac ont recouvert les dieux que j'aimais et les
« temples où je les vénérais. »

« Par-dessus quoi, quinze siècles! quinze siècles durant lesquels les chefs-d'œuvre de pierre et de marbre se sont effrités... Quinze siècles qui auraient pu être suivis de cent autres où la mort d'un passé glorieux se serait parachevée, si votre grand-père, en sa promenade dans le domaine abandonné de son ami Talençay, n'avait découvert, par hasard, le mécanisme de l'écluse. Aussitôt les deux amis cherchent, tâtonnent, observent, s'ingénient. On répare. On remet en action les vieilles portes de bois massif qui, jadis, maintenaient le niveau du petit lac et submergeaient les plus hautes parties des constructions.

« Voilà toute l'histoire, Aurélie, et voilà tout ce que vous avez visité à l'âge de six ans. Votre grand-père mort, le marquis n'a plus quitté son domaine de Juvains et s'est consacré corps et âme à la résurrection de la cité invisible. Avec l'aide de ses deux bergers, il a creusé, fouillé, nettoyé, consolidé, reconstitué l'effort du passé, et c'est le cadeau qu'il vous offre. Cadeau merveilleux qui ne vous apporte pas seulement la fortune incalculable d'une source à exploiter, plus précieuse que toutes celles de Royat et de Vichy, mais qui vous donne un ensemble d'œuvres et de monuments comme il n'en existe pas. »

Raoul s'enthousiasmait. Là encore s'écoula plus d'une heure durant laquelle il dit toute l'exaltation que lui causait la belle aventure de la ville engloutie. La main dans la main, ils regardaient l'eau qui s'élevait, les colonnes et les statues qui s'abaissaient peu à peu.

Aurélie, cependant, gardait le silence. A la fin, étonné de sentir qu'elle n'était plus en communion de pensées avec lui, il lui en demanda la raison. Elle ne répondit point d'abord, puis, au bout d'un instant, murmura :

« Vous ne savez pas encore ce qu'est devenu le marquis de Talençay?

— Non, dit Raoul, qui ne voulait pas assombrir la jeune fille, mais je suis persuadé qu'il est rentré chez lui, au village, malade peut-être... à moins qu'il ait oublié le rendez-vous. »

Mauvaise excuse. Aurélie ne parut pas s'en contenter. Il devina qu'après les émotions ressenties et tant d'angoisses abolies, elle songeait à tout ce qui demeurait dans l'ombre et qu'elle s'inquiétait de ne pas comprendre.

« Allons-nous-en », dit-elle.

Ils montèrent jusqu'à la cabane démolie qui indiquait le campement nocturne des deux bandits. De là, Raoul voulait gagner la haute muraille et l'issue par où les bergers étaient sortis du domaine.

Mais comme ils contournaient la roche voisine, elle fit remarquer à Raoul un paquet assez volumineux, un sac de toile posé sur le rebord de la falaise.

« On croirait qu'il remue », dit-elle.

Raoul jeta un coup d'œil, pria Aurélie de l'attendre et courut. Une idée subite l'assaillait.

Ayant atteint le rebord, il saisit le sac et plongea la main dans l'intérieur. Quelques secondes plus tard, il en tira une tête, puis un corps d'enfant. Tout de suite, il reconnut le petit complice de Jodot, celui que le bandit portait avec lui comme un furet, et envoyait à la chasse dans les caves et à travers les barreaux et les palissades.

L'enfant dormait à moitié. Raoul, furieux, déchiffrant soudain l'énigme qui l'avait tant intrigué, le secoua :

« Galopin! c'est toi qui nous as suivis, n'est-ce pas, depuis la rue de Courcelles? Hein! c'est toi? Jodot avait réussi à te cacher dans le coffre arrière de ma voiture et tu as voyagé comme cela jusqu'à Clermont-Ferrand, d'où tu lui as mis une carte à la poste? Avoue... sinon, je te gifle. »

L'enfant ne comprenait pas trop ce qui lui arrivait, et sa figure pâle de gamin vicieux prenait une expression effarée. Il marmotta :

« Oui, c'est Tonton qui a voulu...

— Tonton?

— Oui, mon oncle Jodot.

— Et où est-il en ce moment, ton oncle?

— On est parti cette nuit, tous les trois, et puis on est revenu.

— Et alors?

— Alors ce matin, ils ont descendu là, en bas, quand l'eau était partie, et ils ont fouillé partout et ramassé des choses.

— Avant moi?

— Oui, avant vous et la demoiselle. Quand vous êtes sortis de la grotte, ils se sont cachés derrière un mur là-bas, là-bas, dans le fond de l'eau qui était partie. Mais je voyais tout ça d'ici où Tonton m'avait dit de l'attendre.

— Et maintenant, où sont-ils tous deux?

— J' sais pas. Il faisait chaud, je me suis endormi. Un moment je me suis réveillé, ils se battaient.

— Ils se battaient?...

— Oui, pour une chose qu'ils avaient trouvée, une chose qui brillait comme de l'or. J'ai vu qu'ils tombaient... Tonton a donné un coup de couteau... et puis... et puis je ne sais pas... je dormais peut-être... j'ai vu comme si le mur se démolissait et les écrasait tous deux.

— Quoi? Quoi? Qu'est-ce que tu dis? balbutia Raoul épouvanté... Réponds... Où ça se passait-il? A quel moment?

— Quand les cloches sonnaient... tout au bout... tout au bout... tenez, là. »

L'enfant se pencha au-dessus du vide et parut stupéfait.

« Oh! dit-il, l'eau qui est revenue!... »

Il réfléchit, puis se mit à pleurer et à crier, en gémissant.

« Alors... alors... si l'eau est revenue... Ils n'ont pas pu s'en aller et ils sont là, au fond... et alors, Tonton... »

Raoul lui ferma la bouche.

« Tais-toi... »

Aurélie était devant eux, le visage contracté. Elle avait entendu. Jodot et Guillaume blessés, évanouis, incapables de bouger ou d'appeler avaient été recouverts par le flot, étouffés, engloutis. Les pierres d'un mur écroulé sur eux retenaient leurs cadavres.

« C'est effroyable, balbutia Aurélie. Quel supplice pour ces deux hommes! »

Cependant les sanglots de l'enfant redoublaient. Raoul lui donna de l'argent et une carte.

« Tiens, voilà cent francs. Tu vas aller prendre le train pour Paris et tu iras te présenter à cette adresse. On y prendra soin de toi. »

Le retour fut silencieux et, aux abords de la maison de repos où rentrait la jeune fille, l'adieu fut grave. Le destin meurtrissait les deux amants.

« Séparons-nous quelques jours, dit Aurélie. Je vous écrirai. »

Raoul protesta.

« Nous séparer? Ceux qui s'aiment ne se séparent pas.
— Ceux qui s'aiment n'ont rien à craindre de la séparation. La vie les réunit toujours. »

Il céda, non sans tristesse. Car il la sentait désemparée. De fait, une semaine plus tard, il reçut cette courte lettre :

« Mon ami,

« Je suis bouleversée. Le hasard m'apprend la mort de mon beau-père Brégeac. Suicide, n'est-ce pas? Je sais aussi qu'on a trouvé le marquis de Talençay au fond d'un ravin, où il était tombé, dit-on, par accident. Crime, n'est-ce pas? Assassinat?... Et puis la mort affreuse de Jodot et de Guillaume... Et puis tant de morts! Miss Bakefield... et les deux frères... et, jadis, mon grand-père d'Asteux...

« Je m'en vais, Raoul. Ne cherchez pas à savoir où je suis. Moi-même je ne sais pas encore. J'ai besoin de réfléchir, d'examiner ma vie, de prendre des décisions.

« Je vous aime, mon ami. Attendez-moi et pardonnez-moi. »

Raoul n'attendit pas. L'égarement de cette lettre, ce qu'il devinait dans Aurélie de souffrance et de détresse, sa souffrance à lui et son inquiétude, tout le portait à l'action et l'incitait aux recherches.

Elles n'aboutirent point. Il pensa qu'elle s'était réfugiée à Sainte-Marie : il ne l'y trouva pas. Il s'enquit de tous côtés. Il mobilisa tous ses amis. Efforts inutiles. Désespéré, craignant que quelque adversaire nouveau ne tourmentât la jeune fille, il passa deux mois vraiment douloureux. Puis, un jour, il reçut un télégramme. Elle le priait de venir à Bruxelles le lendemain, et lui fixait rendez-vous au bois de la Cambre.

La joie de Raoul fut sans réserve quand il la vit arriver, souriante, résolue, avec un air de tendresse infini et un visage libéré de tout mauvais souvenir.

Elle lui tendit la main.

« Vous me pardonnez, Raoul? »

Ils marchèrent un moment, aussi près l'un de l'autre que s'ils ne s'étaient pas quittés. Puis elle s'expliqua :

« Vous me l'avez dit, Raoul, il y a en moi deux destins contraires, qui se heurtent et me font du mal. L'un est un destin de bonheur et de gaieté, qui correspond à ma véritable nature. L'autre est un destin de violence, de mort, de deuil, et de catastrophes, tout un ensemble de forces ennemies qui me persécutent depuis mon enfance et cherchent à m'entraîner dans un gouffre où, dix fois je serais tombée, si, dix fois, vous ne m'aviez sauvée.

« Or, après les deux journées de Juvains, et malgré notre amour, Raoul, j'étais si lasse que la vie m'a fait horreur. Toute cette histoire que vous jugiez merveilleuse et féerique prenait pour moi un aspect de ténèbres et d'enfer. Et n'est-ce pas juste, Raoul? Pensez à tout ce que j'ai enduré! Et pensez à tout ce que j'ai vu! « Voilà « votre royaume », disiez-vous. Je n'en veux pas, Raoul. Entre le passé et moi, je ne veux pas qu'il y ait un seul lien. Si j'ai vécu depuis plusieurs semaines à l'écart, c'est parce que je sentais confusément qu'il fallait échapper à l'étreinte d'une aventure dont je suis la dernière survivante. Après des années, après des siècles, elle aboutit à moi, et c'est moi qui ai pour tâche de remettre au jour ce qui est dans l'ombre et profiter de tout ce qu'elle contient de magnifique et d'extraordinaire. Je refuse. Si je suis l'héritière des richesses et des splendeurs, je suis aussi l'héritière de crimes et de forfaits dont je ne pourrais supporter le poids.

— De sorte que le testament du marquis?... » fit Raoul, qui tira de sa poche un papier et le lui tendit.

Aurélie saisit la feuille et la déchira en morceaux qui voltigèrent au vent.

« Je vous le répète, Raoul, tout cela est fini. L'aventure ne sera pas renouée par moi. J'aurais trop peur qu'elle ne suscitât encore d'autres crimes et d'autres forfaits. Je ne suis pas une héroïne.

— Qu'êtes-vous donc?

— Une amoureuse, Raoul... une amoureuse qui a refait sa vie... et qui l'a refaite pour l'amour et rien que pour l'amour.

— Oh! demoiselle aux yeux verts, dit-il, c'est bien grave de prendre un tel engagement!

— Grave pour moi, mais non pour vous. Soyez sûr que, si je vous offre ma vie, je ne veux de la vôtre que ce que vous pouvez m'en donner. Vous garderez autour de vous ce mystère qui vous plaît. Vous n'aurez jamais à le défendre contre moi. Je vous accepte tel que vous êtes, et vous êtes ce que j'ai rencontré de plus noble et de plus séduisant. Je ne vous demande qu'une chose, c'est de m'aimer aussi longtemps que vous pourrez.

— Toujours, Aurélie.

— Non, Raoul, vous n'êtes pas homme à aimer toujours, ni même, hélas! bien longtemps. Si peu qu'il dure, j'aurai connu un tel bonheur que je n'aurai pas le droit de me plaindre. Et je ne me plaindrai pas. A ce soir. Venez au Théâtre-Royal. Vous y trouverez une baignoire. »

Ils se quittèrent.

Le soir, Raoul se rendit au Théâtre-Royal. On y jouait la *Vie de bohème* avec une jeune chanteuse nouvellement engagée, Lucie Gautier.

Lucie Gautier, c'était Aurélie.

Raoul comprit. La vie indépendante d'une artiste permet que l'on s'affranchisse de certaines conventions. Aurélie était libre.

La représentation terminée — et au milieu de quelles ovations! — il se fit conduire dans la loge de la triomphatrice. La jolie tête blonde s'inclina vers lui. Leurs lèvres s'unirent.

Ainsi finit l'étrange et redoutable aventure de Juvains qui, durant quinze ans, fut la cause de tant de crimes et de tels désespoirs. Raoul essaya d'arracher au mal le petit complice de Jodot. Il l'avait placé chez la veuve Ancivel. Mais la mère de Guillaume, à qui il avait révélé la mort de son fils, se mit à boire. L'enfant, trop tôt corrompu, ne put se relever. On dut l'enfermer dans une maison de santé. Il s'en échappa, retrouva la veuve, et tous deux passèrent en Amérique.

Quant à Marescal, assagi, mais obsédé de conquêtes féminines, il a monté en grade. Un jour, il demanda audience à M. Lenormand, le fameux chef de la Sûreté [1]. La conversation terminée, M. Lenormand s'approcha de son inférieur, et lui dit, une cigarette aux lèvres : « Un peu de feu, s'il vous plaît », cela d'un ton qui fit tressaillir Marescal. Tout de suite il avait reconnu Lupin.

Il le reconnut encore sous d'autres masques, toujours gouailleur et l'œil clignotant. Et chaque fois il recevait à bout portant la petite phrase terrible, âpre, cinglante, inattendue, et si cocasse par suite de l'effet produit sur lui.

« Un peu de feu, s'il vous plaît. »

Et Raoul acheta le domaine de Juvains. Mais, par déférence envers la demoiselle aux yeux verts, il ne voulut pas en divulguer le secret prodigieux. Le lac de Juvains et la fontaine de Jouvence comptent au nombre de ces merveilles accumulées et de ces trésors fabuleux que la France héritera d'Arsène Lupin...

1. Voir *813*.

TABLE

IMPRIMÉ EN FRANCE PAR BRODARD ET TAUPIN
Usine de La Flèche (Sarthe).
LIBRAIRIE GÉNÉRALE FRANÇAISE - 6, rue Pierre-Sarrazin - 75006 Paris.

ISBN : 2 - 253 - 00407 - 3 30/2123/5